VON NEDARRA

Dreyland
SOVO-KAMM
Landfail
ZEBARA
INSEL TAROK
Dalkinholm
PERRICCI BERGE
INSEL RHOMBOO
SAGURIA
Outpost
Chrisherna Meer
FLUSS TELARNO
INSEL URSINA
(Cora di Schola)
VELT
Sümpfe von Therian
NULLWALD
Grandia Meer
Mirabienen-Hügel
Höhle
Haifischzahn-Klippen
Piraten!

dtv

Reihe Hanser

Katherine Applegate

Endling

Die neue Zeit

Aus dem Englischen von
Ulli und Herbert Günther

dtv

Ausführliche Informationen über
unsere Autorinnen und Autoren und ihre Bücher
finden sie unter www.dtv.de

Katherine Applegate in der Reihe Hanser:
»Endling – Die Suche beginnt« (dtv 64062)
»Endling – Weggefährten und Freunde« (dtv 64069)

MIX
Papier aus verantwortungsvollen Quellen
FSC® C014496

1. Auflage
2021 dtv Verlagsgesellschaft mbH & Co. KG, München

Titel der Originalausgabe: ›Endling #3: The Only‹
Originally published by HarperCollins
Published by arrangement with Pippin Properties, Inc.
through Rights People, London

Umschlag: Bente Schlick, inspiriert von den Originalumschlägen von Max Kostenko
Copyright Karte: © Virginia Allyn represented by MB Artists
Gesetzt aus der Centaur MT Pro 12,75/15,75
Satz: Fotosatz Amann GmbH & Co. KG, Memmingen
Druck und Bindung: GGP Media GmbH, Pößneck
Printed in Germany · ISBN 978-3-423-64075-6

Für Michael

Zweifle nie daran, dass eine kleine Gruppe umsichtiger
engagierter Menschen die Welt verändern kann –
tatsächlich ist dies die einzige Art und Weise,
in der die Welt je verändert wurde.

Margaret Mead

Endling

Substantiv – end.ling – /'en(d)-ling/

1. Das letzte lebende Individuum einer Art,
bisweilen auch einer Unterart.
2. Die offizielle Zeremonie, bei der eine Art für ausgestorben erklärt wird; eine Eumonie.
3. (Inoffiziell) für jemanden, der eine zum Scheitern verurteilte oder sinnlose Suche unternimmt.

Kaiserlich-Amtliches Lexikon für Nedarra, 3. Auflage

Inhalt

TEIL EINS: AUGEN UND OHREN

TEIL ZWEI: STIMME

Teil Eins

Augen und Ohren

1

Eine wirklich gute Frage

Mein Name ist Byx. Ich bin eine Dalkin.

Was ich *nicht* bin: eine große Jägerin.

Warum also habe ich mich bereit erklärt, mit meinen Freunden Gambler und Sabito auf die Jagd nach Eshwins zu gehen?

Gute Frage. Eine wirklich gute Frage.

»Kannst du sie riechen, Byx?«, fragte Gambler mit seiner heiseren Grummelstimme. »Deine Nase ist besser als meine.«

Gambler ist ein Felijaga, ein riesengroßes katzenartiges Geschöpf. Sein Fell ist schwarz und schimmernd wie Flussgestein, nur im Gesicht hat er weiße Streifen. Sabito, ein Raptidon, ist ein großer Raubvogel, der seine Flügel so weit spannen kann, wie Gambler lang ist.

Gambler ist schnell, und er hat Klauen und Zähne. Sabito ist schnell, und er hat Krallen und einen Schnabel.

Ich? Ich habe einen unbeholfenen Gang, seidiges weißes Fell und dazu Zähne, die nicht mal einem Kätzchen Angst einjagen würden.

Dafür besitzen Dalkins genau wie Hunde (mit denen wir mehr als nur eine flüchtige Ähnlichkeit haben) ziemlich feine Riechorgane.

»Ich habe ihre Witterung!«, rief ich von meinem hohen Sitz im Sattel auf Havoc. Vorsichtig balancierte mein silbrig gesprenkeltes Pferd über die überspülten Steine eines seichten Flusses. »Aber bei dem wechselnden Wind kann ich die Richtung nicht ausmachen.«

Ich musste mich mit ganzer Kraft festhalten, als Havoc am anderen Ufer die Böschung hinaufkletterte. Das Gelände lag flach und offen vor uns, in großen Abständen standen junge Bäume. Wir schlossen rasch zu Gambler auf, der vorausgelaufen war.

Felijagas beim Jagen zuzusehen ist faszinierend. Ihre Bewegungen gleichen weniger einem Rennen als einem Gleiten.

Sabito kam im Sturzflug herab und hielt sich wenige Meter über uns in der Schwebe. Er konnte für kurze Zeit in der Luft stehen, wenn er seine Flügel entsprechend ausrichtete und dabei die von der Erde aufsteigende Sonnenwärme nutzte.

»Sie sind direkt vor uns«, meldete Sabito. »Siehst du die Wiese da? Nun schau darüber hinaus bis zur Linie der hohen Zypressen dort.«

Wo mein Geruchssinn versagt hatte, waren seine Raptidonaugen erfolgreich gewesen. Wie scharf sind Raptidonaugen? Sabito könnte mit einem Blick über meine Schulter ein Buch lesen.

Aus dreihundert Metern Entfernung.

»Vielleicht, Freund Sabito«, sagte Gambler, »kannst du dich ihnen von hinten nähern und dich bereithalten, falls sie fliehen.«

»Ich glaube eher, sie haben vor, sich auf einen Kampf einzulassen«, entgegnete Sabito.

»Na schön«, meinte Gambler, »dann ist die Mahlzeit ja schon serviert.«

Es gab eine Zeit, da hatten Felijagas meinesgleichen gejagt. Das ist nicht mehr so. Trotzdem ist es schwierig, als Dalkin neben einem hungrigen Felijaga nicht doch eine leichte Beklemmung zu spüren.

Felijagaklauen sind wie Pfeilspitzen. Ihre Kiefer können Steine zermalmen. Gambler mag mein lieber und treuer Freund sein, aber er ist auch ein unbarmherziger effektiver Jäger.

Was mich wieder auf meine Frage bringt. Warum hatte ich mich freiwillig für diese Jagd gemeldet? War es Langeweile? Das Gefühl, dass ich zu nichts nutze war in der Friedensarmee? Das Bedürfnis zu beweisen, dass ich keine Angst hatte?

Aber ich hatte sehr wohl Angst. Ein Felijaga, ein Raptidon und ein Dalkin gegen zwölf hungrige frustrierte Eshwins. Die Chancen standen nicht gut für uns.

Eshwins sind sonderbare Geschöpfe, eine Art Kreuzung zwischen Wildschweinen und aufgedunsenen Ratten. Sie haben teuflische Hauer und zudem die Angewohnheit, über leichte Beute herzufallen: Junge, Kranke, Schwache. Und dieses Rudel hier hatte eine Familie von Flickschustern angegriffen, Menschen, die der Friedensarmee folgten.

Unsere Armee wird Friedensarmee genannt. Nicht Armee, die Eshwins ungestraft andere Lebewesen attackieren lässt. Wir waren gekommen, um die Eshwins zu verscheuchen. Wenn sie sich verscheuchen ließen.

Und wenn nicht? Tja dann: Gambler.

Havocs Hufe stampften, während er mit mir über eine ausgedehnte, von allmählich verblassenden Wildblumen gesprenkelte Wiese galoppierte. Das Gras reichte ihm bis an den Rücken, war also hoch genug, um einen geduckt lauernden Eshwin zu verbergen. Aber nichts, absolut nichts kann sich vor den Augen eines Raptidons verbergen.

»Vorsicht, Hinterhalt«, warnte Sabito. »Sie haben sich geteilt, sind jetzt links und rechts von euch und warten darauf, die Falle zu schließen, sobald ihr vorbeikommt.«

»Wir sind bereit«, sagte Gambler.

Er vielleicht. Ich nicht.

Ich griff fester nach Havocs Zügeln, als er jetzt sein Höchsttempo anschlug. Wind zerzauste mein Fell und wehte mir hundert Gerüche in die Nase, einschließlich des durchdringenden Gestanks nach Eshwins und des beißenden metallischen Geruchs meiner eigenen Angst.

»Ihr habt vier hinter euch und acht vorn bei der Baumreihe«, meldete Sabito. »Die vier hinter euch holen schnell auf!«

»Byx«, sagte Gambler mit einer auf unheimliche Art ruhigen Stimme, »könntest du mal eine kleine Verrücktheit machen?«

»Du meinst, so was wie auf diese Jagd zu gehen?«, fragte ich nach Luft schnappend.

»Würde es dir sehr viel ausmachen, von deinem Pferd zu fallen?«

»Ob ich … *was?*«

»Ich möchte, dass sie denken, du wärst hilflos.«

»Ich *bin* hilflos!«

»Da vorn, das dichte Polster Rispengras, das würde deinen Sturz abfedern.«

Gambler wollte mich als Köder benutzen. Es war das Einzige, wofür ich bei der Jagd taugte.

Wir alle haben Stärken und Schwächen und müssen beisteuern, was wir eben können. Das sagte ich mir wenigstens, während Havoc die Entfernung bis zu dem Grasbüschel schnell verringerte.

Ich machte mich bereit, indem ich den linken Fuß schon mal aus dem Steigbügel nahm.

Näher. Das Donnern von Hufen.

Näher.

Während ich mich über Havocs rechte Seite rollen ließ, hörte ich mich selbst aufschreien. Ich landete so hart auf dem Grasbüschel, dass es mir die Luft aus den Lungen drückte, aber das Gras und die pilzbestandenen Bodenwellen dämpften meinen Sturz, und ich konnte mich aufsetzen.

Gerade rechtzeitig, um direkt vor den Hauern eines wutschnaubenden Eshwins zu stehen.

Er kam mit gesenktem Kopf auf mich zu – ich würde ihm nicht ausweichen können.

Der Eshwin stürmte heran, schaumiger Speichel tropfte ihm aus dem Maul, grunzend stieß er seinen kehligen Triumphschrei aus – ARROOOT! – und schien es kaum erwarten zu können, mich mit seinen Hauern aufzuschlitzen.

»Neiiin!«, schrie ich, pures Grauen in der Stimme, den Gliedern, im Herzen.

Im selben Moment löste sich ein schwarzer Fleck aus dem Verborgenen, ausgestreckte Krallen, weit offenes Maul. Gambler schlug den Eshwin nieder. Drei Sekunden später war das Biest fertig zum Häuten und Braten.

Einer erledigt. Elf noch übrig.

Drei hielten sich immer noch hinter uns, rannten in voller Geschwindigkeit durch die Wiese. Wegen des hohen Grases konnten sie einander aber nicht sehen und hatten anscheinend nicht mitgekriegt, dass einer von ihnen schon tot war.

Sabito stürzte vom Himmel wie ein herabfallender Stern. Er

spreizte seine Flügel, drosselte das Tempo und überwältigte einen der Eshwins, indem er seine Krallen in dessen Kopf versenkte.

Gambler seinerseits befasste sich mit den restlichen beiden hinter uns. Drei weitere Eshwins waren bereit für den Kochtopf.

Die acht, die zwischen den Bäumen versteckt waren, hatten in der Zwischenzeit den unklugen Entschluss gefasst, ihren bedrängten Rudelgenossen zu Hilfe zu kommen. Grunzend und quiekend bewegten sie sich in einem Pulk: eine Mauer aus stinkendem Fell, schimmernden Hauern und missgünstig schielenden roten Augen.

Eine Kreatur, so groß, dass sie mehr einem Pferd als einem Eshwin glich, war die Anführerin. Sie war alt, von vielen Kämpfen gezeichnet – Kämpfen, die sie vermutlich gewonnen hatte.

Ich sah, wie Gambler die Augen aufriss, was nicht sehr ermutigend wirkte. »Um die Anführerin kümmere ich mich«, sagte er, »aber du, Byx, du fliehst am besten.«

»Fliehen?«

»Ich kann nicht alle gleichzeitig erledigen. *Lauf jetzt!*«

Gambler drängte die riesenhafte Eshwinkönigin von den andern ab. Ihre Artgenossen liefen nach links und rechts auseinander, in der Absicht, uns einzukreisen, während ihre Anführerin mit Gambler kämpfte.

Havoc war in einem Bogen zu mir zurückgekommen. Ich griff nach den Zügeln und hievte mich in den Sattel. Der Rückweg – Rückzug – war klar.

Ich bin weder Jägerin, noch bin ich Soldatin, und am wenigsten bin ich heldenhaft. Alle Vernunft in mir pflichtete Gambler bei: Es war Zeit zu fliehen.

Aber Gambler war mein Freund.
Mehr als das, er war Familie.
Ich zog mein kleines Schwert und drängte Havoc vorwärts.

2

Wunder

Anderthalb Stunden später kehrten Sabito und ich ins Feldlager zurück. Wir befanden uns in Zentral-Nedarra, etwa einen halben Tagesmarsch vom Fluss Telarno entfernt.

Müde bis zum Umfallen waren wir, doch zufrieden mit unserem Erfolg, wenn auch Gambler den größten Teil der Arbeit getan hatte. Nachdem der letzte Eshwin erledigt war, hatte Gambler beschlossen zurückzubleiben, weil er, wie er sich ausdrückte, gern »allein speisen« wollte.

»Byx! Du bist ja voller Blut!«, rief mein Freund Tobble, der uns entgegenlief.

Ich stieg neben dem größten der Lagerfeuer von Havoc. »Es ist nicht mein Blut, Tobble.«

»Wirklich nicht?« Tobble tastete mit seinen kleinen Pfoten an mir herum und suchte nach Verletzungen.

»Mir geht's gut, Tobble. Besser als gut. Ich war auf Jagd!«

»Sehe ich«, brummte er mit einem flüchtigen Blick auf den primitiven Holzschlitten, den Havoc hinter sich herzog.

Wir hatten Äste mit aneinandergeknoteten Ranken zu einem Schlitten zusammengebunden und drei tote Eshwins daraufgelegt. Die übrigen hatten wir zurückgelassen, die würden unsere Soldaten später holen. Eine marschierende Armee braucht immer Proviant.

»Ich hätte dabei sein sollen.« Tobble warf mir einen anklagenden Blick zu.

Meinem treuen Wobbykfreund hatte ich nichts von meinen Plänen erzählt. Tobble folgte mir unweigerlich, wohin ich auch ging, und da ich ohnehin an meinen Jagd-Fähigkeiten zweifelte, wollte ich mich nicht noch um Tobbles Wohlbefinden sorgen müssen. Wenn er auch den Mut einer ganzen Armee besitzt, ist Tobble doch ein ganzes Stück kleiner als ich. Ich will ihn beschützen, so wie er mich beschützt.

Wir sind ein ungleiches Paar, Tobble und ich. Während Dalkins hundeähnliche Merkmale haben, sehen Wobbyks mehr wie wohlgenährte Füchse aus. Sie haben große Augen, noch größere Ohren, drei Schwänze und ein freundliches, geselliges Wesen. Sie sind äußerst höflich und scheinen auf den ersten Blick völlig harmlos.

Hinter dem sanften Äußeren aber verbergen sich Kriegerherzen. Es ist verblüffend, wie irrsinnig wütend Wobbyks reagieren können, wenn sie zum Äußersten getrieben werden. Ich habe miterlebt, wie etliche Soldaten des Murdano, unseres Todfeinds, Opfer von Tobbles Wut geworden waren.

»Tut mir leid, Tobble«, sagte ich. »Ich hätte dich bitten sollen mitzukommen. Ehrlich gesagt, ich fürchtete, ich würde der Aufgabe nicht gewachsen sein. Und da wollte ich mich nicht auch noch um dich sorgen müssen.«

»Ich kann selber auf mich aufpassen«, sagte er und reckte das Kinn vor.

Ich klopfte ihm auf die Schulter. »Das weiß ich doch.«

Tobble grummelte vor sich hin. Ich hörte die Worte »leichtsinnig« und »voreilig«, und weil Tobble ein Wobbyk ist und

Wobbyks übertrieben höflich sind, hörte ich auch »soll kein Vorwurf« und »wohl deine Gründe gehabt haben«.

Ich sah gerade einen der Betreuer, die die Pferde fütterten und tränkten. »Dontee«, rief ich. »Lauf und sag den Köchen, dass sie eine halbe Meile westwärts noch mehr Eshwins finden werden. Schickt einen Wagen hin.«

»Eshwins?«, echote Dontee und schluckte.

»Keine Angst. Die werden so schnell keinem mehr was tun.«

»Du bist jetzt also die große Dalkinjägerin?«, stichelte Tobble. »Soll keine Respektlosigkeit sein, meine Freundin, aber du stinkst nach Eshwin! Geh dich erst mal waschen im Fluss.«

»Es sind widerwärtige Tiere«, sagte ich. »Und außer als Nahrung zu nichts nütze.«

»Nicht ›zu nichts nütze‹!«, tadelte mich Sabito mit seiner rauen kratzigen Raptidonstimme. Ich hatte nicht mitgekriegt, dass er sich nur wenige Meter hinter mir, vom leichten Wind getragen, in der Schwebe hielt. »Eshwins graben die Wurzeln der Burrelbäume aus, was den Bäumen bei der Vermehrung hilft. Und Burrelbäume wiederum sind Zuflucht für viele andere Arten. Kein Lebewesen ist unnütz, Byx. Jedes ist Teil eines Puzzles, so unermesslich groß, dass niemand das Ganze sehen kann.«

Ich schaute zu Boden.

»Verzeih mir«, sagte Sabito sanfter. »Ich wollte keinen Vortrag halten. Und ich gebe zu, dass Eshwins nicht die … liebenswertesten Tiere sind.«

Ich brachte ein Lächeln zustande. Sabito hatte ja recht. Jede Art konnte etwas zu unser aller Leben beisteuern.

Von allen Geschöpfen sollte gerade ich das wissen.

Dalkins streiften einst in großer Zahl durch Nedarra, unser

Heimatland. Jetzt gab es nur noch eine Handvoll von ihnen. Eine Zeit lang hatte ich wirklich gedacht, ich wäre der letzte Dalkin auf der Welt: ein Endling.

Dalkins sind schon immer gejagt worden wegen ihres flauschigen Fells. Aber das ist nicht der einzige Grund, weshalb man meine Art an den Rand der Auslöschung getrieben hat. Allzu viele Dalkins sind umgebracht worden wegen ihrer ganz besonderen Gabe: der Fähigkeit zu erkennen, ob jemand lügt.

Es ist die Gabe und auch der Fluch unserer Art.

Menschen trachten nach unserem Fell, fürchten aber gleichzeitig unsere Fähigkeit, Lügen aufdecken zu können.

Ich habe in letzter Zeit einiges über die Menschen erfahren. Ihre Begehrlichkeiten können heftig sein, aber ihre Ängste sind es noch viel mehr.

Dabei gilt das, ehrlich gesagt, vielleicht für uns alle. Die Angst schien zurzeit nie von meiner Seite zu weichen, unerschütterlich wie ein Schatten.

»Siehst du den kleineren auf dem Holzschlitten da?«, fragte ich und hörte eine irritierende Mischung aus Stolz und Scham in meiner Stimme. »Das war nämlich … meiner.«

»Da bin ich aber mal wieder dankbar«, sagte Tobble mit einem kurzen Blick auf die schlaffen blutigen Kadaver, »dass Wobbyks keine Fleischesser sind.« Er zuckte ein bisschen mit den Schultern. *»Vergiss nicht: Ein Platz ist für alle bewahrt«*, sagte er. *»Für Käfer, für Vögel, für die menschliche Art.«*

»Woher stammt das?«, fragte Sabito.

»Aus einem Gedicht, es heißt ›Eines jungen Wobbyks Einführung in die Welt‹.«

Sabito setzte sich auf einen Marabaum mit roten Ästen. »Das

würde ich sehr gern hören«, sagte er. »Kommen Raptidons drin vor?«

»Alle sechs großen Arten kommen vor.« Sorgfältig legte Tobble seine geflochtenen Schwänze zurecht. »Wobbyks natürlich auch.«

»Bitte, Tobble«, sagte ich. »Ich würde es auch gern hören.«

»Ich weiß nicht, ob ich es noch ganz kann«, gab er zu. »Aber ich werd's versuchen.«

Tobble räusperte sich. Seine Stimme war leise, aber deutlich.

»Felijaga pirscht durch dunkle Nacht,
Lautlos er seine Beute macht.

Terra-Olme graben Gänge
Endlos durch der Erde Enge.

Natintje durch die Meere schwimmt.
Das Wasser ist für ihn bestimmt.

Der Raptidon schwingt sich ins Blau,
Von oben sieht er ganz genau.

Der Dalkin kann die Lüge hören
Und die Wahrheit dann beschwören.

Der Mensch ist nie zufrieden hier
Und allzu oft voll Stolz und Gier.

Der Wobbyk, sanft und doch ein Held,
ist nur ein kleiner Teil der Welt.

Vergiss nicht: Ein Platz ist für alle bewahrt,
für Käfer, für Vögel, für die menschliche Art.
Denn jeder Tag ist neu und weit
Und hält seine Wunder für dich bereit.«

Tobble machte eine kleine Verbeugung. Ich applaudierte, und Sabito flatterte mit den Flügeln. »Das hat mir gut gefallen«, sagte er. »Obwohl wir Raptidons uns gewöhnlich nicht mit Poesie befassen.«

»Hält seine Wunder für dich bereit«, sagte ich seufzend. »Ich fürchte, dass Wunder heute eher selten sind.«

»Verlier nicht den Mut, Byx«, sagte Tobble. »Mit der Friedensarmee werden wir Erfolg haben. Wir müssen.«

Ich blickte zu der endlosen Linie staubiger Zelte, die wie große Grabsteine vor uns standen. »Ich wünschte, ich könnte deinen Optimismus teilen.«

Wie müde ich mich in meinen eigenen Ohren anhörte! Wie abgekämpft! Was war mit der Byx von früher geschehen?

Vor gar nicht so langer Zeit war ich noch ein dummes kleines Dalkinmädchen gewesen. Der Schwächling unter meinen Geschwistern. Selbstsüchtig, naiv und ungeduldig, die Welt zu sehen.

Na schön, mein Wunsch war mehr als erfüllt worden. Ich hatte viel zu viel von der Welt gesehen. So viel Schmerz und Gefahr und Tod, dass es für mehrere Leben reichte.

Ich war nicht mehr Byx, die harmlose, neugierige, sorglose Tagträumerin, das kleine Dalkinmädchen, das stundenlang einem

Schwarm Butrillos mit regenbogenbunten Flügeln beim Tanz im Wind zuschauen konnte.

Die Byx von früher war nicht in den Kampf gestürmt, um Eshwins zu töten und, wenn sie fielen, wie eine Närrin in Triumphgeschrei auszubrechen.

Aber vielleicht hatte Tobble ja recht mit seiner Überzeugung, dass uns bessere Zeiten erwarteten. Vielleicht versteckte sich die Byx von früher ja irgendwo tief in meinem Herzen.

Vielleicht.

Jetzt aber musste ich mir erst mal das Blut aus dem Fell waschen.

3

Ein Versprechen an Khara

An diesem Abend setzte ich mich zu meinen Gefährten an ein Feuer, eins von Hunderten, die unser Lager zu einem funkelnden Spiegelbild der Sterne über uns machten. Die Eshwins ergaben ein zufriedenstellendes Mahl, und wir fühlten uns schläfrig und satt. (Tobble hatte gebratene Grillen mit Madengelee gegessen.)

So umgeben von bewaffneten Wachposten, konnten wir kaum verdrängen, dass sich überall ringsum Krieg zusammenbraute. Dennoch überkam mich eine angenehme Ruhe, als ich zu meinen lieben Freunden hinsah. Meine ursprüngliche Familie, von Truppen des Murdano hingemetzelt, war ersetzt worden von dieser neuen, aus mehreren Arten zusammengemixten Familie. Tobble. Gambler. Sabito. Renzo, der unbekümmerte Menschenjunge, der einen großen Teil seines jungen Lebens als geschickter Dieb zugebracht hatte. Dog, sein sabbernder Hundefreund.

Maxyn, mein Artgenosse, saß neben mir. Als wir damals seine winzige bedrohte, aber noch lebendige Dalkinkolonie entdeckt hatten und ich begriff, dass ich kein Endling war, schien mir das wie eine Art von Sieg. Doch wie sich herausstellte, waren Dalkins noch immer stark gefährdet und standen am Abgrund der Vernichtung.

Auf der anderen Seite neben mir saß Kharassande Donati, inzwischen bekannt als Lady von Nedarra. Khara, meine ehemalige

Kidnapperin, meine Retterin, meine Freundin, die Person, für die ich, wenn nötig, mein Leben hingeben würde.

Bei unserer ersten Begegnung hatte sich Khara als Junge ausgegeben und stand in Diensten einer Gruppe von Wilderern. Sie hatte mich gefangen, mir dadurch das Leben gerettet, mich auch danach immer wieder gerettet. Jetzt führte sie eine Armee an, wie sie sich noch nie zusammengefunden hatte: die Friedensarmee.

Nicht um einen Krieg zu führen, hatten wir uns zusammengetan, sondern um einen zu verhindern. Zwei mächtige Tyrannen, der Murdano in meiner Heimat Nedarra und der Kazar Gs'drit nördlich davon in Dreyland, waren entschlossen, ihre Interessen gewaltsam zu verfechten. Beide wollten Krieg, ihre Völker aber wollten einfach nur in Frieden leben.

Es war ein ungewöhnliches, noch nie erprobtes Vorhaben: eine Armee, deren einziger Zweck es war, den Frieden zu bewahren. Etliche unserer Soldaten hatten noch nie ein Schwert in der Hand gehabt. Sie waren Bauern, Bäcker, Kräuterkenner, Buchhalter, Schmiede, Fassbinder, Maurer und Zimmerleute. Manche waren Dienstboten, manche Lehrlinge. Andere waren Leibeigene gewesen, die wir befreit hatten, weil Khara jede Form von Sklaverei ablehnte. Viele, die mit uns marschierten, waren jung und unerfahren. Andere waren so alt, dass dieses Unternehmen mit großer Wahrscheinlichkeit ihr letzter riskanter Einsatz sein würde.

Zum Glück hatten wir auch erfahrene Krieger bei uns, harte Männer und Frauen mit kräftigen Muskeln und scharfer Beobachtungsgabe. Manche hatten Narben aus Kriegen davongetragen. Auch meine Freunde und ich waren in den vergangenen Monaten mehr als genug Gefahren ausgesetzt gewesen.

Während der Mond am Himmel emporstieg, saßen wir eng

beisammen, erzählten Geschichten und sangen Lieder. Renzo mit seiner schönen Stimme ließ eine besonders muntere Melodie hören. Darin kam ein Junge vor, der sich in ein launisches Mädchen verliebt hatte, und wenn ich auch nicht alle Feinheiten mitbekam – Menschen sind in puncto Gefühle schrecklich unklar –, merkte ich, wie Khara mehr als einmal die Augen verdrehte und sich das sanfte Braun ihres Gesichts im Schein des Feuers rötete.

Nach einer Weile wurden wir still, und Khara forderte mich mit einem Wink zu einem Gespräch unter vier Augen auf.

»Sehnst du dich nach Gesellschaft?«, fragte Renzo und stand auf.

Khara lachte. »Nein, nein. Es geht um eine Sache zwischen Byx und mir.«

»Tja, wenn du meinst«, sagte Renzo, seufzte theatralisch und machte eine übertriebene Verbeugung.

Kharas Zelt sah genauso aus wie das, das ich mir mit Tobble teilte, wenn auch vor der Zeltklappe ein Wachposten stand, ein stämmiger junger Mann mit einem langen Speer. Er salutierte, als wir eintraten.

Khara zündete eine Kerze an, dann ließ sie sich auf ihrem schmalen Feldbett nieder und sah mich nachdenklich an. Ich setzte mich auf eine umgedrehte Kiste neben dem behelfsmäßigen Tisch, auf dem Landkarten ausgebreitet waren.

»Es gibt da eine interessante Entwicklung«, sagte sie.

»Interessant im Guten? Oder interessant im Schlechten?«

»Ich möchte dich bitten, einen Auftrag zu übernehmen.«

Ich nickte. »Was immer du befiehlst, Mylady.«

»Du bist nicht eine meiner Soldatinnen, Byx. Du bist meine Freundin. Dir befehle ich doch nichts. Ich kann dich nur bitten.«

»Egal, ich werde tun, was du … worum du mich bittest.«

»Ganz sicher bin ich noch nicht, aber für den Fall, dass ich dich brauche: Es könnte gefährlich werden. Es geht um die Natintjes. Sie sind gerade dabei zu überlegen, ob sie die Friedensarmee unterstützen« – Khara machte eine kurze Pause – »oder ob sie sich gegen uns stellen sollen.«

»Kann sein, ich versteh da was nicht richtig. Was haben denn Wasserwesen mit einem Landkrieg zu tun?«

»Gute Frage, Byx, und die Antwort ist, dass ich das selber noch nicht weiß. Die Natintjes sind von allen sechs großen Arten am schwersten zu durchschauen. Aber wenn wir ihre Unterstützung gewinnen, könnten sie allen Plänen des Murdano, auf dem Seeweg in Dreyland einzufallen, ein Ende bereiten.«

»Ich beneide dich nicht darum, das rauskriegen zu müssen«, sagte ich.

»Die Sache ist die, Byx, nicht ich werde es sein, die das herausfindet.« Sie warf mir ein vielsagendes verschwörerisches Lächeln zu. »*Du* wirst das sein.«

»Ich?«

Ich glaube, das habe ich damals zu Khara gesagt. Möglich aber auch, dass ich nicht viel mehr als einen Japser zustande gebracht habe.

»Die Natintjes bitten uns darum, einen Botschafter zu schicken. Jemanden, der sich ihre Bedenken anhört.«

»Aber ich bin doch nur … bin nur …«

»Byx, die Zeiten von ›ich bin nur ein einfaches Dalkinmädchen‹ sind vorbei. Wenn ich Lady von Nedarra sein kann, kannst du auch Botschafterin Byx sein.«

»Nein, kann ich nicht!«, rief ich.

Khara beugte sich vor, die Arme auf den Knien. »Ich kann die Armee anführen, Byx. Aber unser Ziel ist es, einen Krieg zu verhindern und nicht, uns an einem zu beteiligen. Dazu ist Diplomatie nötig. Und das heißt, ich brauche deine Hilfe.«

Es war eine so simple Erklärung. Wenn Khara mich brauchte, würde ich ihr helfen, auch wenn es mich das Leben kosten sollte.

Ich musste ja nicht unbedingt glücklich über den Auftrag sein.

»Werde ich allein sein?«, fragte ich und spürte einen kalten Schmerz in der Magengrube.

Khara schüttelte den Kopf, und ihre dunklen Locken glänzten im Kerzenlicht. »Allein? Nein, natürlich nicht. Erstens kenne ich keine Macht der Welt, die dich und Tobble trennen könnte. Ganz klar also, dass unser leicht erregbarer, doch stets höflicher Wobbyk dich begleiten wird. Ich wünschte, ich könnte dir Gambler mitgeben, aber, na ja, Felijagas und Wasser …«

Ich lächelte, als ich daran dachte, wie nervös der großmächtige Gambler durch einen seichten unterirdischen See gewatet war.

»Maxyn ist noch zu schwach für eine Reise. Und Sabito? Wenn Felijagas Wasser nicht mögen, lieben Raptidons es noch weniger.«

»Renzo?«

»Renzo«, wiederholte Khara, und ich hätte schwören können, die Vorstellung, dass er sie verlassen sollte, bedrückte sie. »Ja, ich glaube, er könnte von Nutzen sein.« Sie nickte. »Ja. Renzo. Unbedingt.«

»Wann brechen wir auf?«

»Es sind nur ein paar Stunden bis zum Telarno, wo wir nahe einer am Fluss gelegenen Stadt unser Lager aufschlagen werden. Den Vormittag darauf treffen wir den Gesandten der Natintjes.

Er wird dich, Tobble und Renzo mit einem Wasserfahrzeug zum Palast der Natintje-Königin bringen. Du hörst dir ihre Überlegungen an und überreichst ihr als Geschenke den Schild und die Krone der Subdur-Natintjes, die wir uns … hm … ausgeliehen haben.«

Wir hatten diese Dinge weniger ausgeliehen als gestohlen. Allerdings muss fairerweise erwähnt werden, dass wir damals um unser Leben fürchteten.

»Ich werde mein Bestes tun«, sagte ich.

»Das weiß ich«, sagte Khara.

Wir erhoben uns beide, doch als ich gehen wollte, griff Khara nach meinem Arm. »Byx«, sagte sie, »ich habe loyale Generäle und eine treu ergebene Armee. Und ich halte Renzo, Tobble, Gambler und Sabito für die vertrauenswürdigsten Freunde. Aber auf dich zähle ich in den kommenden Tagen mehr als auf sonst jemanden.«

»Auf mich«, wiederholte ich. »Warum auf mich?«

»Weil wir schon so viel miteinander durchgemacht haben. Und weil ich mich darauf verlassen kann, dass du mir immer die Wahrheit sagen wirst.« Khara warf einen Blick auf die zerknitterten Landkarten auf ihrem kleinen Tisch. »Was vor uns liegt, habe ich so gut wie möglich geplant, Byx. Aber eins weiß ich auch: Das Schlachtfeld lacht nur über Pläne.«

Ich brachte ein schwaches Lächeln zustande.

»Wie ich die Sache nun einschätze, stehen wir bei dem Versuch, diesen Krieg aufzuhalten, vor drei wichtigen Herausforderungen. Als Erstes müssen wir dafür sorgen, dass die Natintjes auf unserer Seite sind. Dafür brauche ich dich. Du musst für mich Augen und Ohren sein. Du redest mit der Natintje-Königin, achtest auf jede Spur von Doppeldeutigkeit und bildest dir ein Urteil, ob wir ihr vertrauen können.«

»Das schaffe ich wohl«, sagte ich. Aber ich hörte den Zweifel in meiner Stimme.

»Die nächste Herausforderung wird sein«, fuhr Khara fort, »andere für unsere Sache zu gewinnen. Da brauche ich dich als Stimme der Friedensarmee. Du musst unsere Mission erklären und dafür sorgen, dass alle loyal an unserer Seite stehen. Du musst überzeugend auftreten, wenn du spürst, dass sie schwanken. Dalkins genießen das Vertrauen anderer Arten, und das werden wir für unser Vorhaben nutzen.«

»Das schaffe ich wohl«, sagte ich wieder, doch diesmal war meine Unsicherheit nicht zu verbergen.

Lächelnd legte Khara mir die Hände auf die Schultern. »Was habe ich für ein Glück, dass ich dich an meiner Seite habe, Byx«, sagte sie leise.

»Du hast noch nicht gesagt, was die dritte Herausforderung sein wird.«

»Die beiden ersten Probleme sind mit Diplomatie zu lösen, aber das dritte ...« Khara nahm die Hände von meinen Schultern und ließ sie schlaff herunterhängen. »Falls ... wenn ... die Friedensarmee auf die Truppen des Murdano und zugleich auf die des Kazar stößt, werden wir entweder den Krieg stoppen und die Oberhand gewinnen – oder dabei selbst umkommen.«

Ich schluckte, und in meiner Kehle schien plötzlich ein scharfkantiger Stein zu stecken. »Du kannst auf mich zählen, Khara. Ich verspreche dir, dass ich für dich Augen und Ohren sein werde und auch Stimme.«

»Meine Augen und Ohren, meine Stimme und auch mein

Herz.« Kharas Augen leuchteten. »Aber jetzt sieh zu, dass du ein bisschen Schlaf bekommst. Du stehst vor einem wichtigen Unternehmen.«

»Einem riskanten Unternehmen«, murmelte ich.

»Byx, meine Freundin. Gibt es denn überhaupt andere?«

4

Unterwegs

Früh am nächsten Morgen machten wir uns auf den Weg durch die sanft gewellten Ebenen von Nedarra: jeweils zu viert nebeneinander, fünftausend Mitglieder insgesamt, eine vor langen Lanzen strotzende Kolonne. Es war ein kühler klarer Tag mit strahlendem Sonnenschein. Hin und wieder fing sich ein Strahl in einem Helm oder Panzer und blendete mich mit seinem grellen Schein.

Vielleicht jeder Zehnte von uns war beritten. Die Übrigen, Menschen zumeist, marschierten mit längst wund gelaufenen Füßen. Obwohl schon viele Wochen unterwegs, waren wir immer noch guter Dinge.

Viele der Reiter und Reiterinnen in der Kolonne trugen entweder das Blau der Donatis oder das Orange der Corplis. Aber Khara hatte eine Reihe von Näherinnen gebeten, eine neue Uniform anzufertigen in Farben, die für das vereinte Nedarra stehen sollten. Sie selbst trug bereits das erste dieser Kleidungsstücke. Es war hellblau, mit einer in lebhaftem Grün gehaltenen Darstellung von Urmans Eibe, ebenjenes Baumes, unter dem vor vielen Jahren ein großer Friedenspakt zwischen den Arten beschlossen worden war.

Und doch war es nicht Kharas Uniformrock, der dafür sorgte, dass unsere Soldaten miteinander tuschelten und sich gegenseitig anstupsten. Es war das Schwert an ihrer Seite. Die berühmte, von magischen Kräften im Zaum gehaltene Waffe machte einen gewöhnlichen, wenn nicht gar schäbigen Eindruck – jedenfalls so lange sie nicht im Zorn gezogen wurde. Wenn das geschah, war ihre Stärke atemberaubend. Ein Blick auf dieses leuchtende Schwert machte deutlich, warum es *Licht von Nedarra* genannt wurde.

Nach einstündigem Ritt ließ ich Havoc traben, bis ich auf gleiche Höhe mit Khara kam. Ihr oberster General Varis lenkte höflich sein Pferd zur Seite, damit ich näher herankonnte. Varis, erst vor Kurzem zum General befördert, gehörte zur Familie der Corplis, den ehemaligen Feinden der Donatis, die jetzt aber Verbündete der Friedensarmee waren.

An Kharas anderer Seite ritt die blaue Bodick, eine Frau mittleren Alters, die in einer früheren Schlacht ein Ohr und ein Auge verloren hatte und in einer anderen drei Finger ihrer linken Hand. »Blau« wurde sie genannt, weil sie mit einem indigoblauen Tattoo in Form einer gewundenen Schlange eine grauenvolle Narbe auf der Wange überdeckt hatte.

Ich hatte sie allmählich schätzen gelernt. Sie war vielleicht nicht gerade jemand, den man zum Tee einladen würde. Aber sie war ganz sicher die Art von Kriegerin, die man sich in der Nähe wünschte, falls es zum Kampf käme.

»Wie fühlst du dich, Byx?«, fragte Khara.

»Ein bisschen unsicher, ehrlich gesagt.«

»Das musst du nicht. Ich habe volles Vertrauen in dich.«

Ich beschloss, das Thema zu wechseln. »Wie weit marschieren wir heute noch?«

»Wir werden um Erlaubnis bitten, ob wir unser Lager außerhalb des befestigten Dorfes am Fluss aufschlagen dürfen. Wir müssten vor Mittag dort sein.«

»Einer Armee können sie kaum die Erlaubnis zum Lagern verwehren«, entgegnete General Varis. Es klang wie eine Drohung. Doch eigentlich klang alles, was der große rothaarige Mann sagte, irgendwie drohend. Einmal war Tobble von General Varis höflich um einen Schluck aus seinem Wasserschlauch gebeten worden, da war der kleine Wobbyk fast in Ohnmacht gefallen.

»Stimmt schon, General«, sagte Khara. »Doch wie die Entscheidung der Einwohner auch ausfallen wird, wir müssen sie respektieren. Wir sind die Friedensarmee, und Frieden werden wir halten.«

»Außer natürlich, wir werden angegriffen«, wandte General Varis ein, und es hörte sich fast hoffnungsvoll an.

Khara nickte.

»Rechnet Ihr denn mit einem Angriff, General?«, fragte ich.

»Ich kann in Gegenwart eines Dalkins nicht lügen«, sagte er mit einer Spur von Lächeln. »Manche unserer Leute hätten schon ganz gern mal einen kleinen Kampf.«

Bodick tätschelte ihr Schwert. »Nur … verstehst du … um das tägliche Einerlei zu unterbrechen«, sagte sie.

»Hoffen wir, sie werden in diesem Punkt weiterhin enttäuscht«, sagte Khara. »Doch falls wir angegriffen werden, könnt ihr sicher sein, dass wir uns mit einem so heiligen Zorn verteidigen werden, dass keiner es noch mal mit uns aufnehmen wird.«

Manchmal hörte sich Khara sogar in meinen geübten Ohren fast so Furcht einflößend wie ihre Generäle an. Hatte sie sich auch so sehr verändert wie ich? Oder hatte sie ihr größeres Ich schon angenommen, die Rolle der Führerin, zu der sie bestimmt war?

Und was war ich nun geworden? Bestimmt nicht Byx, die Botschafterin, trotz Kharas Zuversicht.

Gambler kam mit Tobble auf dem Rücken angesprungen. Wie sich herausgestellt hatte, war es für Tobble angenehmer, auf Gambler zu reiten, als hinter mir auf Havoc. Und auch wenn sich Gambler dauernd darüber beschwerte, schien er doch Gefallen an Tobbles Gesellschaft zu haben.

»Wann halten wir zum Essen an?«, fragte Tobble mich. »Mein Frühstück war viel zu leicht. Von Schmetterlingen werde ich nie satt. Zu viel Flaumzeug.«

»Ich denke nicht, dass wir anhalten werden«, antwortete ich. »Siehst du dort in der Ferne das ummauerte Dorf am Telarno? Der Plan ist, dass wir dort außerhalb der Mauern unser Lager aufschlagen.«

»Keine Angst, Tobble«, sagte Khara lächelnd. »Es sind höchstens anderthalb Meilen.«

»Oh, Entschuldigung«, sagte Tobble, »mein Magen ist eben nicht so höflich wie mein Kopf. Er hört nicht auf zu grummeln.«

Ich musste lachen. Bei einem hungrigen Dalkin winselt der Magen. Grummeln kommt mir dagegen immer allzu ... deutlich vor.

»Trotz all der Eshwins gestern hätte ich nichts gegen einen kleinen Imbiss einzuwenden«, sagte Gambler mit einem flüchtigen Blick über die Schulter zu Tobble. »Und zufällig habe ich ja ein leckeres Appetithäppchen auf meinem Rücken sitzen.«

»Auf deinem Rücken?« Tobble drehte sich suchend um, dann begriff er. »Oh, ich verstehe. Aber du machst natürlich nur Spaß«, sagte er und tätschelte Gamblers Flanke.

»Meinst du?«, fragte Gambler mit einem Glitzern in den hellblauen Augen.

»Gambler«, sagte Khara, »wir essen unsere Gefährten nicht.«

»Einverstanden«, sagte Gambler. »Falls sie uns nicht ärgern.«

Ich zwinkerte Gambler zu, und er lächelte zurück. Ein lächelnder Felijaga ist allerdings schwer zu unterscheiden von einem zähnefletschenden Felijaga – beides kann einen aus der Fassung bringen. »Also, ich wäre vorsichtig, Tobble«, warnte ich. »Gambler sieht tatsächlich ein bisschen hungrig aus.«

»Das ist nicht witzig, Byx«, sagte Tobble. »Überhaupt nicht. Lasst das alberne Gerede, ihr zwei.«

»Weißt du, Tobble, *mich* kann man ja vielleicht albern nennen, aber ich bin ziemlich sicher, dass Gambler noch *nie* so bezeichnet worden ist.«

»Albern«, wiederholte Gambler und verzog das Gesicht. »Allein dafür könnte ich dich schon fressen.«

Hinter uns begann ein Offizier ein Marschlied, um seine Soldaten bei gleichmäßigem Tempo zu halten. Sein rauer Bariton bestimmte die Gangart.

»Links – Links – Links, rechts, links.
Lang und spitz ist unser Speer,
Stark und mächtig unser Heer.
Unser Lied soll'n alle hören:
Wir wissen allzeit uns zu wehren!«

Inzwischen kannte ich diese Lieder gut, und manchmal sang ich sogar mit. Die Soldaten nannten sie Marschlieder. Die Verse waren oft humorvoll, aber ebenso oft kriegerisch.

Ich ertappte mich beim Mitsummen, konnte das Tempo aber nie wirklich halten, weil mein Pferd sich nicht um den Takt kümmerte, den der Offizier vorgab. Havoc schlug glücklicherweise sein eigenes Tempo an. Er war eins der vier Pferde, die wir von Kharas Familie geschenkt bekommen hatten, und war so klein, dass ein Dalkin meiner Größe mit ihm klarkam. Meistens jedenfalls.

Nach kurzer Zeit kamen wir an einen kleinen Weiher, dessen Oberfläche ruhig wie Eis dalag. Ein großer Baum am Ufer überragte ihn, und auf einem dicken schwarzen, sich über das Wasser breitenden Ast hing ein Nest voll keckernder blauer Eichhörnchen.

Es erinnerte mich sofort an meine Lieblingsstelle von früher, als ich klein war: das sandige Ufer eines tiefen Wasserlochs, dem Geisterweiher, weit weg von jedem Dorf und jeder Straße. Wir schwimmen gern, wir Dalkins, das ist auch so eine Eigenschaft, die wir mit vielen Hunden teilen. Dieser Weiher meiner Kindheit war überragt von Crillerbäumen, von denen dicke Ranken mit glatten hellgelben Blättern herunterhingen. Meine Geschwister und Freunde kletterten auf die Bäume, griffen nach den Ranken und schwangen sich über das Wasser.

Manche der Wagemutigeren unter uns spannten ihre Gleitflügel aus, dünne Hautfalten, die es uns erlauben, wie Eichhörnchen den Flug durch die Luft zu verlängern. Solche Versuche führten immer wieder zu jähen Abstürzen, hochschießenden Wasserfontänen und Lachsalven.

Es hatte immer wie ein herrliches Vergnügen ausgesehen, aber ich hatte es nie ausprobiert. Der Weiher war kalt und dunkel und sein Name auch nicht gerade ermutigend. Ich hatte Angst.

»Komm, Byx! Sei nicht so ein Angsthase!«, hatten meine Geschwister mich immer geneckt.

»Ich mach's ja … aber nicht heute«, war dann meine Antwort gewesen, doch nie hatte ich den Mut dazu gefunden.

Es mag seltsam klingen, dass ich eine Zeit voller Peinlichkeit und Furcht als kostbares Andenken bewahre. Aber mir ist heute jede Erinnerung an diese Tage heilig. Die Erinnerungen sind alles, was mir geblieben ist von denen, die ich geliebt habe und die mich geliebt haben. Manchmal, spätnachts, scheinen mir diese Erinnerungen wirklicher als mein gegenwärtiges sonderbares Leben.

Trotzdem führte der Gedanke an mein damaliges Ich, das zitternd am Rand dieses Wasserlochs stand, zu einem gequälten Lächeln. Ich hatte mich vor einem Gewässer gefürchtet, in dem nichts Beängstigenderes war als höchstens ein paar schimmernde Fische.

Hätte man mir damals erzählt, dass ich eines Tages meine Gleitflügel ausbreiten, von einem hohen Gebäude springen und vor den Füßen der bösen Seherin des Murdano landen würde, hätte ich nur die Augen verdreht. Hätte man mir damals erzählt, dass ich mutig vor den Murdano hintreten oder einen grausamen Feuerritter in eine Falle locken würde oder austüfteln, wie wir die Schiffe der Marsonier angreifen könnten, hätte ich lauthals gelacht.

Ich richtete mich im Sattel auf und warf einen letzten Blick über den kleinen Weiher. Staub hing über der marschierenden Armee hinter mir. Einer der Soldaten schleuderte einen Stein auf die stille Wasseroberfläche. Er verschwand im Dunkel, ohne dass sich das Wasser merklich kräuselte.

5

Der Abend vorher

Noch vor der Mittagsstunde erreichten wir das von Mauern umgebene Dorf, das – wie wir von einem vorüberkommenden Bauern erfuhren – Callumweir genannt wurde. Je näher wir kamen, desto weniger eindrucksvoll wirkte es. Die Mauern waren nicht höher als ein groß gewachsener Mensch. Gambler hätte sie mit einem Satz überwinden können.

Khara ging, um mit dem Bürgermeister zu verhandeln, einem großen flachshaarigen Mann namens Tarang der Bleiche. Sie nahm mich mit, damit ich ihr bestätigen konnte, ob er die Wahrheit sagte oder nicht. Nach einer halben Stunde kehrten wir zurück mit der Erlaubnis, außerhalb des Ortes unser Feldlager aufzuschlagen. Als die Einwohner den Zweck unserer Mission erfuhren, schlossen sich dreiundzwanzig von ihnen der Friedensarmee an, darunter Tarang selbst. Er trat als Bürgermeister zurück und kam mit einer zweischneidigen Axt zu uns ins Lager.

Wir schlugen unsere Zelte auf, entrollten Schlafsäcke, hoben Löcher für Latrinen aus, versorgten die Pferde – alles öde Routinearbeiten, die uns inzwischen zur zweiten Natur geworden waren. Khara hatte eine Abteilung in den Wald geschickt, um Stämme für eine behelfsmäßige Palisade zu schlagen: eine ringförmige Barriere aus oben zugespitzten, in die Erde getriebenen Pfählen, um Eindringlinge abzuhalten. Das Errichten einer solchen Palisade war schwere Arbeit, und sie dauerte bis weit nach Sonnenuntergang. Aber Khara bestand darauf, jedes Feldlager so gut zu sichern, dass es im Fall eines Angriffs nicht leicht überrannt werden konnte. Und nach unserem Abzug würde die Palisade zum Nutzen der Einwohner stehen bleiben, falls sie das wollten.

An diesem Abend ging ich kurz zu Maxyn ins Zelt, das er sich mit Renzo und Dog teilte. Er war allein und lag auf einer Decke, daneben ein flackernder Kerzenstummel. Eine hölzerne Krücke lag auf dem Boden. Maxyn war übel verwundet worden, als Soldaten des Murdano ihn gefangen und entführt hatten, und er war noch nicht wieder ganz bei Kräften.

Wir begrüßten uns mit Nasenstübern. »Wie geht es dir, Maxyn?«

»Jeden Tag besser, Byx.«

Ich sah auf ihn nieder. Seine Augen waren dunkler als meine, seine Schultern breiter. Er hatte Fell in der Farbe von Stroh und lange seidige Ohren. Wir waren in vielerlei Hinsicht verschieden, wie man das bei Individuen einer Art eben erwartet.

Trotzdem war Maxyn mein Spiegelbild. Wenn ich ihn ansah, sah ich mich selbst. Es gab nur noch so wenige Dalkins auf der Welt, dass ich jedes Mal, wenn ich ihm begegnete, fast betroffen war von dem starken Gefühl der Vertrautheit.

»Du starrst mich schon wieder so an, Byx.«

»Oh … tut mir leid«, sagte ich verwirrt. »Es ist nur … sobald ich dich ansehe, sehe ich irgendwie mich selbst.«

»Und das ist schlimm?«

»Nein. Nein, natürlich nicht! Aber dann muss ich wieder daran denken, wie allein wir sind. Wir Dalkins, meine ich.«

»Wenn ich dich sehe, fühle ich mich erleichtert«, sagte Maxyn. »Und froh.«

Ich lächelte. »Was macht dein Bein?« Ich deutete auf die schmutzige Schiene an seinem rechten Fuß.

»Na ja, in die Schlacht stürzen werde ich mich so schnell nicht wieder können, aber es bessert sich allmählich.« Maxyn verzog das Gesicht, als er seine Lage änderte. »Wie ist dein Gefühl wegen morgen? Ich wünschte, ich könnte mitkommen.«

Während des Essens hatte Khara ihre engsten Berater in die Einzelheiten meiner Mission eingeweiht. Wie ich waren auch Tobble und Renzo entschlossen, ihr Bestes zu geben. Und genau wie ich waren auch sie äußerst nervös bei der Vorstellung, die Natintjes in ihrem Reich aufzusuchen. Nichts ist normal daran, wenn luftatmende Arten sich plötzlich tief unter Wasser aufhalten sollen.

»Natintjes bringen mich immer zum Schaudern«, sagte Maxyn. »Die merkwürdigsten Kreaturen, die ich je gesehen habe. Abgesehen vielleicht von den Terra-Olmen.«

Terra-Olme sind riesige insektenähnliche Wesen mit dreieckigen Köpfen und ständig mahlenden Kauwerkzeugen. Natintjes kommen in vielen Gestalten und Größen vor, doch alle sind Wasseratmer mit gut funktionierenden Kiemen. Ihre Köpfe sind von der Form eines Schiffsbugs, sie haben Fangarme, Arme und Beine, Schwimmhäute zwischen den Fingern und lange Füße, die in Flossen übergehen.

»Ich weiß schon, was du meinst«, sagte ich und versuchte, nicht an die vor mir liegende Reise zu denken, auf der es keinen Mangel an Natintjes geben würde. »Obwohl ich finde, dass Terra-Olme noch mehr zum Fürchten sind. Die stachligen Beine und vorstehenden Augen! Sie erinnern mich an die Killerspinnen, die wir oft unter Steinen gefunden haben, als ich klein war. Nur tausendmal größer.« Ich seufzte. »Immerhin haben Natintjes was entfernt Vertrautes an sich. Irgendwie teils Mensch, teils Fisch.«

Maxyn nickte. »Ihr brecht gleich morgen früh auf?«

»Der Gesandte der Natintjes holt Renzo, Tobble und mich an einer Flussbiegung ab, nicht weit von hier. Khara wird uns vorstellen und dann ... na, wer weiß?«

»Du schaffst das schon«, sagte Maxyn mit einem Zwinkern, und seine Zuversicht stärkte mein Selbstvertrauen ein bisschen.

Wir unterhielten uns noch eine Weile, und dann kehrte ich zu dem Zelt zurück, das Tobble und ich uns teilten. Im Grunde war es auch Gamblers Zelt, aber er blieb lieber im Freien und ging im Umkreis des Lagers auf Pirsch. Felijagas sind von Natur aus nachtaktiv. Gambler versuchte zwar, sich an unsere Märsche bei Tageslicht zu gewöhnen, aber seinen Instinkt ganz zu unterdrücken fiel ihm schwer.

Ich schlief unruhig und wachte noch vor der Dämmerung auf, überrascht, dass ich nicht Tobbles vertrautes eintöniges Schnarchen hörte. Er war hellwach, starrte zur Zeltspitze und umklammerte mit den Pfoten seine zerschlissene grüne Decke.

»Tobble?«, sagte ich. »Ist alles in Ordnung mit dir?«

Mit bebenden Ohren setzte er sich auf, ein gezwungenes Lächeln im Gesicht. »Natürlich ist alles in Ordnung mit mir. In schönster Ordnung sogar, was immer das heißt. Warum soll was nicht in Ordnung sein mit mir?«

»Vielleicht weil du zu einer Unterwasserreise aufbrechen sollst? Zu einem Palast voller fischähnlicher Wesen?«

Tobble lachte ein bisschen. »Ich bin nur froh, dass wir zusammen gehen, Byx.«

»Anders hätte ich es auch nicht gewollt.«

Als Tobble und ich, beladen mit unserem schweren Marschgepäck, aus dem Zelt traten, warteten Khara, Renzo und Dog schon auf uns. Die Köche hatten in einem großen eisernen Topf heißen Tee zubereitet, und wir schöpften unsere Becher voll.

»Ich möchte die Sache noch mal durchsprechen, damit euch auch alles klar ist«, sagte Khara. »Wir wissen von den Natintjes nur sehr wenig, wir haben keine Ahnung, was sie vorhaben. Aber wenn wir diesen Krieg zwischen Nedarra und Dreyland aufhalten wollen, könnten sie uns dabei äußerst hilfreich sein.«

»Meinst du wirklich, die Natintjes könnten verhindern, dass der Murdano seine Flotte gegen Dreyland einsetzt?«, fragte Tobble.

»Kein Schiff fährt übers Meer ohne Erlaubnis der Natintjes«, sagte Khara. »Und deshalb« – sie bedachte Renzo mit einem vielsagenden Blick – »müsst ihr euch von eurer besten Seite zeigen.«

Renzo tätschelte Dogs Kopf. »Also nichts stibitzen, es sei denn, sie merken es nicht?«

»Brauchbar sind nur deine ersten drei Worte. Sonst nichts.«

»Na toll.« Renzo zog ein verärgertes Gesicht. »Warum schickst du mich mit, wenn ich nicht mal ein bisschen Schnickschnack mitnehmen darf?«

»Weil du trotz allem Anschein und trotz der meisten Dinge, die du von dir gibst, Renzo, nicht völlig schwachsinnig bist und ich deshalb annehme, dass Byx wirklich von deinem Rat profitieren könnte.«

»Du bist auch als Einziger groß genug, um diesen Schild zu tragen«, sagte Gambler, der gerade dazukam.

Khara legte einen Finger an die Lippen. »Pscht! Erzähl Renzo bloß nicht, er wäre nur ein Lasttier.«

»Ich möchte sowieso heftig protestieren gegen die Idee, die Krone und den Schild der Subdur-Natintjes jetzt einer anderen Natintjes-Königin auszuhändigen«, sagte Renzo. »Ich habe heißer geschmolzener Lava getrotzt, um an diese Sachen zu kommen. Ohne meine atemberaubende Geschicklichkeit und meinen bewunderungswürdigen Mut hätten wir sie gar nicht.« Er grinste. »Außerdem sind sie ein Vermögen wert. Wenn nicht noch mehr.«

Die Krone und der Schild waren kunstvolle Gegenstände, die die Subdur-Natintjes für sich beanspruchten. Diese Subdur-Natintjes bildeten eine kleine und äußerst sonderbare abtrünnige Gruppe, die in einem ausgedehnten unterirdischen See lebte. Einer der Gegenstände – Tobble hatte ihn ein »WeitNah« genannt – war eine Wunderröhre, die entfernte Dinge nah erscheinen ließ. Leider hatten wir uns davon trennen müssen, doch wir besaßen noch immer eine eindrucksvolle juwelenbesetzte Krone und einen großen Schild.

»Ich habe schon lange den Verdacht, dass der Subdur-Clan die Krone, den Schild und das WeitNah von anderen Natintjes gestohlen hat«, sagte Khara. »Ihre Königin Lar Camissa hat sich ausweichend genug ausgedrückt, als sie uns davon erzählte.« Sie zog die Schultern hoch. »Wenn wir diese Gegenstände jetzt der herrschenden Machthaberin der Natintjes als Geschenke anbieten, hilft das in jedem Fall, ihr unsere Aufrichtigkeit und unser Engagement deutlich zu machen. Gehört nun mal alles zur Diplomatie, Renzo. Tut mir leid.«

Renzo hatte sich den Schild auf den Rücken geschnallt und

ihn zur Tarnung mit Sackleinwand umwickelt. Den kleinen Lederbeutel, den er dabeihatte, gab er mir.

»Den Schild übernehme ich«, sagte er seufzend. »Aber was die Krone angeht, also ich weiß nicht, ob ich mir da trauen kann.«

Khara schüttelte den Kopf. »Tja, du musst dich selbst am besten kennen.«

Ich nahm ihm die Krone ab und schob sie in meinen Beutel. Wir Dalkins haben Hauttaschen am Bauch, wie Beuteltiere. Die Krone war unbequem, recht spitz und scharfkantig, trotzdem würde es auf diese Art leichter sein, als zusätzlich zu meinem normalen Gepäck und meinem Schwert noch einen Extrasack zu tragen. In den Heldengeschichten aus alten Zeiten ist von solchen Dingen nie die Rede, aber selbst kleine Schwerter wie meins sind erstaunlich schwer.

»So. Die Entscheidung liegt nun allein bei dir, Byx«, sagte Khara. »Traust du diesen Natintjes oder nicht? Glaubst du, dass sie der Friedensarmee helfen können und wollen? Für wochenlange Spielchen haben wir keine Zeit. Wir müssen die Absichten der Natintjes kennenlernen. Das ist der erste diplomatische Schritt bei unserem Bemühen, den Krieg zu verhindern. Und er könnte sich als der wichtigste herausstellen.«

»Ich … ich werde es versuchen«, sagte ich. Meine zitternde Stimme verriet mich, mein Magen bäumte sich auf wie Wellen bei rauer See. Khara musste mich wirklich nicht daran erinnern, dass ich eine enorme Last an Verantwortung trug.

Vielleicht konnte ich helfen, einen Krieg zu verhindern, und dadurch Tausende Leben retten.

Vielleicht auch nicht.

»Gambler«, sagte Renzo, »da dieser Ausflug kurz sein wird

und wir mit leichtem Gepäck reisen müssen, vertraue ich Dog deiner Fürsorge an, solange ich weg bin.«

Dog versuchte, den Felijaga mit einem feuchten Kuss zu beglücken, traf aber nur auf eine Pranke, die fast so groß war wie Dogs Kopf.

»Spielt schön, ihr zwei«, sagte Renzo, und Gambler knurrte.

»So. Sind wir so weit, Freunde?«, fragte ich und bemühte mich, entschlossen zu klingen.

»Jederzeit«, sagte Renzo, doch Tobble schüttelte den Kopf.

»Erst Frühstück. Falls ich sterbe, möchte ich mit vollem Magen sterben.«

6

Botschafterin Byx

Flussabwärts vom Dorf machte der Telarno eine sanfte Biegung und bildete ein trübes schlammiges, von Weiden beschattetes Becken. Es war nicht weit vom Lager, und so gingen Khara, Renzo, Tobble und ich zu Fuß. Bodick und drei Soldaten folgten uns in respektvollem Abstand. Auf diese Weise wollte Khara den Natintjes deutlich machen, dass die Friedensarmee genau das war: friedlich.

Der Natintje-Gesandte erwartete uns schon, wie mir Khara versicherte. Aber noch sah ich nichts.

»Gesandter! Botschafter Delgaroth!«, rief sie.

Da teilte sich, fast ohne Wellenbewegung, das Wasser, und Delgaroth tauchte auf. Er war tiefblau wie der Himmel kurz vor Einbruch der Dunkelheit, und an den Seiten und im Gesicht hatte er eine grellgrüne Musterung. Die Augen, dunkelblau mit einem matten Türkisrand, waren groß für einen Natintje. Wenn er blinzelte, geschah das entweder mit einem oder allen beiden seiner zwei Paar Augenlider. Das erste Paar war undurchsichtig, das zweite transparent. Ich hatte mir erklären lassen, dass die durchscheinenden Lider den Natintjes das Sehen unter Wasser erlaubten.

»Ich wünsche Euch einen guten Morgen, Botschafter«, grüßte Khara mit einem Kopfnicken.

»Das wünsche ich Euch auch, Lady Kharassande von Donati«, sagte Delgaroth.

Es überraschte mich, wie gut er zu verstehen war. Natintjes haben oft Mühe mit der deutlichen Aussprache, sobald sie Luft atmen. Außerdem sprach er sehr laut, beinahe schreiend, vielleicht weil er normalerweise unter Wasser sprach.

»Ich stelle Euch hier meine guten Freunde und Gefährten vor, Renzo und Tobble. Und das ist meine Botschafterin Byx von den Dalkins«, sagte Khara.

Als ich die Worte »meine Botschafterin« ausgesprochen hörte, schluckte ich. Ich musste mir erst wieder in Erinnerung rufen, dass Khara von *mir* sprach.

Delgaroth würdigte Renzo und Tobble kaum eines Blickes. Stattdessen richtete er seine volle Aufmerksamkeit auf mich.

»Du bist der Dalkin.«

»Wie Ihr seht«, sagte ich etwas verlegen. Ich hatte das Gefühl, ich sollte mich verbeugen, was aber doch lächerlich gewesen wäre.

Delgaroth zog seine dunkelroten Lippen hoch und warf einen prüfenden Blick über unsere Runde. »Die Reise wird mindestens zwei Tage dauern.«

»Gibt es ein Schiff?«, fragte Renzo, obwohl von einem Fahrzeug nichts zu sehen war.

»Ein Schiff von anderer Art, als ihr es vielleicht gewöhnt seid.« Delgaroth deutete mit einem seiner sechs Fangarme nach unten. »Es liegt auf dem Grund des Flusses.«

Renzo und ich wechselten einen unbehaglichen Blick.

»Ja«, flüsterte Renzo, »er hat gesagt ›auf dem Grund‹.«

Wie befürchtet also. Wir hatten die bizarre Erfahrung einer Unterwasserreise schon einmal gemacht – mithilfe der magischen

Kräfte der Natintjes. In einer riesigen Blase hängend, hatten wir damals überlebt, aber es war unwirklich und verstörend gewesen, um es freundlich auszudrücken.

Delgaroth stieg aus dem Wasser und setzte sich auf die Böschung. »Kann jeder von euch schwimmen?«, fragte er.

Wir konnten, aber glücklich war keiner von uns bei der Vorstellung, es etwa beweisen zu müssen. Renzo sagte: »Ich habe dieses, äh … schwere Ding da bei mir. Würde mir, ehrlich gesagt, schwerfallen, damit zu schwimmen.«

»Könntest du vielleicht genauer sagen, was das für ein Gegenstand ist?«, fragte Delgaroth höflich.

Ich ergriff das Wort, bevor Renzo antworten konnte. »Vielleicht finden wir später, wenn wir Eure Königin getroffen haben, Zeit zum Geschichtenerzählen.«

Delgaroth ließ meine Antwort gelten, warf aber einen verdutzten Blick in meine Richtung. »Wenn ihr so weit seid, bitte ich euch also an Bord meines bescheidenen Fahrzeugs. Ihr müsst nur in den Fluss waten. Ihr werdet von Tausenden winziger Bläschen umhüllt werden, sodass euch garantiert nichts passieren kann, das versichere ich euch. Achtet aber darauf, euch nicht von der Strömung mitreißen zu lassen. Ihr Landwesen fallt so leicht um.«

»Als Anführerin dieser Expedition, Byx«, sagte Renzo und trat einen Schritt zurück, »musst du natürlich zuerst gehen.«

»Unsinn«, widersprach ich, »ich muss zuletzt gehen.«

»*Ich* gehe ganz gewiss nicht zuerst«, sagte Tobble. Er war ein ausgezeichneter Schwimmer, doch das schien ihn jetzt nicht zu motivieren.

Am Ende einigten wir uns darauf, dass wir alle gleichzeitig loswaten würden. Die Uferböschung überragte das Wasser um etwa einen halben Meter, was bedeutete, dass der erste Schritt ein Sprung war, ein unberechenbares Eintauchen in die Tiefe. Wir holten automatisch tief Luft, und dann – Renzo zählte mit den Fingern eins, zwei, drei – sprangen wir ins Ungewisse.

Und kamen platschend in knöcheltiefem Wasser auf.

Ich bin kein Experte in Sachen Natintje-Gesichter, aber dass Delgaroth sich größte Mühe gab, nicht über uns zu lachen, war mir ziemlich klar.

Khara dagegen bog sich vor Lachen.

So begann meine diplomatische Mission.

Wie erkläre ich nur das komische Gefühl, in einen Fluss hineinzugehen, rundum nichts als Wasser, und dabei doch vollkommen trocken zu bleiben? Natürlich handelte es sich um Magie, nichts also, worauf man blind vertrauen sollte, doch Delgaroths Sprüche schienen wirkmächtig zu sein. Ich blieb trocken, obwohl ich bis zum Hals in dem eisigen braunen Wasser stand.

»Es wird jetzt schnell tiefer«, warnte Delgaroth, als er in den Fluss zurücksprang. »Ich werde vorausschwimmen.«

Ich wartete und sah zu, wie sich Renzo einen Schritt vortastete – das Wasser ging ihm nur bis zum Bauch – und wie er dann einen zweiten Schritt wagte. Noch ein paar Zentimeter, und schon kippte er vornüber und ruderte mit den Armen durch die Luft. »Aah!«, schrie er, als er im reißenden Fluss verschwand.

Im Nu war er wieder oben, brusttief im Wasser stehend, was bedeutete, dass es ein ganzes Stück über meinen Kopf reichen musste und damit weit über Tobble hinaus. Tobble war noch in Ufernähe.

»Hey, es klappt!«, rief Renzo. »Und es kitzelt!«

»Bitte sehr«, sagte ich, dann hielt ich die Luft an und tauchte unter. Zu meiner Freude und Erleichterung stiegen augenblicklich winzige magische Bläschen auf und zogen sich über meinem Kopf zusammen. Ich holte vorsichtig Luft. Die Bläschen stiegen mir in die Nase, platzten und zischten.

Luft!

Wenn Gehen unter Wasser mühsam ist, so ist Atmen noch mühsamer. »Höchste Alarmstufe!«, schreit der Selbsterhaltungstrieb. Und doch stand ich da und atmete in kleinen kurzen Unter-Wasser-Schnappern, die mich in der Kehle kitzelten und zum Lachen reizten.

Zwar hatte ich das Unterwasserreich schon einmal besucht, aber das hier war etwas anderes. Statt mit gleichmäßigem Wellengang hatten wir es jetzt mit einer anhaltenden Strömung zu tun. Und wie von Delgaroth vorhergesagt, hatte ich Mühe, nicht den Boden unter den Füßen zu verlieren.

»Helft mir!«, hörte ich da Tobbles verzerrte Stimme durch das seichte Wasser. »Tut mir leid, ich möchte ja nicht im Weg sein, aber ... *helft mir!*«

Verzweifelt strampelte er mit seinen kleinen Beinchen, während er, umhüllt von einer eigenen Blase, an mir vorbeisauste. Ich schnappte nach seinem Fuß, verfehlte ihn aber. Und Renzo schlug zwar wild um sich, bekam ihn aber auch nicht zu fassen.

Weg war Tobble, ein Wobbyk in einer Blase.

Und bestimmt kein glücklicher Wobbyk.

Ich wollte gerade auftauchen und hinter ihm herschwimmen, da flitzte in unglaublichem Tempo etwas an mir vorbei. Delgaroth in seinem natürlichen Element. Der Gesandte der Natintjes bekam Tobble mühelos zu fassen. Er griff in ein silbernes Bündel, das über seiner Schulter hing, und reichte Tobble so was wie einen kleinen Backstein.

»Daran halt dich fest, Freund Wobbyk«, sagte Delgaroth. »Es ist Krutz. Ein schweres Metall, das unter dem Meeresboden zu finden ist.«

Mit dem Stück Krutz in der Hand wurde Tobble ausreichend niedergedrückt. Ich umklammerte seine Schulter, und so konnte er seine Füße auf dem Grund des Flussbetts halten.

»Also, das war aufregend«, sagte er mit zittriger Stimme.

»Uns wird schon nichts passieren«, sagte ich.

»Wenn ich nicht spürte, wie deine Hand zittert, könntest du mich davon eher überzeugen.«

»Ich habe noch mehr von dem Krutz«, sagte Delgaroth mit einem Blick auf Renzo und mich, »falls es gebraucht wird.«

Wir schüttelten beide den Kopf. Mit dem Schild und der Krone als Ballast war es für uns ohnehin einfacher als für Tobble.

»Folgt mir nun, und wenn ihr wieder irgendwelche Schwierigkeiten habt, müsst ihr nur schreien«, sagte Delgaroth.

»Oh ja, das werden wir bestimmt«, sagte Renzo. Seine Stimme klang gedämpft wie meine und die von Tobble. Merkwürdigerweise war Delgaroths Stimme sogar noch klarer und deutlicher geworden. Es gehört zu den Eigenschaften der Natintjes, dass ihre Stimmen unter Wasser fast melodisch klingen.

Ein großer Wels schwamm vorbei, der mich argwöhnisch beäugte. Ich spürte, wie mich das Wasser ständig nach oben zog, konnte mich aber auf den Beinen halten, indem ich mich dagegenstemmte. Der Grund des Flusses, ein Anblick, den man von oben kaum zu sehen bekam, bestand aus einer Mischung von buntem Sand und glitzernden Steinen. Ich sah ineinandergewundene Stränge von Wasserpflanzen und hier und da eine Art hohes blau gestreiftes Gras.

Endlich, wahrscheinlich nahe der Flussmitte, erreichten wir etwas, das weder Sand noch Stein, Pflanze oder Fisch war: ein Wasserfahrzeug, das knapp über dem Grund des Flusses trieb, etwa doppelt so hoch, wie ich groß war. Wenn auch nicht annähernd so prächtig wie ein Hochseeschiff, war es doch ungefähr zehnmal so groß wie ich. Und es fehlte der entscheidende Bestandteil eines Segelschiffs: Es hatte kein Segel. Hinten wie vorn spitz zulaufend, funkelte es wie ein verschwommener Regenbogen, der mit wechselndem Lichteinfall die Farben änderte.

»Dieses Fahrzeug wird Barcabrena genannt«, erklärte Delgaroth.

»Woraus ist es gebaut?«, fragte ich in der Hoffnung auf eine beruhigende Antwort.

»Aus Horn«, sagte Delgaroth. »Vielmehr aus zwei Hörnern. Von den Narvaliks, einer Fischart.«

»Hörner? Bei einem Fisch?«

Kann sein, dass Delgaroth lächelte. »Es gibt noch viel mehr Geheimnisse in der Tiefe, als du dir vorstellen kannst, Botschafterin Byx.«

Es war das erste Mal, dass ich einen Titel bekommen hatte, und er schien mir viel zu großartig für meinesgleichen. Aber genau das war ich nun mal: Kharas Botschafterin. Ein Dalkinmädchen, das im Namen eines Menschen Unterredungen mit Natintjes führte.

Manchmal überrascht einen das Leben.

Manchmal wünschte ich, es würde damit aufhören.

7

Unter Wasser

Als ich die Barcabrena näher betrachtete, sah ich, dass sie tatsächlich aus Horn gemacht war. Genau genommen waren es zwei Hörner, wie der Natintje gesagt hatte, Hörner, die, an den unteren Enden zusammengefügt und ausgehöhlt, einen wasserdichten Raum im Innern bildeten. Mich schauderte bei der Vorstellung, wie riesig ein Narvalik sein musste, um mit einem derart sperrigen Anhängsel klarzukommen. Noch fantastischer war: An die Barcabrena waren mithilfe von netzartig verflochtenen Wasserpflanzen Dutzende gleichartiger Fische gespannt, mächtige orange gefleckte Flussbarsche, so groß wie ich.

Anders als typische Schiffe hatte dieses hier weder Masten noch Decks. Stattdessen gab es zwei runde Luken, eine oben und eine unten. Delgaroth öffnete die untere Luke und winkte Renzo. Ich sah zu, wie er sich unter das Fahrzeug duckte, wieder aufrichtete und mit dem Oberkörper im Innern verschwand.

»Hier drinnen ist es trocken!«, rief er.

Ich weiß nicht, ob es einfach ein Naturgesetz war oder Natintje-Magie, aber es schien tatsächlich kein Wasser durch die geöffnete Luke einzudringen.

»Sollen wir?«, fragte ich Tobble, der krampfhaft seinen schweren Stein umklammerte.

»Heb mich hoch. Bitte.«

Ich half Tobble behutsam durch die Luke, dann kletterte ich ihm nach. Das Innere der Barcabrena war tatsächlich trocken und, anders als ich es mir vorgestellt hatte, kunstvoll verziert. In regelmäßigen Abständen funkelten eckige grüne Edelsteine und runde azurblaue Kristalle an der Decke und den Wänden.

Ich warf Renzo einen warnenden Blick zu.

»Was denn?«, fragte er und drückte die Finger an seine Brust. »Ich hab überhaupt nicht gedacht, was du denkst, dass ich gedacht habe!«

»Du weißt schon, dass ich ein Dalkin bin, oder?«

»Na gut, vielleicht *hab* ich daran gedacht. Aber nur gedacht. Dann ist mir klar geworden, dass mich unser Freund Delgaroth ertränken würde, wenn er mich erwischte.«

Wie aufs Stichwort tauchte Delgaroth durch die Luke – sehr viel anmutiger, als wir das geschafft hatten. Er bewegte sich aufwärts, machte dadurch die Öffnung frei und schloss die Luke.

»Ihr seid hier völlig sicher und trocken.« Er sagte »trocken«, als hätte das Wort einen unangenehmen Geschmack. »Von Zeit zu Zeit werde ich Delfine kommen lassen. Sie werden frische Luft hereinblasen, damit ihr nicht ermüdet.«

»Oder tot umfallt«, murmelte Renzo.

Der Raum, in dem wir uns befanden, war nicht groß, nahm aber die Hälfte des Fahrzeugs ein. Hinten, in einem kleineren Bereich, gab es Schlafkojen, der größere Teil vorn war durch Trennwände abgeschlossen. Mit Stühlen und einem Tisch in der Mitte mutete der Raum wie ein gemütliches Wirtshaus an.

»Fühlt ihr euch jetzt alle wohl?«, fragte Delgaroth höflich.

Renzo nickte. »So wohl wie immer, wenn ich in einem Unterwasser-Sarg stecke.«

»In diesen Flaschen sind Getränke«, sagte Delgaroth und deutete mit einer Hand zum Tisch hin. »Ich glaube, sie werden euch guttun. Falls es euch zu warm oder zu kalt ist, meldet euch laut. Ich werde euch hören und die jeweils zuständigen Geschöpfe kommen lassen. Lavako-Aale können das Schiff erwärmen, und fürs Kühlen ist natürlich das Wasser selbst zuständig. Ich werde mich im vorderen Abteil aufhalten oder nebenherschwimmen, da ich Luft über längere Zeit hin schwer erträglich finde. Sie hat etwas sehr … Feindliches an sich.«

Delgaroth entschuldigte sich und entschwand durch eine silberne Tür in den vorderen Schiffsbereich. Ich hörte ihn erleichtert aufseufzen, als gurgelnd ein Wasserschwall heranrauschte.

Die vorgespannten Fische setzten sich in Bewegung, und das Fahrzeug machte einen ordentlichen Ruck. Bald wurde die Fahrt ruhiger, abgesehen von einem leichten Schlingern. Tobble, der aus einem alten Geschlecht von Seefahrern stammte, konnte auf seinen, wie er sie nannte, »seetüchtigen Beinen« mühelos laufen. Renzo dagegen schwankte und stolperte umher wie ein Betrunkener, wobei er sich ständig den Kopf an niedrigeren Teilen der Decke anstieß. Ich hielt mich am Tisch fest und versuchte so, die schaukelnde Bewegung auszugleichen.

Delgaroth hatte uns eine Luke oben im Schiff gezeigt, durch die wir, wie er behauptete, gefahrlos auftauchen und unsere Reise beobachten könnten. Ich zögerte erst, beschloss dann aber doch, einen Versuch zu wagen. Als ich mich auf einen Schemel stellte und die Luke öffnete, stieg gleichzeitig eine große Luftblase auf und umhüllte meinen Kopf. Ich streckte ihn oben aus der Barcabrena und konnte tatsächlich die Geschwindigkeit spüren, mit der die eingespannten Barsche unser Gefährt zogen und dabei perlende Bläschen im Wasser aufsteigen ließen. Es war ein faszinierender Anblick. Mein Puls ging schneller, und ich musste unwillkürlich grinsen. Da sah ich nun eine Welt, die schon immer existiert hatte, eine Welt, von der ich nie gedacht hätte, dass ich sie je kennenlernen könnte. Eine Welt, die aufzusuchen sich die Byx von früher nie getraut hätte.

Der Grund des Flusses hatte seine eigene fantastische Geografie. Schwaden von blauem und gelbem Sand wirbelten in verschlungenen Mustern durcheinander, filigran wie Spitzenborte. Dann wieder tauchten plötzlich zackige schwarze Steinformationen auf und versetzten die Strömung in wildes Schäumen. Das Fischgespann umrundete diese Hindernisse problemlos, manchmal allerdings so knapp, dass ich fürchtete, wir würden gegen die Felsen schrappen und alle ertrinken.

Als der Fluss tiefer und breiter wurde, verschwanden die Ufer aus dem Blickfeld. Wir hielten uns in der Flussmitte zwischen Oberfläche und Grund und sausten schneller dahin als die schnellsten Pferde. Nach einer Weile spürte ich Tobble an meinem Bein ziehen. Widerstrebend ließ ich mich ins trockene Innere des Wasserfahrzeugs hinunter. Wie durch einen Zauber verflüchtigte sich meine schützende Blase.

»Du solltest dir das ansehen, Tobble. Du auch, Renzo. Es ist einfach großartig!«

»Das mag wohl sein«, sagte Tobble. »Aber ebenso großartig ist mein Hunger.«

»Ich könnte auch einen kleinen Imbiss vertragen«, nickte Renzo.

Augenblicklich erschien aus dem vorderen Bereich ein Diener. Zum ersten Mal merkten wir, dass Delgaroth nicht der einzige

Natintje an Bord war. Der Diener war von gedrungener Statur, hellgelb und besaß vier spiralförmig gewundene Fangarme, von denen jeweils zwei aus einer Schulter wuchsen.

»Möchtet ihr hiervon probieren?«, fragte er und reichte uns eine Platte mit geschnittenem Fisch und winzigen Krebsen in einer wohlriechenden Soße, dazu Schälchen mit einer Art Eintopfgericht aus Seegras.

Wir setzten uns an den Tisch, und Tobble tauchte einen goldenen Löffel in den Eintopf. Er probierte, und seine Augen weiteten sich. »Köstlich! Wie nennt sich das?«

»Raakal«, erklärte der Diener. »Schmeckt es euch?«

Tobble war zu sehr mit Essen beschäftigt, also probierte ich auch. »Oh ja!«, rief ich.

Gerade wollte ich einen Schluck aus einer der Flaschen nehmen, da trat taktvoll der Diener dazwischen und reichte mir ein komisches dünnes Röhrchen. »Damit wird Natintje-Bier immer getrunken.«

Renzo nickte anerkennend. »Ganz schön raffiniert. Auf diese Weise können die Natintjes die Flüssigkeit in der Flasche vom Wasser fernhalten.«

»Sie werden Trinkschilfe genannt«, erklärte der Diener.

»Ich nehme an, ihr habt kein Feuer zum Kochen?«, fragte ich.

»Feuer nicht, aber Hitze. Ihr werdet es sehen, sobald wir uns Jaureggia nähern.«

»Verzeihung«, sagte ich stirnrunzelnd. »Wie war das letzte Wort?«

»Jaureggia. Es ist die große Stadt und der Palast unserer Königin Pavionne.«

Nachdem sich der Diener entfernt hatte, lehnte ich mich zurück, satt, aber mit einem mulmigen Gefühl im Bauch. »Königin Pavionne«, wiederholte ich. Ich sah meine Freunde an. »Hoffentlich spricht sie nicht in Rätseln. Nur weil ich ein Dalkin bin, heißt das nicht, dass ich ihre wahren Interessen erkennen könnte.«

»Nur das Meer weiß, was Natintjes wollen«, sagte Renzo düster. Es war eine oft wiederholte Redensart.

»Vielleicht«, sinnierte ich, »fragt sie ja sonst keiner.«

8

Sonnenaufgang und Soratell

Ich konnte erstaunlich gut schlafen, wenn man bedenkt, dass wir unter Wasser mit der Geschwindigkeit eines Falken im Flug dahinsausten. Die Kojen im hinteren Bereich waren für die Größe eines Menschen ausgelegt, für mich also sehr luxuriös. Tobble dagegen fand seine Koje viel zu weitläufig und deshalb unbehaglich. Im Hauptteil der Kabine hatte er eine Holzkiste entdeckt, die er mit einer Decke auspolsterte. Darin rollte er sich zufrieden wie eine Katze zusammen. Wie eine laut schnarchende Katze.

Nach einigen Stunden Schlaf wurde ich wach, weil sich die sanfte schlingernde Bewegung geändert hatte. Zu wach, um wieder in Schlaf zu sinken, stand ich auf und linste durch die Aussichtsluke. Das Wasser hatte jetzt die Farbe von Wein, dunkel, samtig und von schrägen Strahlen silbernen Mondlichts zerschnitten.

Zu meiner Überraschung war Delgaroth im Wasser. Er hatte das Schiff verlassen und hielt sich an einem Haken an der Seite der Barcabrena fest. Als er meinen neugierigen Blick sah, nickte er. »Du hast es gespürt?«

»Etwas habe ich gespürt, ja«, sagte ich. Meine Stimme hallte im Innern der Blase, und ich bezweifelte, dass er mich durch das reißende Wasser hindurch überhaupt hören konnte. Doch

Natintje-Ohren funktionieren, genau wie ihre Stimmen, unter Wasser am besten.

»Wir verlassen nun den Fluss und kommen ins offene Meer. Bis jetzt werden wir von Süßwasserfischen gezogen, aber sie kehren nun bald zu ihren kleinen Seen und Buchten zurück.«

»Und wie werden wir danach weiterkommen?«, fragte ich.

»Wenn du geduldig bist, Botschafterin, wirst du es sehen.«

Da war sie wieder, diese einschüchternde Bezeichnung: Botschafterin. Jedes Mal wenn ich sie hörte, wurde mir die Brust eng, und ich hatte das mulmige Gefühl, eine Hochstaplerin zu sein. Ich bin Byx, das Dalkinmädchen, und weiter nichts, hätte ich am liebsten protestiert. Ich tu doch nur so. Ein Kind, das spielt, es wäre erwachsen.

Ich schüttelte das Gefühl ab, so gut ich konnte, und beschloss, auf meinem Beobachtungsposten zu bleiben. Zu neugierig war ich, um wieder in die Koje zu kriechen.

Bald stellte ich fest, dass sich das Warten lohnte.

Ich habe schon viele Sonnenaufgänge in meinem jungen Leben gesehen. Aber das Aufblühen der Sonne zu beobachten, wenn man sich unter Wasser befindet, ist eine völlig andere Erfahrung. Der erste Lichtfleck, der auf der Wasseroberfläche verschwimmt, die langen Sonnenpfeile, die das Wasser durchdringen wie Schwerter aus purem Gold, die schimmernden Farbbläschen, die zu Boden sinken wie achtlos weggeworfene Juwelen …

Ich konnte den Blick nicht abwenden, Tränen stiegen mir in die Augen.

Vielleicht würde ich Khara enttäuschen. Vielleicht würde ich mich und meine treuen Freunde enttäuschen. So vieles konnte so schnell schiefgehen auf meiner Mission.

Aber was auch geschehen mochte, das Geschenk dieses Sonnenaufgangs würde ich nie vergessen, das gelobte ich mir.

Wie uns die Erde in Staunen versetzen kann, wenn wir es nur zulassen!

Allmählich wurden wir langsamer, denn die angeschirrten Zugfische schlüpften einer nach dem andern aus ihrem Zaumzeug, wendeten scharf und schwammen an meinem Kopf vorbei und zurück. Schließlich kamen wir zum Stillstand und trieben nur noch träge in der Strömung. Unten hörte ich Renzo, der aufgewacht war. »Wo sind wir?«, rief er.

»Ich weiß nicht. Die Fische sind weg, aber Delgaroth sagt, das ist normal.«

»Ist da oben noch Platz für mich?«

»Klar.«

In Wahrheit war es eine knappe Angelegenheit, doch die Aussichtsblase dehnte sich weit genug, um auch Renzo aufzunehmen.

»Wow«, sagte er. »Das ist ... wunderschön!«

Aus Renzos Mund das Wort »wunderschön« zu hören war einigermaßen überraschend, aber er hatte wirklich recht. »Sieh mal!«, schrie er und deutete mit dem Kinn nach vorn.

Zuerst sah ich es nicht, aber nicht etwa, weil es zu klein war, nein, sondern weil es zu groß war.

Es war ein Lebewesen.

Ein Wal.

Sekunden bevor er in unser Schiff gekracht wäre, wandte der Wal seinen gigantischen Kopf aufwärts. Er schwamm vorbei, eine schimmernde graue Wand, die schneller und schneller an uns vorüberglitt, unvorstellbar lang, riesig jenseits aller Maße, größer als jedes Geschöpf, das ich mir überhaupt denken konnte.

Er schoss aufwärts, durchbrach die Farben der frühen Morgensonne und ließ sie nur so funkeln; er tauchte auf, schnellte über unser Schiff hinweg, verdunkelte mit seinem Schatten das Wasser über unseren Köpfen und machte den Tag zur Nacht.

»Bei allen Ahnen und ihren Schoßkätzchen!«, rief Renzo. »Der muss mehr wiegen als zehn Häuser zusammen.«

Mir stockte der Atem, fast blieb mein Herz stehen.

Die Schönheit war unvorstellbar, die Kraft überwältigend.

Als der Wal zurück ins Wasser stürzte, wirkte die Wucht des Aufpralls wie eine ferne Explosion. Unser Schiff neigte sich, und ich hörte Tobble, der – unsanft aus dem Schlaf gerissen – aus seiner Kiste rutschte.

»Hilfe! Wir sinken!«, schrie er.

»Komm rauf zu uns in die Blase«, rief ich hinunter. »Es ist alles in Ordnung.«

Tobble kam herauf und krabbelte auf Renzos Schulter wie ein Kind, das bei einer Parade zuschauen will.

»Aha«, sagte Tobble gähnend. »Es ist ein Soratell-Wal. Sie kommen häufig vor in diesen Gewässern.«

»Häufig?«, fragten Renzo und ich gleichzeitig.

Tobble nickte. »Soratells sind die drittgrößte Walart, glaube ich.«

»Die drittgrößte?«, echote Renzo. »Wie groß sind denn dann Nummer zwei und Nummer eins?«

»Also, gesehen hab ich die nur von der Wasseroberfläche aus, aber ich schätze, ein ausgewachsener Korallenskimmer-Wal ist doppelt so groß. Dann gibt es noch den gefleckten Rennerwal, und der ist so groß, dass er diesen Soratell, unser Fahrzeug und dazu noch zwei, drei mittelgroße Segelschiffe verschlucken könnte.«

Renzo und ich betrachteten ihn mit einer Mischung aus Verwunderung und Angst. Keinem von uns gefiel der Gedanke an ein lebendes Wesen von einer solchen Größe, dass es in »unserem« Soratell nur einen Imbiss sehen würde.

»Keine Angst.« Tobble wedelte mit seiner Pfote. »Diese Fleckis sind sehr langsam. Und sie fressen auch nur Meerespflanzen und Krill.«

»Ich hab doch keine Angst gehabt!«, sagte Renzo.

Tobble warf mir einen listigen Blick zu. »Stimmt das, Byx?«

Ich lachte. »Das beantworte ich lieber nicht, es könnte Renzo in Verlegenheit bringen.«

Da sah ich, dass Delgaroth dicht neben dem Kopf des Wals schwamm. Als nun der Soratell das Zaumzeug aus Seepflanzen zwischen seine wuchtigen Kiefer nahm, kehrte Delgaroth um und kam zu unserer Blase an der oberen Luke. »Ihr solltet euch jetzt wohl besser einen festen Halt suchen«, empfahl er uns.

»Es geht uns hier ganz gut«, sagte Renzo.

Aber im nächsten Augenblick ging es uns überhaupt nicht mehr gut. Wir hatten ja keine Ahnung, was uns bevorstand. Der Wal schlug mit seinem riesigen Schwanz, preschte los und zerrte dabei so ruckartig am Zaumzeug, dass wir alle drei Hals über Kopf hinunter auf den Schiffsboden fielen. Renzo fing sogar noch eine umstürzende Flasche auf.

Trotzdem mühten wir uns wieder hinauf zur Aussichtsblase und schauten begeistert zu, wie wir durch den dichten Schleier aus Bläschen sausten, den der Wal hinter sich herzog. Bei all dem Beben und Ächzen des Schiffs hätte ich vielleicht in Panik geraten müssen, aber es machte mir einfach zu viel Spaß, als dass ich mich mit Angstgedanken herumschlagen mochte.

Lange Zeit flitzten wir so dahin. Plötzlich machte der Wal ohne jede Warnung eine jähe Aufwärtsbewegung, wir natürlich mit, und drei Schreie kamen aus drei Kehlen. Zu unserem Schreck brach der Wal durch die Wasseroberfläche, hinaus in blendende Helligkeit, wir immer hinterher durch Gischt und Luft, bevor wir schließlich wieder in die Tiefe klatschten.

Jetzt tauchte er tiefer und tiefer, und wir fielen wieder alle drei auf den Boden. Ich fühlte mich wie von einem unsichtbaren Gewicht niedergedrückt. Das Atmen war eine Qual. Ich sah die Angst in den Augen meiner Freunde, die ebenso wie ich um Luft ringen mussten.

»Ich krieg keine Luft«, stieß ich keuchend hervor.

Tobbles Augen drehten sich nach oben, er torkelte wie beschwipst im Schiff umher und war am Rande einer Ohnmacht. Ich griff nach ihm, aber kaum hatten wir den Meeresgrund erreicht, schossen wir auch schon wieder der Oberfläche entgegen, und zwar mit solchem Tempo, dass ich gegen eine Trennwand prallte.

Dann ... Stille. Wir fielen in eine unbehagliche Gefasstheit, als der Wal nun ruhig an der Oberfläche entlangstrich, wir knapp darunter.

So ging es den ganzen Tag und die Nacht weiter: lange Strecken sanft schaukelnder Bewegung, immer wieder unterbrochen von aufregenden Sprüngen und harten Abstürzen. Wir gewöhnten uns an die Augenblicke der Atemlosigkeit, das plötzliche Auftauchen des weiten Himmels, das rasende unbarmherzige Tempo.

Am nächsten Morgen, als uns allmählich die Decke auf den Kopf zu fallen drohte, kam Delgaroth zu uns und verkündete:

»Wir nähern uns jetzt Jaureggia, der großen Stadt und dem Palast der Königin Pavionne.«

Ich lief zur oberen Luke mit der Aussichtsblase, begierig, nach dieser langen Seereise etwas Neues, etwas anderes zu sehen.

Und *wie* anders alles war.

9

Der Palast unter Wasser

»Seht euch das an!«, rief Tobble, der sich zu Renzo und mir in die Blase gedrängt hatte.

Ich weiß nicht so genau, was ich erwartete. Einmal hatte ich kurz eine Unterwasser-Aufzuchtstation der Natintjes besucht, ein beeindruckendes Bauwerk aus rosa Korallen und goldenen Steinen. Aber das war ein feuchter Schuppen gewesen verglichen mit den Bauten an diesem ausgedehnten Ort. Er konnte leicht mit Saguria, der Hauptstadt des Murdano, mithalten.

»Brennt dort Feuer?«, fragte Renzo.

Ich folgte seinem Blick und bemerkte einen langen Riss am Grund des Meeres, der purpurrot glühte und dabei Säulen von brodelndem Wasser ausstieß.

»Der Diener auf dem Schiff hat erwähnt, dass sie eine Hitzequelle haben«, sagte ich. »Vielleicht hat er damit so etwas gemeint.« Wir waren schon einmal mit der Lava eines uralten Vulkans in Berührung gekommen. Ich hatte keine Lust, je wieder etwas derart Heißes zu erleben.

»Ich sehe keine Mauern«, bemerkte Renzo. »Auch keine Wehrtürme oder Tore. Falls ein Feind eindringen will, ist diese Stadt offen und ungeschützt.«

»Mauern spielen keine große Rolle in einer Welt, in der jeder mühelos darüber hinwegschwimmen kann«, sagte ich.

Wir irrten uns allerdings, wenn wir annahmen, die Stadt sei ungeschützt. Als wir näher kamen, schwamm eine Gruppe von etwa fünfzig Natintjes auf uns zu, bewaffnet mit Speeren und kleinen Bögen, die sie jeweils an ihre linken Arme geschnallt trugen. Einige der Wachen lösten sich von der Gruppe und schwammen an den Kopf des Wals heran, andere drängten sich um Delgaroth, der jetzt aus unserem Sichtfeld verschwand.

Einer der Natintje-Soldaten linste in unsere Blase hinein und glotzte uns halb neugierig, halb staunend an.

»Kommt nicht alle Tage vor, dass sie hier unten einen Dalkin, einen Wobbyk und einen Menschen zu sehen kriegen«, sagte ich.

»Ein Dalkin, ein Wobbyk und ein Mensch.« Renzo grinste. »Klingt wie der Anfang von einem schlechten Witz.«

»Hoffentlich nicht«, erwiderte ich.

Die ganze Stadt zog sich um ein fantastisches Bauwerk herum, das nur das Schloss der Königin Pavionne sein konnte. Die Mitte des Palasts bildete der Wohnturm, ein runder Turm, der sich nach oben hin verjüngte. Knapp unter der goldenen Spitze des steilen Dachs gab es eine Aussichtsplattform. Ich stellte mir vor, dass die Natintjes von da oben die Sonnenaufgänge beobachteten, obwohl ich bezweifelte, dass sie in dieser Tiefe so prächtig sein konnten wie der, den ich erlebt hatte.

Der Palast bot keinerlei Hinweis auf Steine oder Mörtel. Es war vielmehr so, dass das Schloss und die Gebäude rundherum – große und kleine Wohnsitze, Lagerhäuser und Läden – alle aus kleinen, in Regenbogenfarben schillernden Platten bestanden.

»Tarrick-Muscheln«, erklärte Tobble, als hätte er meine Gedanken gelesen. »Ich hab mal gehört, dass sich die Natintjes

Muscheln nutzbar machen und sie auf Befehl wachsen lassen können.«

»Diese Gebäude sind sozusagen lebendig?«, fragte Renzo.

»Ähnlich wie die lebenden Korallenmauern, die wir auf unseren Reisen gesehen haben«, sagte Tobble.

Das Erstaunlichste für mich war nicht nur das ungewöhnliche Baumaterial. Es war die Tatsache, wie hell erleuchtet die ganze Stadt zu sein schien. Überall gab es muschelverkleidete Laternen – an Erkern, auf Pfosten, auf Hausdächern –, und alle schimmerten in einem sanften rosa Licht. Obwohl diese Stadt so tief unter der Wasseroberfläche lag, leuchtete sie wie ein riesengroßer pinkfarbener Edelstein.

Während wir unserem Landeplatz entgegensanken, fiel mein Blick auf zwei Marktplätze mit Verkaufsständen. Ich erkannte einige vertraute Waren wie Flaschen, Töpfe und Messer, aber viele Dinge, die an Land gebräuchlich waren, schienen hier zu fehlen. Weder sah ich angebundene Ziegen oder geschlachtete Garilans noch Hühner oder Pferde zum Verkauf. Stattdessen türmten sich in den Marktständen Käfige mit lebenden Fischen, Seebärten und Halvids, und kleine Berge voller Krebse, Austern, Fillicks, Muscheln, Krabben und Pahdos schimmerten im rosa Licht.

Der Wal, der uns befördert hatte, ließ jetzt das Zaumzeug fallen, und unser Schiff glitt langsam dem unteren Stockwerk des Palasts entgegen. Eine Schule purpurroter Zackenbarsche schwamm heran und stupste hier und da gegen die Barcabrena, bis sie auf eine bestimmte ovale Öffnung in den Mauern des Wohnturms ausgerichtet war. Wir fuhren hindurch und fanden uns in einem riesigen weiten Raum, in dem andere, ähnliche Fahrzeuge in ordentlichen Reihen standen. Ohne merklichen Ruck kamen wir zum Stillstand.

Delgaroth erschien in unserer Kabine. »Seid ihr bereit?«

»Bereit war ich schon immer«, erklärte Renzo. »Wer würde auch nicht gern in Wasser springen, das so tief ist, dass der Palast nicht mal mit der Dachspitze an die Oberfläche heranreicht, eh?«

»Ihr werdet, genau wie im Fluss, von einer Blase umschlossen sein, bis wir den Versammlungsraum für Luftatmer erreichen, der für euch hergerichtet wurde.«

Mit klopfendem Herzen stieg ich aus der unteren Luke. Obwohl ich genügend Luft bekam, spürte ich einen Druck auf der Brust und musste mich schwer bemühen, nicht in Panik zu geraten. Natintjes schwammen frei durch die offenen Gitterwände ein und aus, und doch war der Palast nicht unbewacht. Es schien, dass überall Dutzende bewaffneter Natintjes zugegen waren.

Während wir entlang eines mit Spiegeln versehenen Korridors geführt wurden, fiel mir auf, wie sehr sich die Natintjes in ihrem Aussehen unterschieden. Die einzige Gemeinsamkeit zwischen allen war anscheinend die Tatsache, dass sie vier Gliedmaßen und einen Kopf besaßen. Das Komische war, dass sie mich trotz ihrer Schwimmhäute an Füßen und Händen, trotz ihrer Kiemen, Fangarme und dem zusätzlichen Paar durchsichtiger Augenlider, mehr an Menschen erinnerten als an sonst etwas.

»Ob Natintjes und Menschen verwandt sind?«, überlegte ich laut.

»Halt«, sagte Renzo. »Du meinst, ich sehe aus wie … *der*?« Er deutete mit dem Daumen auf Delgaroth.

»Ja und nein«, sagte ich diplomatisch.

»Alle Lebewesen sind miteinander verwandt«, sagte Delgaroth, und ich dachte an Sabitos Worte nach unserer Eshwin-Jagd.

»Stimmt«, sagte Renzo. »Aber trotzdem. Ich meine, fangen wir doch mal bei den Fangarmen an, diesen Tentakeln, und denken von da aus weiter.«

»Renzo«, mahnte ich leise, und er schien meine Warnung zu verstehen.

Delgaroth war unbeeindruckt. »Es sind allein Landbewohner, die die Zusammengehörigkeit alles Lebendigen leugnen. Allerdings«, meinte er wohlwollend, »nehme ich an, dass ihr ebendeshalb hier seid.«

Dass ihr deshalb hier seid. Der Druck auf meine Brust wuchs, und zwar nicht, weil wir uns so tief unter Wasser befanden. Es gab so viele Möglichkeiten des Scheiterns. Meines Scheiterns. Unseres Scheiterns.

Eine Erinnerung an meinen Besuch im Palast des Murdano blitzte in mir auf, auch so ein Moment, in dem ich vor einer hoffnungslosen Aufgabe gestanden hatte.

Damals hatte ich dem Murdano glatt ins Gesicht gelogen.

Es war überraschend für mich gewesen, dass ich lügen *konnte.* Unter Dalkins, einer Art, die Wahrheit sofort von Lüge zu unterscheiden weiß, ist Lügen völlig zwecklos.

Und doch hatte ich es getan. Und hatte überlebt, um davon erzählen zu können.

Im Kampf für die Wahrheit hatte ich einen Tyrannen belogen.

Im Kampf für den Frieden war ich einer Armee beigetreten.

Jetzt war ich in einem anderen Palast, kurz vor der Begegnung mit einer Natintje-Königin, und stand vor der Aufgabe, über das Schicksal von Ländern am Rand des Krieges mitzuentscheiden.

All die unerwarteten Wendungen, die komischen Situationen – es war schwindelerregend. Manchmal kam ich mir vor wie ein Stück Treibholz, das auf und ab hüpfend von einem eilig dahinströmenden, gleichgültigen Fluss mitgerissen wird.

Wir folgten Delgaroth in einen kleinen Raum, der nicht viel größer war als ein Kasten. Ein langer Flaschenzug beförderte uns etliche Etagen hoch bis zu einem weiteren Raum, den ich für ein Vorzimmer hielt, eine Art Wartebereich, der aus Verrit-Muschelschalen bestand und mit schwarzem vulkanischem Glas beschichtet war. In diesen Raum kamen nun vier große, gut bewaffnete Soldaten geschwommen und zwei älter aussehende Natintjes, von denen der eine von einer Schleppe aus Schlingpflanzen halb überwuchert schien. Hinter ihnen erschien ein junger Natintje, zierlich von Gestalt und über und über mit schillernden Goldschuppen bedeckt.

»Wie soll ich die Königin ansprechen?«, fragte ich Delgaroth.

Er warf den Soldaten hinter ihm einen erstaunten Blick zu. »Königin Pavionne macht sich nichts aus steifen Zeremonien. Es reicht, wenn du dich mit der Anrede ›Eure Majestät‹ an sie wendest. Aber sie wird auch nicht beleidigt sein, wenn du es vergisst.«

»Gehört sie zu den Herrschern, die Köpfe abschlagen lassen? Oder lässt sie die Leute nur in Kerkern anketten?«, forschte Renzo und stupste mich mit dem Ellbogen in die Seite.

»Pavionne lässt selten Köpfe abschlagen.«

Die Antwort kam von dem kleinen Natintje, der – von mir unbemerkt – näher gekommen war.

Ebenso wie die Wachen.

»Das ist gut zu wissen«, sagte Renzo. »Ich mag königliche Herrschaften nämlich nicht besonders. Aber solche, die Köpfe abschlagen, mag ich noch weniger.«

»Du magst königliche Herrschaften nicht?«, fragte der goldene Natintje.

»Leute, die sich für besser halten als alle andern, nur weil sich schon ihre Eltern für was Besseres gehalten haben?« Renzo lachte. »Leute, die meinen, sie hätten es verdient, die ganze Welt auf einem Tablett serviert zu kriegen, ohne einen einzigen Tag mal ehrlich zu arbeiten?«

»Renzo«, flüsterte ich. Ich räusperte mich. Laut und vernehmlich.

»So sind gewiss nicht alle königlichen Herrscher!«, sagte der goldene Natintje.

»Pff«, machte Renzo und ignorierte meine scharfen Blicke. »Sobald sie Macht haben, steigt sie ihnen zu Kopf.«

Der Natintje nickte. »Das kann wohl sein, ja. Aber eine kluge Herrscherin, der die Versuchungen der Macht bewusst sind, wird ihnen widerstehen, und sie wird ihrem Volk dienen.«

»Ha, das möcht ich mal sehen«, fuhr Renzo fort, während ich mir die Hand vors Gesicht hielt. »Leute mit Macht, die spucken doch nur auf solche wie mich, das ist meine Erfahrung.«

Der Natintje lächelte. »Ich spucke nicht auf dich.«

»Nein, natürlich nicht, du bist ja auch nur ein ...«

Ich sah, wie ihm langsam die ganze Wahrheit dämmerte.

»Ein ...?«, beharrte der Natintje höflich.

Renzo sah mich an. Er schluckte.

»Eure Majestät«, sagte ich, denn natürlich war der junge Natintje die Königin Pavionne persönlich. »Bitte entschuldigt die, ähm, die ungestümen Worte meines Gefährten.«

Das war mein erster Akt in Sachen Diplomatie.

10

Unterredung mit einer Königin

Königin Pavionne richtete ihren selbstbewussten Blick auf mich, und ich holte tief Luft. Sie war ein hübsches, schimmerndes Geschöpf mit frühlingsgrünen Augen und einem unbekümmerten Gesichtsausdruck.

»Ich muss ihn wohl köpfen lassen«, sagte Königin Pavionne und zwinkerte mir zu.

Eine Natintje-Königin *zwinkerte.* Zwinkerte *mir* zu.

»Es ist wahr, dass Renzo selten seinen Kopf benutzt«, gab ich zur Antwort, »aber ich wäre Euch doch dankbar, wenn Ihr ihn auf seinen Schultern belasst.«

Die Königin lachte hell auf. Es klang fröhlich, und trotzdem musste man sich zwingen, sich nicht vom Anblick ihrer Zähne erschrecken zu lassen. Sie glichen kein bisschen den Zähnen eines Menschen, sondern vielmehr den Zähnen eines Hais.

»Darf ich meinen Freund vorstellen?«, sagte ich. »Tobble von den Wobbyks.«

»Eure Majestät.« Tobble versuchte eine Verbeugung.

»Ein Wobbyk! Du meine Güte, ich freu mich, dich kennenzulernen«, sagte die Königin. »Ich bin schon lange der Meinung, dass wir keinerlei Streitigkeiten mit Luftatmern hätten, wenn alle Seeleute Wobbyks wären. Ihr seid so wunderbar freundlich und höflich und der See wahrhaft zugetan.«

Tobbles Augen wurden so groß, dass von seinem übrigen Gesicht kaum mehr etwas zu sehen war. »Eure Majestät, Ihr seid zu gütig.«

»Kommt«, sagte Königin Pavionne. »Wir gehen hinauf.« Sie deutete auf ein rundes Loch in der Decke. »Nimm meine Hand, Freund Tobble. Botschafterin Byx, meine Wachen werden dich hinauftragen. Und was dich betrifft, mein widerspenstiger Mensch« – sie wandte sich mit einem gespielt drohenden Blick an Renzo –, »so werden sie dich ebenfalls hinauftragen. Und zwar mindestens so schnell, wie sie dich köpfen werden.«

Natürlich war das ein Scherz, doch so unbekümmert sich die Königin gab, so wenig taten das ihre Wachen. Nicht einmal andeutungsweise. Ich hegte nicht den geringsten Zweifel, dass uns die stämmigen Natintjes für den Fall, wir würden ihre Herrscherin bedrohen, augenblicklich um einen Kopf kürzer machen würden.

Zwei dieser Wachen nahmen mich bei den Ellbogen, sanft, aber kraftvoll. Zwei weitere ergriffen Renzo. Tobble, der sich an die Hand der Königin klammerte, schaute sich kurz nach uns um, und sein Blick sagte: Könnt ihr das glauben?

Das Loch in der Decke war so ähnlich wie die Luke in der Barcabrena. Kaum steckte ich den Kopf hindurch, war Luft und Trockenheit um mich her. Königin Pavionne, die mit Tobble bereits in dem oberen Raum stand, nahm meine Hand und führte mich den restlichen Weg weiter. Renzo hievte sich allein durch die Luke, keine leichte Aufgabe mit dem schweren, mit Sackleinen getarnten Schild auf dem Rücken. Botschafter Delgaroth kam als Letzter, die Wachen blieben auf ein Zeichen der Königin zurück.

»Oh, ich muss mich setzen!«, sagte Königin Pavionne. »Stehen im Trockenen finde ich schrecklich ermüdend. Ich weiß gar nicht, wie ihr das macht. Man fühlt sich so schwer dabei!«

Ich habe wenig Erfahrung mit Palästen, geschweige denn mit Königinnen. Aber bei der Größe und Pracht dieses Palasts hatte ich damit gerechnet, dass man uns in einen unwahrscheinlich großartigen und überwältigenden Saal führen würde, mit einem prunkvollen Thron für die Königin – obwohl Natintjes selten sitzen.

Von einem Thron war hier nichts zu sehen. Die Königin ließ sich auf einen der sechs einfachen Stühle aus Stein fallen. Der Kontrast zu dem maßlosen Pomp des Murdano-Palasts war gewaltig.

Königin Pavionne und Khara hatten etwas gemeinsam, wie ich feststellte. Keine der beiden brauchte besondere Äußerlichkeiten, um Würde und Autorität auszustrahlen.

»Nun, Botschafterin Byx, du hast Delgaroth kennengelernt.« Sie nickte in Richtung des Gesandten, der zu ihrer Rechten stand.

»Der Botschafter ist sehr freundlich zu uns gewesen«, sagte ich.

Musste ich sie nun alle zwei Sekunden »Eure Majestät« nennen? Sie wirkte auf mich so offen und zugänglich. Konnte ich mit ihr reden wie mit einer ganz gewöhnlichen Person?

Sie ist keine gewöhnliche Person, sagte ich streng zu mir selber. Sie ist eine mächtige Königin. Sei nicht naiv. Achte auf Lügen. Du hast einen Auftrag.

Ich räusperte mich. »Eure Majestät, ich überbringe Grüße der Lady von Nedarra, die ...«

»Ja! Erzähl mir von dieser Lady. Wir hatten schon oft ... Probleme ... mit dem Murdano, so wie vor ihm mit seinem Vater. Diese neue aufstrebende Streitmacht in der Welt der Landbewohner interessiert uns sehr.«

Mir fiel auf, dass sie das majestätische »Wir« benutzte, ein leiser Wink vielleicht, dass wir zum wesentlichen Punkt unserer Begegnung gelangt waren.

»Die Lady von Nedarra ist mutig und wahrhaftig«, antwortete ich. »In einer Schlacht kann sie erbarmungslos sein. Aber sie ist zuverlässig, aufrichtig und gerecht. Sie ...«

»Wir haben sie bereits ins Herz geschlossen«, unterbrach mich die Königin. »Und offensichtlich hast du das auch.«

»Ich würde mein Leben für Khara hingeben ... für die Lady«, sagte ich, wobei mir, vom Gefühl übermannt, ein Kloß in die Kehle stieg.

»So wie wir alle«, sagte Renzo, und Tobble nickte, die Pfote auf dem Herzen.

Die Königin stützte ihr Kinn – oder was bei einem Menschen das Kinn wäre – in ihre mit feinen Schwimmhäuten versehene Hand. »Und ihre Armee, diese Friedensarmee, verfolgt welches Ziel genau?«

»Krieg zwischen Dreyland und Nedarra zu verhindern«, sagte ich. »Damit die Völker dort – alle Völker – in Frieden und Freiheit leben können.«

Die Königin musterte mich, wie mir schien, beunruhigend lange. Schließlich erhob sie sich. »Wir haben eine Botschaft an die Lady von Nedarra. Können wir mit dir darüber sprechen?«

»Bitte, Eure Majestät«, sagte ich und holte tief Luft, um mich zu konzentrieren.

Hör genau hin, Byx. Hör jetzt genau hin. Merk dir jedes Wort. Gut, dass ich Tobble und Renzo dabeihatte, die hoffentlich jede Lücke in meiner Erinnerung füllen könnten, sobald wir wieder bei Khara wären.

»Dies ist also meine Botschaft«, begann die Königin, wobei sie jetzt auf das formelle »Wir« verzichtete. »Ich, Pavionne, Königin der Natintjes, richte mein Wort an Kharassande Donati, jetzt Lady von Nedarra genannt: Wie du bin ich jung. Wie du bin ich ein weibliches Wesen meiner Art. Wie du sehne ich mich nur nach Frieden.«

Nach einer Pause merkte sie mit einem kleinen Lächeln an: »Natürlich *sagen* alle, sie möchten Frieden. Ich nehme an, einen Dalkin als Botschafter zu haben ist ein Vorteil. Vielleicht hat die Lady deshalb dich gesandt?«

»Vielleicht«, pflichtete ich ihr bei.

»Ich spreche nicht für alle Natintjes«, räumte die Königin ein, »allerdings spreche ich für die meisten. Mein Reich erstreckt sich von dem Ort, den ihr den Hafen von Velt nennt, bis zur Muschelbucht in Nedarra und tausend Meilen weiter nach Osten bis in den großen Ozean. Doch innerhalb meines Reichs möchte ich freundschaftliche Beziehungen sowohl mit Nedarra als auch mit Dreyland. Ich weiß, dass beide Länder korrupte Oberhäupter haben und dass sie Krieg planen.«

Ich nickte. »Tatsächlich steht er unmittelbar bevor.«

»Mir ist auch bewusst, dass mit jeder Schlacht auf der Erdoberfläche eine Flut von Leichen über mein Reich kommt. Ich bevorzuge niemanden. Ich stehe auf keiner Seite als auf der meines Volkes.« Ihre Stimme wurde energisch. »Aber ich werde alles in meiner Macht Stehende tun, um diesen Krieg zu verhindern. Mein einziges Bestreben ist das Glück meines Volkes.«

»Die Lady wird erfreut sein, das zu hören«, sagte ich.

»Natürlich hat meine Unterstützung in dieser Angelegenheit einen kleinen Preis.«

Auf diesen Moment hatte ich gewartet. Ich war froh, dass ich die juwelenbesetzte Krone in meinem Beutel hatte und Renzo den Subdur-Schild auf dem Rücken. Es war nicht viel, aber es konnte uns vielleicht etwas Einfluss verschaffen. »Und der Preis für Eure Unterstützung wäre?«, fragte ich.

Die Königin war vorbereitet und zählte ihre Forderungen an den Fingern ab: »Eine geringe Menge Eisen. Hübsche Töpferwaren. Ich liebe Keramik aus Nedarra. Sie ist so farbenprächtig! Und schließlich das Eigentumsrecht an zwei kleinen unbewohnten Inseln in der Bucht südlich von Saguria.«

Ich blinkerte mit den Augen. Eisen ergab Sinn. Vermutlich sogar auch Töpferwaren. »Aber warum gerade diese Inseln?«, fragte ich. Sie hatten keinerlei strategische Bedeutung, soviel ich wusste.

Die Königin zuckte mit den Schultern, was unter Beteiligung von Tentakeln mehr als seltsam aussieht. »Es mag sich sonderbar anhören«, sagte sie, wobei ihre Stimme wieder in den zwanglosen unbekümmerten Ton fiel. »Aber ihr wisst sicher, wie gern Menschen und Eidechsen die Nähe der Sonne suchen? Auf warmen Felsen oder an einem sandigen Strand liegen? Wir Natintjes genießen kurze Zeitspannen in freier Luft. Ist es nicht so, Delgaroth?«

Er blinzelte bei der Erwähnung seines Namens. »So ist es, Eure Majestät. Ich finde ein Sonnenbad höchst entspannend.«

»Wir würden diese zwei Inseln gern zu unserer Erholung nutzen«, erklärte die Königin.

»Erholung.« Ich wiederholte das Wort langsam, lauschte auf Untertöne in ihrer Stimme oder List in ihren Worten. Doch wie sehr ich mich auch bemühte, ich hörte keine Arglist heraus. Es schien ein ganz offen vorgebrachtes Anliegen zu sein.

»Ich habe keinen Zweifel daran, dass die Lady von Nedarra

bereit sein wird, die Sache in gegenseitigem Vertrauen auszuhandeln«, sagte ich und versuchte, selbstsicher zu klingen. »Eure Forderungen scheinen durchaus annehmbar.«

»Ich bin hocherfreut«, sagte die Königin. Und obwohl ihre Worte wahrhaftig genug klangen, fühlte ich mich unbehaglich. Es war nicht so, dass sie log. Es war nur so, dass da möglicherweise noch mehr kommen würde.

Ich warf Renzo und Tobble einen Blick zu. Sie teilten meine Zweifel, das konnte ich sehen. Würde es klug sein, jetzt die Krone und den Schild als Zeichen unseres guten Willens zu überreichen? Es war das, was Khara angeordnet hatte. Trotzdem brauchte die Friedensarmee nach wie vor jede Summe, die nur aufzutreiben war. Und dass Königin Pavionnes Reich über die Maßen wohlhabend war, ließ sich deutlich erkennen.

Ich versuchte, auf mein Bauchgefühl zu hören, aber alles, was ich hörte, war ein undeutliches Magenwinseln vor Hunger. Wenn ich sonst mit meinem Dalkin-Instinkt einer Lüge auf der Spur war, fühlte sich das anders an. Da wusste ich die Antwort mit derselben Sicherheit, mit der man weiß, ob man schwitzt oder friert, ob man glücklich oder traurig ist.

Doch das hier erforderte Urteilsvermögen in einer unklaren Situation. Es machte mich nervös wie damals dieser Sprung ins Ungewisse, der Sprung in das dunkle Wasserloch aus meiner Kindheit.

Ich griff in meinen Beutel, um die Krone herauszuholen. »Eure Majestät, die Lady von Nedarra schickt Euch eine kleine Gabe zum Zeichen ihres aufrichtigen Bemühens in diesem gemeinsamen Anliegen.«

Meine Hand zitterte, als ich die Krone hinstreckte und die

Königin hörbar nach Luft schnappte. Ich nickte Renzo zu. »Wir bringen Euch auch diesen großen Schild.«

Renzo wickelte den Schild aus seiner Leinenumhüllung und legte Königin Pavionne den schweren Gegenstand zu Füßen.

»Das sind herrliche Geschenke«, sagte die Königin und hielt dabei die Krone gegen das Licht, um sie zu inspizieren. »Ich kenne sie gut. Die Krone von Beleeka und der Ganglid-Schild.« Sie platzierte die Krone auf ihrem Kopf, wo sie ziemlich wacklig saß. »Diese Gegenstände wurden einst aus dem Schloss hier gestohlen, und zwar von einer verräterischen Rebellentruppe. Sie nannten sich die ›Subdurs‹.«

»Äh … ja«, sagte ich. »Sie stammen tatsächlich von ihnen.«

»Sollte ich fragen, wie sie in euren Besitz gelangten?«, fragte die Königin mit einer Spur von Übermut in der Stimme.

»Das ist eine ziemlich lange Geschichte«, antwortete ich.

»Voller Wagemut«, ergänzte Renzo, und die Königin verdrehte die Augen.

»Es war auch eine Wunderröhre dabei«, sagte Tobble, »die ich WeitNah genannt habe. Oder war es NahWeit? Es hat nahe Dinge nah erscheinen lassen und ferne Dinge … Nein, Moment! Es war umgekehrt.« Seine Ohren knickten ein bisschen ein. »Egal. Wir mussten es weggeben.«

»Ah ja«, sagte Königin Pavionne und lächelte Tobble freundlich zu. »Bitte überbringt meine tief empfundene Dankbarkeit für die Rückgabe dieser wertvollen Dinge. Sie bedeuten meinem Volk sehr viel.«

»Nun«, sagte ich mit einem Gefühl von Erleichterung, »dann sind wir uns wohl einig. Ich werde Eure Wünsche der Lady übermitteln. Eisen, Töpferwaren und die zwei Inseln.«

Die Königin lachte. »Es gibt schon noch etwas, Botschafterin Byx. Das waren nur die kleineren Dinge. Die Vorspeisen sozusagen, um die Bereitschaft für euer Entgegenkommen einschätzen zu können.«

Da war also tatsächlich noch etwas im Busch. Ich straffte die Schultern und bemühte mich, einschüchternd zu wirken – etwas, das mir allerdings bis heute nicht recht gelingt.

»Ich verstehe«, sagte ich, während eine neue Welle von Selbstzweifel über mich hereinbrach. Hatte ich denn ihre Absicht falsch gedeutet? »Und was wünscht Ihr nun also wirklich?«

Königin Pavionne kam näher. Ich merkte, dass sie ihre Worte sorgfältig bedachte. Schließlich legte sie mir die Hand auf die Schulter.

»Komm mit, Botschafterin Byx. Es gibt eine Geschichte, die ich dir gern erzählen würde. Und einen Wal, den ich dir gern vorstellen möchte.«

Teil Zwei

Stimme

11

Königin Pavionnes Forderung

»Offenbar hast du einen sehr guten Eindruck auf die Natintje-Königin gemacht«, sagte Khara. Vier Tage waren vergangen seit meiner Begegnung mit Königin Pavionne. Nun hatten wir uns wieder in Kharas Zelt versammelt: Renzo, Dog, Tobble, Gambler, Maxyn und ich. Sabito hockte auf der Lehne eines Klappstuhls im Eingang des Zeltes. Wie die meisten Raptidons mied er geschlossene Räume.

Während der kurzen Zeit unserer Abwesenheit war die Friedensarmee westwärts am Telarno entlang weitergezogen und hatte versucht, neue Freiwillige zu werben. Überall längs der Route hatte sich einfaches Volk – Menschen zumeist, hier und da aber auch Felijagas und Raptidons – der Friedensarmee angeschlossen. Delgaroth hatte uns zu der Stelle zurückgebracht, wo wir ihn getroffen hatten, und uns mit Geschenken für Khara überhäuft.

Khara hielt einen wuchtigen Pokal hoch. »Der Becher hier ist aus purem Gold und besetzt mit Juwelen.«

Renzo hob den Zeigefinger. »Da, wo der herkommt, gibt es noch viel mehr.« Er breitete seinen Umhang aus und leerte einen großen Sack darauf aus. Da glitzerten Juwelen grün, hellblau, dunkelrot und leuchtend rosa.

Khara atmete hörbar ein. Selbst Gambler schnaubte ungläubig.

»Diese Steine reichen aus, um unsere Armee über Monate hin zu ernähren und auszurüsten«, sagte Khara.

Ich nickte. »Genau das hat die Königin auch gesagt.«

»Der Schild ist sehr gut angekommen.« Renzo fuhr liebevoll über einen außergewöhnlich großen blauen Stein. »Und die Krone hat Pavionne besonders gut gefallen.«

»Pavionne?«, wiederholte Khara, wobei sie Renzo stirnrunzelnd ansah.

»*Königin* Pavionne«, korrigierte sich Renzo.

»Verglichen mit alldem hier waren unsere Geschenke nur Plunder«, sagte Khara. Sie lehnte sich zurück und verschränkte die Arme über der Brust. »Ich nehme also an, dass sie unseren Plan unterstützt?«

Ich nickte. »Als Gegenleistung hätte sie gern Eisen, Töpferwaren aus Nedarra und zwei kleine Inseln in der Bucht südlich von Saguria.«

»Das ist so gut wie nichts.« Khara machte schmale Augen. »Da muss doch noch mehr sein.«

»So ist es.« Ich erhob mich und ging in die Mitte des Zelts. Ich wusste nicht, warum. Es schien mir passend in meiner Rolle als Botschafterin und erst recht für das, was ich zu sagen hatte.

»Es ist ein bisschen kompliziert«, begann ich. »Tobble und Renzo werden mir helfen, wenn meine Erinnerung versagt.«

Khara nickte und ermutigte mich mit einem Lächeln.

»Wie ihr wisst, war es lange ein Rätsel, wie die Natintjes über weite Strecken hinweg und fast sofort miteinander kommunizieren können. Wie kommt es, dass die Natintjes im Meer von Chrisherna scheinbar sofort Bescheid wissen, ob ein Mensch im weit entfernten Bossyp die Gebühr bezahlt hat, die von den

Natintjes für jede Fahrt auf dem Meer erhoben wird? Wie gelingt es ihnen, sich untereinander zu verständigen? Wie können sie wissen, was ein weit entfernter Artgenosse weiß, einer, den sie überhaupt nicht kennen?«

»Ich sag nur so viel«, warf Gambler ein, »falls es Magie ist, dann jedenfalls eine, die weder von Mensch, Felijaga, Raptidon oder Terra-Olm je praktiziert wurde. Während meines Aufenthalts auf der Insel der Gelehrten war diese Fähigkeit zu kommunizieren eins der Rätsel, die ich studiert habe. Die Natintjes dort haben nichts preisgegeben.«

»Es ist keine Magie«, sagte Renzo rundheraus. »Ich hab gesehen, wie sie es gemacht haben. Wäre Magie im Spiel gewesen, hätte ich das gemerkt.«

»Was gesehen?«, fragte Khara. »Was gemacht? Von wem?«

»Wale«, sagte ich.

Khara zog die Brauen hoch. »Wale?«

»Wale«, wiederholte ich. »Seeleute wissen, dass Wale Töne von sich geben.«

»Oh ja, wirklich!«, rief Tobble aus. »Sie singen! Und was für ein Klang das ist!«

»Ein Klang«, fuhr ich fort, »der sich im Wasser völlig anders verhält als in der Luft. Im Wasser sind die Gesänge der Wale nicht nur aus der Nähe zu hören, sie klingen über Hunderte Meilen hin.«

Khara lachte schrill auf. »Soll ich etwa glauben, dass die Natintjes sich mit Walen verständigen können? Natintjes gehören zu den großen herrschenden Arten. Wale sind … sind nun mal nur Tiere.«

Ich schüttelte den Kopf. »Ich habe keinerlei Unaufrichtigkeit der Königin erkannt, als sie sagte … nun, als sie uns etwas erzählte, das du schwer wirst glauben können.«

»Sprich weiter«, sagte Khara.

»Natintjes *sind* Wale«, fing ich an. »Und Wale sind Natintjes. Ich will nicht sagen, dass sie exakt das Gleiche sind, aber für die Natintjes sind Wale enge Verwandte. Familie eben. Sie nennen die Wale Brüder und Schwestern, Väter und Mütter. Die Natintjes glauben, sie stammen von Walen ab. Sie glauben, dass sich über lange, lange Zeit hinweg einige Wale verändert haben, und zwar so sehr, dass sie keine echten Wale mehr waren, sondern etwas völlig Neues: Natintjes.«

Ich legte eine Pause ein und holte Luft. Wer hätte gedacht, dass man als Botschafterin so viel reden musste? Khara saß unterdessen abwartend da. Aus ihrer Miene ließ sich nicht erkennen, ob sie skeptisch, verärgert oder fasziniert war.

»Da die Königin ahnte, dass wir das bezweifeln würden, führte sie es uns vor«, sprach ich weiter. »Sie bat mich, ein Wasserlebewesen zu nennen. Ich entschied mich für den Tintenfisch. Da fing die Königin an zu … singen, so könnte man es wohl bezeichnen. Es war ein kurzer Gesang, eine Art langsames auf und ab wogendes Vibrieren.« Ich machte eine kurze Pause. »Es verging kaum so viel Zeit, wie ein Haferfladen zum Backen braucht, da …«

»Ganz kurz nur«, unterbrach Tobble. »Bei Fladen muss man aufpassen, dass sie nicht zu lange backen.«

»Wie gesagt«, fuhr ich fort, »kaum so lange wie …«

»Drei Minuten auf der einen, nur eine Minute auf der andern Seite, sonst werden Fladen …« Tobble verstummte. »Äh, egal. Entschuldige die Unterbrechung. Das war unhöflich. Erzähl weiter.«

»In dieser kurzen Zeit also«, sagte ich, »tauchte ein kleiner Wal aus der Tiefe auf.«

»Falls du mit ›klein‹ sehr, sehr groß meinst«, ergänzte Renzo.

»Auf ein Kommando der Königin«, sagte ich, »klappte er seine Kiefer auseinander und zeigte uns im Innern seiner tiefen Mundhöhle einen großen, sehr verärgerten Tintenfisch.«

Khara saß regungslos da, und zwar gewiss nicht, weil sie meine Geschichte etwa nicht verstand, sondern im Gegenteil, *weil* sie sie verstand. Dieses Kommunikationsvermögen der Natintjes war eine Macht, die jede Fähigkeit der Menschen, Felijagas, Raptidons, Terra-Olme oder Dalkins übertraf. Sie ging weit über Magie hinaus.

Niemand rührte sich, während diese neue Realität in die Köpfe sickerte. Renzo, Tobble und ich hatten uns schon während unserer Rückreise auszumalen versucht, was diese Vorstellung für eine Bedeutung haben könnte. Wenn es den Natintjes tatsächlich möglich war, über weite Strecken zu kommunizieren, besaßen sie eine Macht, die der der Dalkins gleichkam. Eine Macht, die Tyrannen wie der Murdano und der Kazar Gs'drit fürchten würden.

Tyrannen fürchten nichts mehr als die Wahrheit. Und wenn nun die Wahrheit schnell und bei allen bekannt gemacht werden kann? Was dann?

Endlich ergriff Khara das Wort, ihre Stimme klang merkwürdig gedämpft. »Und was verlangt Königin Pavionne von mir?«

»Sie fordert für den Fall, dass du den Murdano besiegst, *wenn* du ihn denn besiegst, dass der nächste Herrscher sich einverstanden erklärt, bei allen Ratssitzungen die Anwesenheit eines Natintjes zuzulassen.«

Gambler rutschte unruhig hin und her. »Der dann der ganzen

weiten Welt der Natintjes erzählt, was dieser neue Herrscher sagt und tut?«

»Ja«, sagte ich. »Was der nächste Herrscher sagt und tut, muss öffentlich und für alle Arten durchschaubar sein. Keine Geheimnisse. Das ist Königin Pavionnes Forderung.«

Khara nickte knapp. »Und als Gegenleistung?«

»Als Gegenleistung wird sie dafür sorgen, dass du immer genug Geld haben wirst, um Waffen oder Nahrung für deine Truppen zu kaufen. Außerdem wird sie verhindern, dass die Flotte des Murdano in Dreyland eindringt.«

Khara brauchte kein Wort zu sagen. Ich kannte ihre Antwort bereits.

Später, als die andern wieder zu ihren Zelten aufbrachen, bedeutete mir Khara zu bleiben. »Byx«, sagte sie, »ich möchte dir für deinen Einsatz danken. Du hast alles, was wir erhoffen konnten, zustande gebracht. Ich werde einen Boten schicken, um der Königin meine Entscheidung mitzuteilen.«

Dalkins werden natürlich nicht rot, aber verlegen können wir schon werden. Ich spürte eine Hitzewelle unter dem Fell im Gesicht. »Ich bin froh, dass es gut gegangen ist«, sagte ich. »Ich hatte so große Angst, ich würde dich ... und uns alle ... enttäuschen.«

»Das, meine Freundin, wird nie geschehen.« Khara klopfte mir auf den Rücken.

»Ich hoffe, du hast recht.«

Wir traten aus ihrem Zelt in die feuchte, kalte Luft hinaus. Kharas Wächterin, eine junge Frau, salutierte. »Unsere erste

Herausforderung haben wir gemeistert, Byx«, sagte Khara. »Nun kommt der nächste Schritt. Wir werden ihn in den nächsten Tagen im Kriegsrat besprechen. Zuerst aber muss ich wissen: Bist du für neue Aufgaben bereit?«

Von Stolz über Kharas Lob erfüllt, fühlte ich mich in diesem Augenblick unbezwingbar.

»Bereit und willens«, erwiderte ich.

Erst später in der Nacht, als ich wach auf meinem Feldbett lag und zusah, wie der Mond die Äste in Schattenarme verwandelte, die nach mir zu greifen schienen, kamen meine Zweifel wieder hoch.

Ich war bereit zu helfen. Ich wollte meinen Beitrag leisten. Aber konnte ich es auch? Konnte ich erfüllen, worum Khara mich bitten würde?

In dieser Nacht, wie in vielen folgenden Nächten, musste ich lange auf den Schlaf warten. Meistens beruhigte mich Tobbles herzhaftes Schnarchen, doch in manchen Nächten wusste nur der stille Mond von meinen Ängsten.

12

Der Kriegsrat

Ich hatte noch nie an einem Kriegsrat teilgenommen. Bevor Khara davon gesprochen hatte, war mir das Wort »Kriegsrat« unbekannt gewesen. Und ganz sicher hatte ich nie damit gerechnet, an einem teilzunehmen.

Erst recht nicht, vor einem solchen Kriegsrat zu sprechen.

Aber da stand ich nun.

Sechs Tage nach unserer Rückkehr von Jaureggia versammelte sich der Rat auf einem freien Platz im Zentrum unseres Lagers. Kharas Generäle und oberste Ratgeber waren dabei, auch die blaue Bodick und General Varis, zusammen mit den anderen Verbündeten, die sich, bereits vor meiner Reise zu Königin Pavionne, unserer Armee angeschlossen hatten.

Mysenie Marrak, ein stiller vertrauenswürdiger Mann, war den weiten Weg aus den Gebieten südlich des Nullwalds gekommen und hatte eine Truppe von fünfhundert Bogenschützen mitgebracht, alle ausgerüstet mit großen, Respekt einflößenden Bögen.

Auch ein alter graubärtiger Verbündeter namens Feldrick war dabei, ein mutmaßlicher Verbrecher aus den Sümpfen von Therian. Er war für vogelfrei erklärt worden, weil er sich gegen die Soldaten des Murdano zur Wehr gesetzt hatte, als diese versuchten, sein ganzes Dorf niederzumetzeln. Feldrick hatte dreihundert

Männer und Frauen mitgebracht, die sich »Sumpfkatzen« nannten und von denen die meisten geschickt ihre Äxte zu gebrauchen wussten.

Ein merkwürdiger Mann namens Woad, der mit hundert Kriegern von den westlichen Berghängen des Perriccigebirges gekommen war, hatte sich uns ebenfalls angeschlossen. Woad und seine Kämpfer trugen Lederwämse und komische spitze Schuhe. Woad war im Gesicht, an Hals und Schultern ganz mit schwarzen Tattoos bedeckt, was ihm das Aussehen eines Wesens zwischen Mensch und Felijaga geben sollte, doch Gambler zeigte sich entschieden unbeeindruckt.

Aus den Lüften war ein grün-roter Raptidon mit enormer Flügelspannweite zu uns gestoßen. Er hieß Stimball und war ein Berater von Rorid Kopfknacker, einem mächtigen Raptidonanführer.

Gambler, Renzo, Sabito, Tobble und Maxyn vervollständigten die Versammlung des Kriegsrats. Maxyn hatte sich so weit erholt, dass er ohne seine Krücke kurze Strecken gehen konnte, aber ich merkte ihm an, dass er noch immer große Schmerzen hatte.

Insgesamt waren es ungefähr zwei Dutzend Lebewesen, die im Kreis um einen im Freien aufgestellten Tisch standen. Dunkle Wolken türmten sich am Himmel, und die Temperatur sank, obwohl es erst Mittag war. Die Luft roch intensiv nach Regen.

Auf dem Tisch lag eine große, zerfledderte Karte, an den Ecken mit Steinen beschwert. Sie zeigte ganz Nedarra, dazu die südlichen Gebiete von Dreyland und ein Stückchen des weit entfernten Marsonien.

»Zu Beginn wird General Varis das Problem erläutern«, sagte Khara. »Danach will ich eure Ratschläge hören.« Sie glättete die

Mitte der Karte. »Der weise Varis gibt zu bedenken, dass es in jedem Krieg erforderlich ist, das Land genau zu studieren. Flüsse, Berge, Küsten, Wälder: Über all das müssen wir Bescheid wissen. Bitte, General.«

Sie trat zurück, und der General mit dem grimmigen Gesicht trat vor. Sein zerschrammtes Schwert sah aus, als hätte es schon tausend Schlachten erlebt. Und vielleicht war es auch so.

»Im Norden trennt uns der Kamm des Sovogebirges von Dreyland«, begann er. »Wir wissen aber, dass sich der Kazar Gs'drit Terra-Olme untertan gemacht und sie gezwungen hat, einen großen Tunnel unter diesen Bergen zu graben. Er hat vor, diesen Tunnel zu öffnen und Stoßtruppen von Terra-Olmen über die Ebenen südlich von Zebara zu schicken, gefolgt von seiner Armee. Sie werden die Gegend verwüsten, Ernten vernichten, Dörfer niederbrennen, Menschen und Vieh töten. Danach werden sie zu den Perricci-Bergen vorstoßen, die zwischen ihnen und Saguria, der Hauptstadt des Murdano, liegen.«

Mit seinem dicken Zeigefinger zeichnete er die Route auf der Karte nach. Ich kannte die Geografie des Landes nicht annähernd so gut wie die meisten der andern, aber bis jetzt verstand ich alles.

»Von den Ebenen von Zebara aus haben die Dreyländer zwei Möglichkeiten. Sie können versuchen, die Perricci-Berge zu bewältigen und dann dem südlichen Rand der Grenze bis nach Saguria folgen. Oder sie können ihre Truppen, Menschen wie Terra-Olme, zur Küste schicken, was bedeutet, dass sie durch dichtes Waldgebiet marschieren und einen Fluss überqueren müssten. Diesen Weg aber wird der Murdano belagern. Es würde ein langer blutiger Kampf werden, bevor die Dreyländer Saguria erreichen könnten, geschweige denn, die Stadt einnehmen.«

Mir wurde auf einmal klar, dass ich nicht wusste, auf welcher Seite ich bei diesem Kampf stehen sollte. Natürlich war ich in Nedarra geboren. Aber dem mörderischen Murdano schuldete ich ganz gewiss nichts.

General Varis studierte die Karte und strich sich dabei über seinen roten Bart. »Ich glaube, wenn die Terra-Olme aus den Tunneln hervorbrechen, wird der Kazar seine Truppen über die Perricci-Berge schicken. Da der Murdano aber nichts von den Tunneln weiß, wird er weder die Ebenen von Zebara noch die Berge stark besetzt haben. Trotzdem würde es für die Dreyländer eine schwierige Überquerung bei kaltem Wetter bedeuten. Viele würden sterben an der Krankheit, die das Klettern in zu großer Höhe mit sich bringt.«

»Ah, davon habe ich schon gehört«, flüsterte Tobble mir ins Ohr.

Unwillkürlich bemerkte ich, wie Sabito und Stimball bei der bloßen Vorstellung, Höhe könnte jemanden krank machen, selbstgefällige Blicke tauschten.

Woad hörte ich zum ersten Mal sprechen, und er hatte eine erstaunlich hohe Stimme für einen so wild aussehenden Mann.

»Wir sind an große Höhen gewöhnt. Und die Perricci-Berge, die wir das Goldanvaan nennen, kennen wir wie die Gesichter unserer eigenen Kinder. Wie schwierig dieser Weg für die Dreyländer auch sein mag« – er schlug sich mit der Faust an die Brust –, »wir können ihn noch weit beschwerlicher für sie machen.«

Khara nickte. »Ich habe gehofft, dass du das anbieten würdest, Woad.«

»Vorher aber«, ergänzte Woad, »möchten wir unsere Kinder

und alle andern, die nicht kämpfen können, an einen sicheren Ort bringen.«

»Natürlich.«

»Aber danach?« Er grinste, was bei seinen Tattoos und fehlenden Zähnen kein sehr beruhigender Anblick war. »Es wäre für uns, als gingen wir nach Hause. Das sind unsere Berge! Hier unten im Flachland werden wir ganz nervös.«

»Und wenn ich dir nun sage«, sprach Khara, »dass du in meinem Auftrag alles tun kannst, um die Perricci-Überquerung der Dreyländer zu verzögern, ohne sie anzugreifen?«

Woad lachte. »Ich würd's zwar bedauern, dass ich nicht meine Axt in ein paar Dreyländerschädel pflanzen soll. Aber ehrlich gesagt ist es leichter, sie aufzuhalten, indem wir einfach Bäume fällen, Bäche umleiten und Erdrutsche auslösen. Blockierte Straßen und Wege werden ihnen das Leben schwer machen.«

Es war nur zu deutlich, dass Woad die Vorstellung gefiel. Er rieb sich sozusagen die Hände vor diebischer Freude.

»Auch wir sind bereit zu helfen«, sagte Stimball, der Raptidon. »Die Adler vom Gipfel des Gorkaberges, dem höchsten Berg der Perriccis, werden für dich die Augen am Himmel sein, Woad.«

»Ha!«, rief Woad aus. »Und nur zu froh werden wir über eure Hilfe sein, Freund Raptidon.«

Gambler räusperte sich.

»Ja, Gambler?«, forderte Khara ihn auf.

»Der Kazar Gs'drit ist ein Valtti, ein schurkischer Felijaga. Er ist hinterhältig. Ich denke, er wird eine zweite Angriffslinie aufbauen.«

»Das wäre nur klug«, sagte General Varis. »Die Armee des Murdano ist groß, aber nicht so groß, dass sie überall gleichzeitig sein kann. Und welche Armee kann schon Tausenden Terra-Olmen und gut ausgebildeten Soldaten standhalten?«

»Wenn die Natintje-Königin Wort hält und die Flotte des Murdano stoppt«, sagte Khara, während sie hin- und herging, »sichern wir über kurz oder lang den Dreyländern den Sieg. Wir tauschen den einen Tyrannen gegen einen andern aus. Und das ist nicht unser Ziel.«

Die blaue Bodick ergriff das Wort. »Sobald die Terra-Olme durch ihren Tunnel stoßen, werden sie sich wie eine Welle über das Flachland von Zebara ergießen.« Trotz ihres wilden Blicks war ihre Stimme sanft und beruhigend. »Wir tun unser Möglichstes, um sie aufzuhalten, dennoch werden Dutzende Dörfer, Tausende Gehöfte und Zehntausende unschuldiger Menschen auf Gedeih und Verderb den Terra-Olmen und dem Kazar ausgeliefert sein.«

»Um sie schon am Tunnel aufzuhalten«, sagte Khara, »müssten wir dort erst mal hinkommen – und das geht nicht so schnell.«

Minutenlang schwiegen alle. Wir starrten auf die Landkarte, als könnten wir durch pure Willensanstrengung eine Lösung erzwingen. Der Wind nahm zu, die Zelte um uns her flatterten wie Bettlaken an der Leine.

»Äh ... ich bin nicht direkt ein General. Ich bin nur ein Dieb«, sagte Renzo. Er klang unsicher, fast zaghaft, was ganz und gar nicht zu ihm passte. »Aber könnten wir nicht eine kleinere Gruppe vorausschicken, um den Überfall der Terra-Olme wenigstens hinauszuzögern? Wenn wir ihr Vordringen bremsen, könnten sie nicht ganz so viel Unheil unter den unschuldigen Dorfbewohnern anrichten. Und sie hätten es dann noch eiliger, die Perriccis zu überqueren, wo Woads Leute ihr Weiterkommen abermals verzögern würden.«

»Mit meinen Leuten als Führer und Wachen«, antwortete Woad, »könnten wir vielleicht eine kleine Truppe in die Nähe der Tunnelausgänge bringen, aber bis die Soldaten an den richtigen Stellen sind, würden Wochen vergehen.« Er kratzte sich am Hinterkopf. »Sie würden sicherlich vor der Armee der Lady dort sein, aber nicht lange vor ihr.«

Renzo nickte langsam und seufzte.

Stimball wedelte mit dem Flügel. »Die Berge könnten wir Raptidons in dieser Zeit wohl überfliegen, aber Terra-Olme besiegen können wir nicht, auch nicht sie sonderlich lange aufhalten. Erfolgreich sind wir dann, wenn wir gemeinsam mit den Bodenbewohnern kämpfen. Aber allein?«

Tobble hob schüchtern eine Pfote, was allerdings niemand außer mir bemerkte.

»Könnten wir nicht die Leute anwerben, die dort in der Gegend wohnen?«, fragte Bodick.

General Varis zuckte mit den Schultern. »Bauern. Und mit welchen Waffen? Mistgabeln und Hacken? Gegen Terra-Olme und die Soldaten des Kazar?«

»Aber Bodick hat recht«, sagte Khara. »Wir brauchen Verstärkung.«

Tobble wedelte energischer mit der Pfote. Niemand schenkte ihm Beachtung, aber ich war nun doch neugierig. »Ja, Tobble?«, sagte ich.

»Ich, äh …« Er warf einen Blick in die Runde der Krieger und brachte keinen Ton heraus.

»Sprich nur, Tobble«, sagte Khara. »Bitte.«

»Und wenn … Raptidons Kämpfer über die Berge tragen würden?«, fragte Tobble, und seine übergroßen Ohren zitterten.

»Du traust uns zu viel zu«, sagte Sabito. »Du meinst, ein Raptidon kann jemanden von der Größe eines, sagen wir, eines Generals wie Varis tragen?«

Die ganze Versammlung brach in Gelächter aus, und ich dachte schon, Tobble würde nun wortlos aufgeben. Aber Sabitos Spott schien meinen kleinen Freund anzuspornen.

»Ja … das … das ist mir klar, gewiss könnt ihr keinen Menschen oder Felijaga tragen«, sagte Tobble. »Aber … also, und das meine ich jetzt nicht als Vorwurf … wir sind alle Freunde hier, und es tut mir leid, sollten meine Worte einen von euch vortrefflichen Raptidons kränken … aber … also, Wobbyks jedenfalls sind schon von Raptidons getragen worden. Und ich denke, die größten Raptidons könnten sogar einen Dalkin tragen.«

Wieder lachte Woad, doch Khara lachte nicht. »Was schlägst du vor, Tobble?«, fragte sie und beugte sich vor.

»Mylady, wir sind kleine Geschöpfe, wir Wobbyks, und werden oft gering geschätzt, weil wir nicht zu den großen Arten gehören. Aber du hast selber gesehen, dass wir, wenn wir wütend genug sind, sehr … nun ja, unhöflich sein können.«

Diesmal lachte Khara und ich auch.

»Unhöflich?«, echote sie. »*Unhöflich*? Ich habe dich in Aktion gesehen, mein Freund. Das Wort ›rasend‹ trifft es besser.«

»So stürmisch und erbittert Freund Tobble auch sein mag«, sagte Bodick, »er ist nur ein kleiner Wobbyk.«

Tobble drehte sich nach Bodick um. »Und wenn es fünfhundert von meiner Sorte wären?«

Woad fing an zu reden, doch Khara unterbrach ihn mit einer

kleinen Handbewegung. »Fünfhundert? Wo sollen wir fünfhundert Wobbyks auftreiben, die bereit wären, ihr Leben zu riskieren?«

Tatsächlich hatte Tobble auch darauf eine Antwort.

13

Zwei kleine Gestalten

Es tut mir leid, dass ich dich schon wieder fortschicken muss, Byx«, sagte Khara am nächsten Morgen beim Frühstück, als wir unseren Haferbrei mit Speckscheiben aßen. »Aber du hast dich als zu wertvoll erwiesen, als dass du die Zeit tatenlos im Lager vergeuden darfst.«

Wurde ich nicht ein Stückchen größer bei dem Wort »wertvoll«? Doch, ich gebe es zu.

»Natürlich wirst du noch mal den Titel ›Botschafterin‹ tragen«, setzte Khara hinzu.

Sank ich nicht gleich wieder zusammen bei dem Wort »Botschafterin«? Vielleicht ein bisschen.

Mir kam allmählich der Verdacht, dass Titel zwar beeindruckend sein, den Träger aber auch in einen Käfig sperren können. War man erst mal mit einem bestimmten Etikett versehen, wurden bestimmte Dinge von einem erwartet.

Trotz Kharas Lob kam ich mir, ehrlich gesagt, noch immer ein bisschen wie eine Schwindlerin vor. Eine Hochstaplerin. »Botschafterin«, das klang auch jetzt noch falsch in meinen Ohren.

Dennoch wusste ich, dass mein Einsatz bei der Natintje-Königin hilfreich für die Friedensarmee gewesen war. Ich hatte Khara nicht enttäuscht, auch nicht meine Freunde und – am wichtigsten – nicht mich selbst.

Und wenn Khara mich weiterhin als Botschafterin haben wollte, dann sollte es eben so sein.

Es war früh am Morgen, kalt und feucht. Während der Nacht war der befürchtete Regen gekommen und abgezogen. Mit Renzos Hilfe hatte ich Proviant und warme Decken in meine Satteltaschen gepackt. An Ledergurten hingen zwei Wasserschläuche. Havoc hatte sogar neue Hufeisen bekommen – die Gefälligkeit eines Schmieds, der sich der Armee angeschlossen hatte.

Khara hatte mir einen kleinen Beutel mit Juwelen der Natintjes gegeben, und Renzo bemühte sich gerade, einen magischen Spruch über den Beutel zu sprechen. Angeblich seien die Juwelen dann für andere Menschen schwer zu sehen, es sei denn, ich wollte sie sie sehen lassen.

»Bist du sicher, dass du das kannst?«, fragte Khara ihn. Heimlich zwinkerte sie Tobble und mir zu.

»Was?«, empörte sich Renzo. »Du willst meine Fähigkeit anzweifeln, Tarnsprüche über Juwelen zu verhängen? Darf ich dich daran erinnern, dass ich auf diesem Gebiet Experte bin?«

»Ich glaube, nur ein Dieb kann etwas vor anderen Dieben verstecken«, sagte Tobble. »Also nicht, dass ich dich etwa einen Dieb nennen wollte«, ergänzte er hastig. »Ich würde dich nie beleidigen wollen!«

Renzo bückte sich und hob Tobble hinter mich in den Sattel. »Tobble, ich *bin* ein Dieb.«

»Du *warst* ein Dieb«, sagte Khara.

»Ja, ich war ein Dieb«, sagte Renzo mit einem wehmütigen Seufzer. »Jetzt bin ich ein Pferdehändler.«

»Was meinst du damit, Renzo?«, fragte ich, während ich einen Steigbügel richtete.

»Lady Khara schickt mich in die Infina, dieses weite Flachland, um Pferde zu kaufen.« Er sagte »kaufen« mit deutlicher Abneigung.

»Jawohl, kaufen«, sagte Khara. »Ich habe dir eine große Menge Juwelen anvertraut, Ex-Dieb Renzo.«

Zuletzt befestigte Renzo noch kleine Steigbügel am Sattel, damit Tobble bequemer hinter mir aufsitzen konnte. Khara war dicht herangetreten, als Renzo mit ihr sprach. Sehr dicht sogar. Ich merkte, dass Gambler wegschaute, und obwohl sein Gesichtsausdruck furchterregend wie immer wirkte, lächelten seine Augen.

»Woher nimmst du die Überzeugung, dass ich mir mit den Juwelen nicht eine nette Farm kaufe? Irgendwo, wo man in Sicherheit leben kann?«

»Das wirst du nicht tun«, sagte Khara.

»Du scheinst sehr sicher zu sein«, sagte Renzo.

Khara berührte seine Wange und ließ ihre Finger eine halbe Ewigkeit – wie es mir vorkam – dort liegen. Renzo senkte den Kopf, und für einen Moment berührten sich ihre Stirnen. Es war nicht die Art von Umgang, die eine große Lady mit einem Dieb pflegen würde. Und es war auch nicht die Art von Geste, die ein Dieb sich einer großen Lady gegenüber erlauben dürfte.

»Oh!«, rief ich aus, allerdings leise, damit nur Tobble und Gambler es hörten.

»Ich glaube«, sagte Tobble mit einem Blick zu Gambler hin. »Byx hat gerade etwas verstanden.«

Gambler nickte. »Da hast du wohl recht.«

Die beiden schienen höchst vergnügt. Anscheinend war ich die Letzte, die sah, was nur allzu offensichtlich war: Die Lady und der Dieb waren verliebt.

Ich dachte an meine Mutter und meinen Vater. Wie oft hatte ich gesehen, dass sie einander angeschaut hatten, als wären sie die einzigen zwei Dalkins auf der Welt. Es war das einzige Beispiel von Liebe – dieser Art von Liebe –, das ich je miterlebt hatte. In meiner Naivität hatte ich mir irgendwie vorgestellt, nur meine Mutter und mein Vater würden sich so ansehen.

Khara und Renzo?

»Ich bin eben manchmal ein bisschen langsam«, gab ich zu.

»Die beiden sind in dem Alter für Romantik«, sagte Gambler. Das Fell auf seinen Schultern kräuselte sich zu einer Art Felijaga-Schulterzucken. Vermutlich hatte er weniger gegen Kharas und Renzos Verhalten als vielmehr gegen die Vorstellung einer Liebesbeziehung an sich. Felijagas sind meistens Einzelgänger.

»Du wirst Renzo begleiten?«, fragte ich Gambler.

»Ja«, sagte er. »Ich würde zu gern mit dir gehen, Byx, aber die, mit denen du dich treffen willst, sind nicht gut zu sprechen auf meinesgleichen.«

»Möglicherweise weil die von deiner Art die von meiner Art fressen«, sagte Tobble.

»Ja«, sagte Gambler, »das mag wohl sein.«

Während Renzo sein eigenes Pferd sattelte, kam Khara zu mir, um mein Gepäck bis in die letzte Einzelheit zu überprüfen. Als sie zufrieden schien, sagte sie: »Ich schicke dich und Tobble allein los, Byx, weil ich denke, zwei kleine Gestalten auf einem kleinen Pferd werden nicht die Blicke von streitlustigen Soldaten auf sich ziehen.«

»Ja.« Ich zwang mich zu einem Lächeln. »Wir schaffen das schon.«

Khara sah uns beide an, den Dalkin und den Wobbyk, und

nickte. »Ihr seid vielleicht merkwürdige Helden, ihr zwei, aber ich glaube an euch.«

Von Tobble kam ein unterdrücktes Schluchzen.

»Nun hör mir zu«, sagte Khara und senkte die Stimme. »Dies ist der zweite Teil deiner Mission, Byx. Ich habe volles Vertrauen in dich. Aber du hast schon viel durchgemacht in deinem kurzen Leben. Manchmal mach ich mir Sorgen um dich und Tobble. Ich weiß nicht, was vor uns liegt, ich weiß nur, dass wir am Rand des Krieges stehen, und Krieg verändert alle. Ich möchte, dass du fest an dich glaubst. Was auch kommen mag, Byx, denk dran, wer du bist.«

»Ja, Mylady«, sagte ich plötzlich förmlich und fragte mich wieder einmal, ob die Byx von früher überhaupt noch existierte.

»Sabito und Stimball fliegen inzwischen zu freundlich gesinnten Raptidonkolonien, um dort Unterstützung zu suchen. Sie werden dann zu euch stoßen und helfen, die Wobbyks zu befördern, die ihr rekrutiert habt.«

»Du klingst so zuversichtlich«, sagte ich.

»Weil ich so zuversichtlich bin.«

Ich hörte Hufgeklapper. General Varis stürmte auf seinem Pferd heran, einem kastanienbraunen Tier, das fast doppelt so groß war wie Havoc.

»Gut, dass ihr noch nicht weg seid!« Er schwang sich aus dem Sattel – sogar ziemlich elegant für seine Größe – und zog etwas aus einem Lederbeutel. »Ich habe ein Geschenk.«

Er wickelte eine Stoffhülle auseinander und enthüllte einen kleinen tränenförmigen Schild aus Holz und gekochtem Leder.

»Der müsste ungefähr deine Größe haben, Byx«, sagte der General. »Du hältst ihn so.« Pantomimisch stellte er dar, wie ich meinen Arm durch die Gurte stecken musste. Seinen eigenen Arm konnte er nicht gut durchstecken, weil der so dick war wie meine beiden Beine zusammen. »Der runde obere Teil deckt deinen Körper. Der spitz auslaufende untere Teil schützt deine Beine beim Reiten.«

»Sehr freundlich von Euch, General«, sagte ich. »Danke. Aber vergelten kann ich es nicht.«

»Doch, kannst du«, sagte er und fiel in sein kriegerisches Auftreten zurück. »Führ durch, was dir die Lady aufgetragen hat, dann hast du es mir mehr als vergolten.«

Ich versuchte einen militärischen Gruß, wie ich ihn von manchen Soldaten gesehen hatte. Der General erwiderte ihn. Auch Tobble hielt es nun für angebracht zu salutieren, was aber dazu führte, dass er sich ins Auge stieß.

Unter lauten Abschiedsgrüßen ritten wir davon, aufgeregt, hoffnungsfroh und doch auch voller Furcht.

14

Abschied von Maxyn

Wir waren noch nicht weit entfernt, da sah ich, dass Maxyn ganz allein draußen vor dem Lager stand.

»Maxyn!«, rief ich. »Wartest du auf jemanden?«

»Auf dich.« Er warf mir ein zaghaftes Lächeln zu. »Natürlich.«

Ich stieg ab, damit er nicht dauernd zu mir aufschauen musste. Und weil ich spürte, dass er unter vier Augen mit mir sprechen wollte.

»Gut, dass du wieder kleine Strecken laufen kannst«, sagte ich.

»Ab und zu brauche ich meine Krücke noch, aber es ist deutlich besser geworden. Genug davon. Wie es aussieht, soll auch ich einen Auftrag für die Lady erledigen.«

»Oh?«, sagte ich. Es überraschte mich zu hören, dass Khara Maxyn schon so schnell mit einer Aufgabe betraute. Andererseits musste sie das Talent jedes Einzelnen nutzen, der ihr zur Verfügung stand, und Dalkins wie Maxyn und ich besaßen nun mal eine einzigartige Fähigkeit.

»Ich soll an der Mündung des Telarno an Bord eines kleinen Schiffes gehen.«

»Ein Schiff?«, fragte ich. »Wir haben ein Schiff?«

»Nein, aber dort liegt ein Piratenschiff.«

»Was? Du fährst mit Piraten weg?«

»Diese Piraten haben sich Probleme mit den Natintjes aufgehalst«, erklärte er. »Jetzt sind sie sehr interessiert daran, Königin Pavionnes Gunst wiederzuerlangen. Die Lady sagt, wir werden auf dieser Fahrt sehr genau von unsichtbaren Natintjes-Augen beobachtet werden.«

Ich tippte ihm auf die Schulter. »Aber wohin fährst du?«

»Zu der verlorenen Kolonie«, sagte er. »Ich soll Nedarra umsegeln bis zur Mündung des Pellago. Zum Reiten über längere Strecken bin ich noch nicht fit genug.«

Ich runzelte die Stirn. Die verlorene Kolonie war ein kleines abgelegenes Fischerdorf, in dem Dalkins lebten. »Erwartet Khara von dir, dass du Dalkins für den Kampf gewinnst?«

»Nein. Ich glaube, die Lady weiß, dass ich kein Krieger bin.« Maxyn hob die Hände. »Sie denkt an die Zukunft, an den erhofften Frieden. Sie braucht keine Dalkins mit Schwertern. Sie braucht Dalkins, die die Wahrheit herausfinden.«

Ich sah meinen Artgenossen an, meinen sanftmütigen Spiegel. »Es tut mir leid, Maxyn, dass ich dich verlassen muss. Ich wünschte, wir hätten mehr Zeit gehabt, um bessere Freunde zu werden.«

Mir war nicht ganz klar, was ich damit meinte. Hatte ich gehofft, Maxyn werde mir je so viel bedeuten wie Tobble? Oder dachte ich an die Art Freundschaft, wie sie zwischen Khara und Renzo bestand?

Gambler hatte gesagt, unsere beiden Menschen wären in dem Alter für Romantik. Doch von mir glaubte ich das nicht. Was ich für Maxyn empfand, waren jedenfalls keine solchen Gefühle.

Trotzdem war die Beziehung zwischen uns etwas Besonderes. Wir waren zwei Dalkins in einer Welt, in der nur noch wenige unserer Art existierten. Damals, nach dem Gemetzel in meiner Familie, war ich durch Nedarra gezogen in der Überzeugung, ich wäre ein Endling, die Letzte meiner Art – bis zu dem Augenblick, da ich Maxyn und seinen Vater gesehen hatte. Die Erinnerung an dieses Erlebnis hatte sich tief in mein Herz gegraben und würde für alle Zeiten dort bleiben.

»Ich fürchte, du hast den schwierigeren Weg vor dir, Byx. Ich werde es auf dem Schiff gut haben, in der Sonne liegen und jeden Abend frischen Fisch essen.« Er warf einen Blick über die Schulter, um sicherzugehen, dass Tobble ihn nicht hören konnte. »Es ist nur, ich …«

»Was ist, Maxyn?«

»Nichts.«

»Ist ja gut. Du kannst mir alles erzählen.«

»Byx, ich bin nicht mutig wie du.« Die Worte strömten aus seinem Mund wie Tränen aus den Augen. »Sag mir, wie man das macht. Sag mir, wie *du* das machst.«

Mir blieb der Mund offen stehen. »Ich … ich … Was?«

»Du bist einem Feuerritter gegenübergetreten. Du hast dich vor den Murdano gestellt, ohne einzuknicken. Du hast die Dalkinkolonie gerettet.«

Bei seinem letzten Hinweis wurde mir flau im Magen. Die Kolonie war von den Marsoniern belagert worden, und ich hatte die Idee gehabt, ein brennendes Boot in ihre Blockade treiben zu lassen. Viele – zu viele – Marsonier waren umgekommen wegen mir.

So etwas hätte die Byx von früher nie getan.

»Ich hatte die ganze Zeit Angst«, gab ich zu.

»Du, Angst?«

»Schreckliche Angst«, sagte ich. Und da ich eine Dalkin war, wusste Maxyn natürlich, dass ich die Wahrheit sprach. »Ich glaube nicht, Maxyn, dass man Angst verhindern kann. Ich glaube auch nicht, dass Mutigsein heißt, keine Angst zu haben. Ich glaube, Mutigsein heißt, Angst haben und trotzdem tun, was du tun musst.«

Selbst wenn das bedeutet, ergänzte ich still für mich, dass du dich damit von deiner Kindheit abwendest. Selbst wenn es bedeutet, dass du kalt und berechnend wirst. Dass du im Dienst für etwas Großes und Gutes fähig sein wirst, deinen Verstand für eine Gewalttat zu gebrauchen.

»Vielleicht«, sagte Maxyn. Seine Stimme klang zweifelnd.

»Was auch kommen mag, Maxyn, vergiss nicht, wer du bist.« Als ich nachplapperte, was Khara vor wenigen Minuten zu mir gesagt hatte, fühlte ich mich wie eine Betrügerin. Aber ich konnte nun mal keine schwungvollen Reden halten. Ich wusste nicht, wie man andere begeistert.

Maxyn legte den Kopf schief und lächelte verlegen. »Fragst du dich manchmal, was aus uns werden wird, wenn all das hier« – er deutete mit einer weit ausholenden Geste über das Feldlager – »wenn all das vorüber ist?«

»Nicht wirklich«, gab ich zu.

»Werden wir mit anderen Dalkins zusammenleben?«, fragte Maxyn. »Neue Kolonien gründen? Neue … Familien?«

»Das nehme ich an«, sagte ich. »Aber erst mal ist hier meine Familie. Ich glaube, ich habe Angst, so weit vorauszudenken, verstehst du.«

»Leb wohl, Byx«, sagte Maxyn, und seine dunklen Augen schimmerten. Er winkte Tobble zu. »Und dir eine gute Reise, Freund Tobble!«

Wir umarmten uns ein wenig ungeschickt. Dann schwang ich mich wieder in den Sattel, und wir brachen auf. Ab und zu drehte ich mich nach Maxyn um, der uns nachschaute, bis wir allmählich aus seinem Blickfeld verschwanden. Ich spürte einen hartnäckigen Kloß in meiner Kehle, und heiße Tränen drohten.

Reiß dich zusammen, sagte ich mir. Du wirst Maxyn schon wiedersehen. Früh genug wirst du deine Freunde alle wiedersehen.

Unterdessen hatte ich eine Landkarte. Ich hatte ein kleines Schwert und einen Schild. Ich hatte Juwelen in meinem Beutel. Ich hatte meinen treuen Havoc. Und ich hatte meinen lieben Freund Tobble.

Ich musste nur etwas tun, das noch nie jemand getan hatte, und ich musste es tun im ständigen Bewusstsein, dass mich die Armeen zweier Nationen nur zu gern tot sehen würden.

»Das wird ein Spaß werden«, sagte Tobble ohne rechte Überzeugung.

»Ein Abenteuer«, sagte ich im gleichen Tonfall. »Wenn ich auch nicht gern von allen getrennt bin.«

Tobble stupste mich mit der Nase an. »Von mir bist du doch gar nicht getrennt.«

»Du weißt schon, was ich meine, Tobble. Khara und die Friedensarmee sind in Gefahr. Und sollte etwas passieren, haben wir keine Möglichkeit, etwas über sie zu erfahren, bevor es vielleicht zu spät ist.«

Tobble verfiel in Schweigen. Er hätte auch nichts zu meiner Beruhigung sagen können, denn wir wussten beide, dass ich recht hatte. Wir mussten die schreckliche Ungewissheit einfach akzeptieren.

Aber galt das für das ganze Leben? Mir fiel etwas ein, das mein

Vater, der kluge Redensarten und Sprichwörter geliebt hatte, gern sagte: »Das einzig Gewisse ist die Ungewissheit.« Wie recht er gehabt hatte.

Wir ritten den ganzen Tag. Zwei Stunden folgten wir dem Telarno nach Norden, ehe wir uns westwärts wandten, in bewaldetes Gebiet und auf Bossyp, unser endgültiges Ziel, zu.

Ich habe mittlerweile einige Erfahrung, was Wälder angeht. Und ich kann sagen, dass manche freundlich sind, üppig grün mit einem Teppich aus gefallenen Blättern und bewohnt von gutmütigen Lebewesen.

Man entwickelt ein Gespür für den Charakter eines Waldes. Manche von ihnen scheinen geradezu zum Eintritt aufzufordern.

Ein solcher Wald war es nicht, den wir jetzt betraten.

Auf der Karte hatte die ausgedehnte, von dichten Bäumen bestandene Fläche keinen Namen. Aber als wir heute Morgen aufgebrochen waren, hatte die blaue Bodick Tobble und mich beiseitegenommen.

»Ich habe mit mir gerungen, ob ich euch das erzählen soll«, hatte sie angefangen. Nicht gerade ein ermutigender Start. »Ich will dir keine Angst machen, Byx. Aber ich weiß ein paar Dinge über diesen Wald, durch den ihr reiten müsst. Dinge, die nur wenige wissen.«

Definitiv kein ermutigender Start.

»Es gibt einen Grund, weshalb der Wald auf der Landkarte keinen Namen hat. Hört zu, vor langer, langer Zeit, noch vor der Flut, sogar noch vor Urmans Eibe, lebte einst ein Magier, ein großer Zauberer. Und ihr müsst euch klarmachen, dass die Wirkmacht von Magie in diesen längst vergangenen Zeiten nicht so schwach war wie heutzutage, wo Magie nur noch für kleinere, vorübergehend wirksame Zaubersprüche eingesetzt wird. Magie war damals sehr mächtig, und kein Magier war mächtiger als« – Bodick sah sich nervös um – »als Gaziko. Und der Grund, weshalb keine Karte den Namen dieses Waldes anzeigt, ist der, dass sein wahrer Name Gazikos Ezkutak ist.«

»Was für ein fremdartiger Name«, sagte Tobble.

»Er stammt aus einer uralten Sprache, einer Sprache des Bösen.« Bodick schauderte.

»Aber dieser Magier ist doch bestimmt längst tot?«, sagte ich. »Die Wirkung seiner Zaubersprüche müsste doch inzwischen nachgelassen haben, oder?«

Bodick zwang sich zu einem unsicheren Lächeln. »Es wird wohl so sein. Sicher ist es so«, sagte sie. »Aber ich dachte, ihr solltet es trotzdem wissen.«

Jetzt, wo wir vor einer geschlossenen Front düsterer, enorm großer Bäume standen, riefen wir uns Bodicks Warnung wieder ins Gedächtnis. Doch selbst ohne ihre Worte hätte ich gespürt, dass etwas mit diesem Wald nicht stimmte.

Auch schon bevor sie uns erzählt hatte, dass Ezkutak ein uraltes Wort für *Horror* war.

»Jahrhunderte«, raunte Tobble, während wir unter den Bäumen dahinritten. »Das alles liegt Jahrhunderte zurück.«

»Ja«, nickte ich und sog den feuchten Geruch nach Moos und Verwesung ein. »Lange, lange her. Und es ist ein großer Wald, viele Quadratmeilen groß. Egal, was dieser böse Zauberer getan hat oder nicht, es kann nur einem kleinen Teil des Waldes gegolten haben, nicht dem ganzen.«

»Ja, natürlich«, pflichtete mir Tobble bei.

Wir ritten weiter und versuchten dabei, uns die Angst auszureden.

Pferde verstehen nicht, was gesprochen wird. Sie verstehen nur, was sie spüren. Und nach Havocs zaudernden Schritten und seinem tief hängenden Kopf zu urteilen, konnte er diesen Wald nicht leiden. Absolut nicht.

Es stellte sich heraus, dass er sich nicht getäuscht hatte.

15

Gazikos Ezkutak

Kaum hatten wir uns in den finsteren Wald hineingewagt, wurde der Pfad immer schmaler und verlor sich schließlich ganz, sodass wir unseren Weg zuletzt selber finden mussten. Solange die Sonne am Himmel stand, konnten wir unsere Richtung bestimmen, aber die Tage wurden jetzt kürzer, da der Winter näher rückte. Die Sterne würden wir nach Einbruch der Nacht durch das dichte Dach der Äste und Zweige nicht sehen können.

Am Waldrand waren wir vor hohen, geraden immergrünen Bäumen gestanden, deren Äste so hoch oben ansetzten, dass wir die meisten dieser Bäume gut umrunden konnten. Als wir aber nun weiter vordrangen, traten an die Stelle der immergrünen Bäume knorrige unförmige Eichen und Tyru-Bäume mit schwarzen, schlaff herabhängenden Blättern.

Ich drängte Havoc weiter, denn jede Minute war kostbar, wenn wir unser Ziel erreichen wollten. Doch die Dunkelheit wurde allmählich undurchdringlich, und zuletzt konnte ich nicht einmal mehr Havocs Ohren sehen.

Ich bemühte mich um einen unbekümmerten Tonfall. »Na, ich denke, wir werden hier wohl unser Lager aufschlagen müssen. Der Boden ist flach und trocken. Und ich höre einen Bach in der Nähe. Wir werden also wenigstens unsere Wasserschläuche auffüllen können.«

»Also, mir gefällt dieser Ort nicht«, sagte Tobble, der sich von meinem aufgesetzten Optimismus nicht täuschen ließ.

»Ach komm, Tobble. Werden wir uns wirklich Angst einjagen lassen von Geschichten über Böses, das längst vergangen ist?«

»Ja«, sagte Tobble. »Werden wir.«

»Du wirst dich besser fühlen, wenn wir erst ein Feuer brennen haben. Ein schönes kleines Feuerchen. Genau das brauchen wir jetzt.«

Wir fanden jede Menge tote Äste und gestürzte Baumstämme, aber es war so dunkel, dass wir auf allen vieren kriechen und nach jedem Stück tasten mussten. Eine Stunde dauerte es, bis wir ein annehmbares Feuer in Gang hatten, und danach waren wir beide mächtig hungrig.

Selbst beim Schein des Feuers konnten wir kaum einen Meter weit in jede Richtung sehen. Wir aßen schweigend und lauschten dem Gluckern des Bachs. Ihn zu finden würde bis zum Morgen warten müssen. Als wir unsere Mahlzeit beendet hatten, hängte ich Havoc einen Sack Hafer um den Hals, und danach rollten Tobble und ich unsere Schlafsäcke aus.

In Anbetracht meines Nervenkostüms rechnete ich nicht damit, einschlafen zu können. Tobble seinerseits gelobte, die ganze Nacht wach zu bleiben. Doch schon nach wenigen Minuten hörte ich sein vertrautes Schnarchen, und dieser einschläfernde Singsang sowie die Anstrengungen des Tages im Sattel bewirkten, dass die Müdigkeit meine Angst bezwang.

Am nächsten Morgen schreckte ich aus dem Schlaf hoch. Tobble sah auf mich nieder, die Hand auf meiner Schulter. Seine Augen waren noch größer als sonst. Und er zitterte.

Ich blinzelte und versuchte, mich auf das schwache graue Licht einzustellen. »Was ist?«, fragte ich.

Tobble konnte nicht sprechen. Er konnte nur die Augen aufreißen.

Ich stand auf, und da sah ich es auch.

Keine hundert Meter entfernt war eine einsame Lichtung. In ihrer Mitte erhob sich ein großer Hügel, ungefähr zehnmal so groß wie ich. Ein Hügel aus Knochen.

»Das ist so was wie … eine Art von …«, fing ich an, aber ich hatte keine Ahnung, was es war. Was konnte es für eine natürliche Erklärung für diesen Berg aus Knochen geben? Und selbst wenn es eine gäbe, wäre damit nicht erklärt, was wir als Nächstes sahen.

Die Bäume um uns her waren nicht einfach nur Stämme, Äste und Blätter. Jeder einzelne Baum war irgendwie in, um und durch Skelette gewachsen.

Ganz in unserer Nähe, dicht über der Erde, entdeckten wir etwas, das anscheinend ein menschliches Skelett war. Durch die dunklen Blätter ragte ein Fuß. Aus den unteren Ästen schien eine Knochenhand zum Himmel zu weisen. Als ich widerwillig die Augen darauf richtete, traf mich der leere Blick eines Schädels aus einem tiefen Spalt im Baum heraus.

Tobble klammerte sich an mich, den Kopf halb in mein Fell vergraben.

»Was ist das für ein Platz?«, fragte ich mit erstickter Stimme. »Was für ein Scheusal kann das gemacht haben?«

»Wir können nicht … wir können nicht … wir können nicht weitergehen!«, sagte Tobble. »Dieser Ort ist verflucht!«

Ich legte meinen Arm um seine Schulter, um ihn zu trösten.

Aber ich brauchte selber Trost, denn Tobble hatte nicht unrecht. Das hier war ein böser Ort.

»Was war das?«, quiekte Tobble.

»Was?«

»Ich hab was gehört. Wie Geflüster.«

Dalkins haben ein ausgezeichnetes Gehör. Aber Wobbykohren sind noch besser. Die von Tobble bebten, zuckten und drehten sich schließlich nach links.

Ich wartete. Und dann hörte ich es auch. Eine heisere Stimme leierte eine Art Gesang oder Gedicht.

»Narren kommen, Narren gehen,
Der Große Gaziko hat alle gesehen.
Und die nicht willig vor ihm krochen,
Riss er entzwei, brach ihre Knochen.
Also dient ihm, gehorcht ihm und leistet den Eid,
Sonst leidet ihr höllisch für alle Zeit!
Hört, was ich euch sagen kann:
Den Großen Gaziko greift keiner an.«

Wir wechselten entsetzte Blicke. Beide wünschten wir nichts sehnlicher, als diesem grauenvollen Ort zu entkommen. Aber diese einfachen Reime hatten etwas Hypnotisches, etwas, das uns den Wunsch eingab, sogar den Drang, herauszufinden, woher die Stimme kam.

Gegen unseren Willen gingen wir auf den Gesang zu, der jetzt wieder von vorn begonnen hatte.

Und dann – mit ungläubigen Blicken – sahen wir es.

Der Kopf war auf einem großen Baumstumpf befestigt. Kein

Körper. Keine Arme. Nur Kopf und Hals, eingewachsen ins Holz eines uralten Baumes. Grüne Triebe wuchsen aus dem Stumpf, schlängelten sich um den Hals.

Es war nicht der Kopf eines Menschen oder eines Felijagas oder sonst einer Art, die ich schon mal gesehen hatte. Er war haarlos, sein Fleisch blutrot und zerfurcht von hervortretenden orangefarbenen Streifen. Zwei senkrechte Schlitze mitten im Gesicht weiteten und verengten sich bei jedem Atemzug, aber wie er atmete und wohin dieser Atem gehen könnte, wagte ich mir nicht einmal vorzustellen.

Was ein Mund zu sein schien, bildete ein breites, unten spitzes V, eine Art groteskes Lächeln. Zwei kleine Augen, schwarze Schlitze nur, waren wie die Augen einer Schlange. Oben aus dem Kopf ragten drei gekrümmte Hörner heraus.

Wir standen da, mit aufgerissenen Augen, unfähig, uns zu bewegen, als der Kopf seine widerlichen und zugleich kindischen Reime von sich gab.

»Er zerschlitzt dein Fleisch, bis in Strömen du blutest,
Er durchbohrt deine Augen, bis in Qualen du wütest.
Doch wohin du auch gehst, bei Dunkel, bei Licht –
Dem Großen Gaziko entkommst du nicht.«

»Was ist das?«, raunte Tobble.

Langsam schüttelte ich den Kopf. »Ich weiß nicht, Tobble.«

Die Augen, die erst ausdruckslos vor sich hin gestarrt hatten, richteten sich plötzlich auf mich.

»Ein Dalkin, ein Wobbyk kommen zu sehen,
was von Gaziko mir ist geschehen.«

Ein Dalkin. Ein Wobbyk.

Ich erstarrte, und Tobble klammerte sich an mich wie an ein Rettungsboot in stürmischer See.

»Er sieht uns!«, schrie er. »Byx, er sieht uns!«

16

Stumpf

Seit den tragischen Ereignissen, die zu meiner langen Reise geführt hatten, waren mir viele sonderbare und erschreckende Dinge begegnet. Aber nichts war so grotesk gewesen wie der Anblick, mit dem ich jetzt konfrontiert war.

Wenngleich dieser Kopf blankes Entsetzen in mir auslöste, rührte sich noch etwas anderes in mir: Mitleid.

Wie konnte ein Lebewesen einem anderen etwas so Grauenvolles antun?

Ich wollte am liebsten zurückweichen. Wollte Tobble schnappen, mit ihm auf Havoc springen und davongaloppieren.

Aber ich konnte nicht.

Ich räusperte mich. »Bitte, wie …«, fing ich an, doch meine Stimme endete in einem Quieker, ähnlich, wie man ihn von Mäusen hört.

Ich nahm einen neuen Anlauf. »Bitte, wie ist Euer Name, Sir? Oder Madam. Oder was.«

»›Stumpf‹, *so nannte mich Gaziko,*
Doch hieß ich anders, und meine Geschichte geht so:
In einer Zeit, weiter zurück denn je,
Nannte man mich den Herrn von Burg Rhee.«

Tobble drückte meinen Arm so fest, dass es wehtat. »Aber was für eine Art von Geschöpf seid Ihr?«, fragte ich den Kopf.

»Als Kreatur verflucht und vernichtet,
Bin ich auf ewig zum Reimen verpflichtet.
Wir Cadelitten, einst eine stolze Macht,
Geistern als Knochen nun durch die Nacht.«

Ich blickte zurück auf das Durcheinander der Knochen, das wir zuvor gesehen hatten. Auf den ersten Blick hatte mich die Größe der Knochen vermuten lassen, es habe sich um Menschen gehandelt, doch als ich nun näher hinsah, fiel mir auf, dass alle Schädel Hörner besaßen.

»Ich denke, das sind … das waren … seine Leute«, sagte ich leise zu Tobble. »Cadelitten. Hat er sie nicht so genannt?«

Tobble, noch immer halb in meinem Fell begraben, linste gerade lange genug hervor, um zu sagen: »Frag ihn, wo die andern von seinem Volk sind. Vielleicht können wir ihnen Bescheid geben, dass er … dass er jetzt so … so ist.«

»Stumpf?« Ich fand diese Anrede unhöflich, aber schließlich hatte er sich selbst so genannt. »Wo sind Eure Leute?«

Stumpf blickte mich mit seinen Reptilienaugen an. Seine nächsten Worte berührten mich tief, auch wenn es nur holprige Verse waren.

»Die Cadelitten lebten in Frieden,
Im westlichen Teil des Landes Salmieden.
Gaziko tötete sie samt ihrer Geschichten,
Nur mich ließ er übrig, um zu berichten

In endlosen Reimen und für ewige Zeit
Allen, die kommen von nah und von weit:
Meine Art ist dahin, ich allein leb' als Geist,
Als Monstrum, das einen ›Endling‹ man heißt.«

Bei dem Wort »Endling« entfuhr mir ein kurzer Aufschrei. »Was für ein Ungeheuer würde denn eine ganze Art niedermetzeln?«, fragte ich fassungslos.

»Feigheit und Furcht, gepaart mit Wut,
Fordern häufig der Unschuldigen Blut.
Stets ist es leichter, andre zu hassen,
Als sie lieben zu lernen und leben zu lassen.

Der Endling meiner Art genannt,
Für immer an diesen Ort gebannt,
Mahn' ich mit meinen Reimen euch so:
Fürchtet den Großen Gaziko!«

Ich wischte mir Tränen aus den Augen. Was geschehen war, war geschehen. Nichts gab es, was wir ändern konnten.

»Es tut mir leid«, flüsterte ich. »So leid.«

Stumpf schloss die Augen und sagte nichts mehr.

Als wir davonritten, war uns weit elender zumute als bei unserer Ankunft. Ein Endling. Ich war Auge in Auge einem Endling gegenübergestanden. Vielleicht hatte ich gerade eine Albtraum-Vision meiner eigenen Zukunft gesehen.

Viele Meilen lang sprach keiner von uns beiden. Ein furchtbares, kaltes Gewicht hatte sich auf unsere Herzen gelegt, eine tiefe Traurigkeit für die arme Seele, die wir zurückgelassen hatten.

Ich fragte mich, ob sich noch irgendjemand an die Cadelitten erinnerte? Gab es einen fachkundigen Gelehrten, der beim Hören dieses Namens hocherfreut ausrufen würde: »Ah ja, die Cadelitten!« Oder lebten sie nur in der Erinnerung weniger Reisender, die nah genug an Stumpf vorbeigekommen waren, um seine schaurigen Reime zu hören?

Wie viele Jahrhunderte lebte er schon unter diesem schrecklichen Zauber? Was für ein Magier besaß derart starke Fähigkeiten, dass seine Zaubersprüche und Verwünschungen Generationen hindurch wirkten?

Und wenn schließlich die Zerstörer dieser Welt – die Murdanos, die Kazars, all die raffgierigen rücksichtslosen Ungeheuer – den letzten meiner Art getötet haben werden, würde dann auch ein solcher Stumpf Zeugnis von unserer Vernichtung geben?

»Wie wollen wir gegen so viel Böses kämpfen und überleben?«, sagte ich, und erst als Tobble antwortete, merkte ich, dass ich laut gesprochen hatte.

»Indem wir es nicht gewinnen lassen!«, blaffte er.

So schroff antwortete er nur, weil ihm ein Rest an Entsetzen wie Gift in den Adern pulste. Aber er wäre natürlich nicht Tobble, wenn er sich nicht sofort ausführlich entschuldigt hätte.

»Was für erstaunliche Arten sind schon verschwunden, Tobble«, sagte ich. »Wie viele fantastische Lebewesen, wie viele Wunder? Wie viel Weisheit ist verloren gegangen durch die, welche die Macht haben zu vernichten?«

»Sie machen die Welt zu einem traurigeren, öderen, hässlicheren Ort, nur damit sie sich selber breitmachen können«, sagte Tobble.

So deprimiert hatte ich ihn selten reden gehört. Ich suchte nach Worten, um ihn aufzumuntern, aber ich war zu niedergeschlagen.

Während wir weiter durch den Wald ritten, versuchte ich mir vorzustellen, wie Stumpf vor Gazikos Ankunft ausgesehen haben musste. Waren die Bäume voller Vögel gewesen? Waren Rehe, Hirsche und Poricats umhergetollt? Hatte einst mein eigenes Volk oder das von Tobble diese Wälder durchstreift, um Beeren und Kräuter zu sammeln?

Tobble wiederholte Stumpfs Worte:

»Stets ist es leichter, andre zu hassen,
Als sie lieben zu lernen und leben zu lassen.«

»Und noch leichter ist es«, sagte ich, »nichts zu tun gegen das Böse. Die Gräuel zu sehen und wegzuschauen. Nichts tun, nur murren und den Kopf schütteln.«

»Aber wir tun doch nicht nichts«, sagte Tobble. »Oder?«

»Nein, Tobble«, sagte ich mit einem schwachen Lächeln, »wir tun ganz bestimmt nicht nichts!«

17

Die Raggler

Am späten Nachmittag tauchten wir aus Gazikos verwunschenem Wald auf und kamen in die unteren Ausläufer des westlichen Hochlands. Kaum spürten wir den Balsam schwacher Sonnenstrahlen auf unseren Köpfen, geschah zweierlei.

Erstens: Havoc schlug eine schnellere Gangart an, hob den Kopf und fiel in gleichmäßigen Trab, was ihm in der Düsternis dieses schrecklichen Waldes nicht möglich gewesen war.

Zweitens: Tobble und ich wurden augenblicklich hungrig.

»Ich bin am Verhungern!«, sagte Tobble.

»Havoc auch.« Ich lachte und zeigte auf einen freien Platz mit kurzem, sich allmählich braun verfärbendem Gras. »Er sieht schon seine Mahlzeit.«

Ich ließ Havoc galoppieren, und der Wind in meinem Fell war eine Wohltat. Meine Augen tränten vor Kälte, aber ich wusste, dass ich mich umso besser fühlen würde, je mehr Abstand wir zwischen uns und den Wald brachten.

Als Havoc die köstlichen Gräser erreicht hatte, stiegen wir ab. Tobbles Magen knurrte gewaltig, meiner winselte.

»Als ob unsere Bäuche miteinander reden wollten«, sagte Tobble und machte sich daran, unseren Proviant auszupacken.

»Es wird kalt werden heute Nacht, wenn wir kein Feuerholz finden«, sagte ich.

»Kein Grund zur Sorge. Wenn wir schnell reiten, kommen wir noch bis zum Rand des Lucabena-Waldes. Da finden wir genug für ein lustiges Feuerchen.«

Ich zuckte zusammen. »Schon wieder ein Wald?«

»Oh nein, Byx. Der ist ganz anders als dieser grausige Ort hinter uns. Du wirst sehen!«

Nachdem wir gegessen hatten, setzten wir unseren langen Tagesritt durch sanft gewelltes Hügelland fort. Mir tat mein Hinterteil so weh, dass ich, Feuerholz hin oder her, mehr als einmal vorschlug zu lagern, obwohl ein kühler Wind ging und ein Feuer höchst willkommen gewesen wäre. Meine Beine waren taub, und meine Finger hätten dem Gefühl nach ebenso gut Würstchen sein können.

»Ich könnte mir denken«, sagte Tobble, »dass uns die Raggler inzwischen entdeckt haben. Sie können ausgezeichnet sehen, weißt du, fast so scharf wie Raptidons.«

»Raggler?«

»Ja sicher, Raggler.« Dann, als er merkte, dass ich keine Ahnung hatte, was ein Raggler war, erklärte er: »Sie sind eine wunderbare Art. Gute Freunde der Wobbyks, schon immer. Wir tauschen und handeln mit ihnen. Einen Teil unseres Fisch- und Austernfangs gegen Honig und ihre kunstvollen Holzarbeiten, und natürlich weben sie die Netze, die wir zum Fischen brauchen, verstehst du, deshalb …«

Tobble verlor den Faden und hing seinen Erinnerungen nach.

Wir ritten weiter der untergehenden Sonne entgegen, frierend, aber voller Hoffnung. Die Dunkelheit brach herein, dichte Wolken ballten sich zusammen. Wieder fehlten uns die Sterne zur Orientierung.

»Mach dir keine Gedanken deswegen«, sagte Tobble. »Du wirst schon sehen.«

Ich musste nicht lange warten. Der Lucabena-Wald war kaum mehr als eine Viertelmeile entfernt. Zu meiner Überraschung begannen am Horizont violette und goldene Lichter zu funkeln wie farbenfrohe Spiegelbilder von Sternen.

Als wir noch näher kamen, trug die leichte Brise Fetzen von Musik heran. Ich hörte keine Worte, nur Musik, einen Klang wie von Bogenstrichen auf den unteren Saiten einer Viola.

Die Bäume, zwischen denen wir jetzt ritten, wiesen ein beachtliches Alter auf und waren von nicht geringer Größe, hatten aber nichts von der überwältigenden Düsternis von Gazikos unseligem Wald. Die Bäume standen in großen Abständen zueinander und ließen weite Zwischenräume frei. Die Lichter, die wir nun aus größerer Nähe sahen, hüpften über unseren Köpfen von Ast zu Ast wie große Eichhörnchen. Erst dachte ich, es wären Laternen, die sich bewegten. Aber bald erkannte ich, dass die Lichter tatsächlich die Raggler selbst waren, kleine stachlige Wesen, die einen sanften Schimmer ausstrahlten.

»Sie leuchten!«, rief ich.

»Natürlich leuchten sie«, sagte Tobble. »Warum meinst du, nennen wir sie Raggler?«

Das ergab keinen Sinn, war mir aber jetzt egal. Nach der Verdorbenheit von Gazikos Wald und dem langen kalten Ritt über das Hochland war mir, als käme ich nach Hause. Ich fühlte mich nicht nur sicher und geborgen, sondern sogar willkommen. Fast schien es mir, als könnte ich in meinem Kopf liebliche Stimmen hören, wortlos, doch verständlich und am wichtigsten: Es waren freundliche Stimmen.

»Scheint ein einladender Ort zu sein«, sagte ich, während ich zusah, wie ein Raggler von Ast zu Ast glitt.

»Natürlich.« Tobble lachte. »Kannst du ihre Grüße nicht hören?«

»Deine Ohren sind besser als meine, Tobble, aber richtige Begrüßungsworte habe ich tatsächlich noch nicht gehört.«

»Wirst du auch nicht. Raggler verständigen sich nicht mit Worten. Die Musik, die du hörst, ist nicht ... Pass auf, probier mal was aus. Halt dir die Ohren zu.«

Ich tat, was er sagte. Es dauerte ein paar Sekunden, dann begriff ich. »Ich kann die Musik immer noch hören!«

»Ja«, sagte Tobble zufrieden. »Raggler erzeugen kein Geräusch, das mit den Ohren zu hören ist. Man hört sie im Kopf und im Herzen.«

»Toll! Ich wünschte, ich könnte mal einen aus der Nähe sehen.«

»Ja?«, sagte Tobble. »Dreh dich um.«

Auf Havocs Hinterteil stand leicht und lässig ein Lebewesen, halb so groß wie Tobble, das ein sanftes gelb-violett meliertes Leuchten verströmte.

»Ahhh!«, rief ich erstaunt.

Ich hörte Musik, spürte Musik und wusste auch ohne Worte, was sie bedeutete.

Frieden wünsche ich dir, Freundin.

Ich betrachtete das kleine Geschöpf genauer. Sein kompakter Körper war nicht mit Fell oder Federn bedeckt, sondern mit Stacheln, halb so lang wie die Finger eines Menschen. Und die Spitzen dieser Stacheln waren es, die leuchteten. Die Beine des Ragglers waren gekrümmt, seine Arme lang und dünn. Er besaß zwei riesengroße Augen, nicht unähnlich den Augen eines Wobbyks. Oben aus dem Kopf wuchs ihm zusätzlich ein Stiel, und an dessen Ende saß ein drittes Auge.

»Sei gegrüßt, Freund Raggler«, sagte Tobble. »Ich bin Tobble von den Wobbyks in Bossyp. Das ist meine Freundin Byx von den Dalkins.«

Da ich nicht wusste, wie ich das winzige Wesen sonst begrüßen sollte, streckte ich meine Hand aus.

»Nein!« sagte Tobble scharf. »Tut mir leid, Byx, ich wollte dich nicht erschrecken. Aber es gibt einen Grund, weshalb Raggler so furchtlos und gastfreundlich sind, verstehst du. Ihre Haut und besonders ihre Stacheln sind giftig, und zwar für alle Arten, bis auf eine: Wobbyks. Nur ihre Fußsohlen kann man ohne Gefahr berühren. Die Raggler haben vor niemandem Angst, und das aus gutem Grund.«

Wir ritten tiefer in den Wald hinein, angezogen von der geheimnisvollen wortlosen Musik, die wir trotzdem verstanden: *Hier entlang führt euer Weg.*

Von Minute zu Minute wurden die Girlanden aus leuchtenden Ragglern in den Bäumen dichter. In den oberen Ästen saßen viele auf fantastischen Plattformen aus gewebtem Material, das aussah wie versteifte Fischernetze.

Auch auf dem Boden waren Raggler, etliche folgten uns mit ihren kurzen Beinen, so gut sie konnten. Manche griffen nach herabhängenden Ranken und schwangen sich flugs in die Äste hinauf. Andere kamen an Baumstämmen herabgerutscht, um uns in Augenschein zu nehmen und ihre Gastfreundschaft zu bekunden.

Ein leichter halbstündiger Ritt brachte uns schließlich zu einer dichten Gruppe von Bäumen, die so voll der possierlichen Wesen war, dass die ganze Stelle strahlte wie eine kleine eigenwillige Sonne.

»Ich glaube, diese Bäume hier nennen sie Herzbäume«, sagte Tobble. »Das Zentrum für alle Raggler.«

»Haben sie einen König oder eine Königin?«, fragte ich.

»Raggler?«, fragte Tobble verblüfft über meine Frage. »Nein, natürlich nicht. Sie regieren sich selbst.«

»Aber wie kann das sein? Wer entscheidet, was sie tun sollen?«

Tobble zog die Schultern hoch. »Es klappt eben. Alle Raggler gelten gleich viel. Bei einer Angelegenheit, die die ganze Art betrifft, verständigen sie sich, indem alle ihre unterschiedlichen Melodien singen, bis sich ein mehr und mehr übereinstimmender Klang herausbildet und sie allmählich zu einer völligen Harmonie finden. Alles lautlos natürlich.«

»Natürlich«, sagte ich, als wäre das ganz klar.

»Ich denke, sie wollen, dass wir hier anhalten«, sagte Tobble.

Ich legte den Kopf in den Nacken und blickte in die funkelnden Bäume über mir. Hunderte Augenpaare starrten auf uns herab. Hunderte Stielaugen drehten sich in alle Richtungen.

»Hallo«, sagte ich.

Hallo, sangen die Raggler.

»Ist es euch recht, wenn wir hier unser Nachtlager aufschlagen?«, fragte Tobble.

Natürlich!, antworteten sie. *Macht es euch bequem!*

Eine einfache Aufforderung, doch nach allem, was wir durchgemacht hatten, eine so freundliche, dass mir die Tränen in die Augen stiegen.

18

So viel Herzlichkeit

In einem Land, das von dem gewalttätigen Murdano regiert wird, machte mich die heitere Gastfreundschaft der Raggler verlegen, wenn ich an das Schwert an meiner Seite dachte. Ich nahm es ab und lehnte Schwert und Schild gegen einen Baum.

»Dürfen wir ein kleines Feuer machen?«, fragte ich.

Das rief offenbar Bedenken hervor. In meinem Kopf, nicht etwa in meinen Ohren, hörte ich Dutzende unterschiedlicher Melodiefetzen. Innerhalb von Sekunden waren es, ganz wie von Tobble beschrieben, nur noch einige wenige, und dann, wie auf ein Stichwort, blieb nur ein einziger Musikstrang übrig. *Ihr könnt Feuer machen*, hieß das, *aber ihr müsst vorsichtig sein.*

Um ihren eigenen Hinweis ernst zu nehmen, glitten mehrere Raggler, mit winzigen Schaufeln bewaffnet, an Ranken herunter. Mit beachtlicher Geschwindigkeit und Ausdauer gruben sie ein flaches Erdloch. Andere Raggler erschienen aus der Dunkelheit mit Steinen, die sie in einem Kreis um die Feuerstelle anordneten.

Eine Flut von toten Ästen und Zweigen prasselte aus den Baumwipfeln herab und landete direkt in der Vertiefung. »Sie sorgen für unser Brennholz«, sagte Tobble. »Selbst haben sie aber kein Feuer.«

Wir nahmen Havoc das Gepäck ab und entfernten das Geschirr. Kaum sahen die Raggler das, brachten sie frisches Heu und einen Eimer Wasser heran.

Havoc war nur ein Pferd. Und doch hätte ich schwören können, dass er mich verblüfft ansah bei so viel Aufmerksamkeit. Waren wir denn alle, auch Havoc, schon so weit, dass wir nichts als Angst und Gefahr von der Welt erwarteten? Wie konnte es sein, dass das normal geworden war und Freundlichkeit befremdlich schien?

Tobble kramte die Zunderbüchse heraus. Ich nahm Stahl und Feuerstein und schlug Funken. Kaum hatte ich eine winzige Flamme, schichtete Tobble die Holzstücke zu einer Pyramide auf, und das Feuer wurde allmählich kräftiger. »Gut und schön, Tobble«, sagte ich, »aber wir werden schon größere Äste brauchen, um wirklich …«

Ich verstummte. Zwischen den Bäumen hervor kamen drei Gruppen zu je vier Ragglern, die schleppten, was für sie gewaltige Holzklötze sein mussten, die für mich aber genau die richtige Größe für unser Feuer hatten.

Bis es zuverlässig brannte, bereiteten Tobble und ich alles für ein einfaches Mahl vor. Gerade fasste ich den Gedanken, unsere Wasserschläuche zu holen, da bemerkte ich, dass neben mir auf dem Boden sechs winzige Becher aufgetaucht waren.

»Sie sind die perfekten Gastgeber!«, sagte ich.

»Solange man in friedlicher Absicht kommt«, sagte Tobble und rührte in seinem Topf. »Kommst du aber, um Bäume zu fällen – na, dann mach dich auf was gefasst! Dann findest du dich unter einem Hagelschauer von Ragglern wieder, wirst von giftigen Stacheln durchbohrt und stirbst qualvoll.«

Ich schluckte. »Oh. Besser also, wir benehmen uns.«

Nachdem wir gegessen und unsere Zehen am Feuer gewärmt hatten, gesellte sich ein Raggler zu uns, der wie ein prächtiger Sonnenuntergang leuchtete. Mit seinem Lied fragte er uns, ob wir nicht erzählen mochten, warum wir durch den Lucabena-Wald ritten.

»Die Lady hat uns geschickt«, antwortete ich. »Wir sollen die Wobbyks um Hilfe bitten, weil wir einen schrecklichen Krieg verhindern müssen.«

Wer ist die Lady, von der ihr sprecht?

»Sie hat eine Armee von Tausenden auf ihrer Seite. Sie will verhindern, dass immer wieder Häuser und Bauernhöfe zerstört werden. Und Bäume«, ergänzte ich hastig. »Es sollen auch keine Bäume mehr sterben.«

Die Bäume sind unsere Mütter.

»Das ist wohl wahr«, stimmte ich zu. Ich kam mir idiotisch vor, dass ich hier eine Unterhaltung führte, in der ich allein sprach.

Die Luft, die wir atmen, kommt von den Bäumen.

Eine sonderbare Vorstellung schien mir das. Bäume, die Luft produzieren? Aber schließlich kann jeder glauben, was er will, dachte ich.

»Mein Volk, die Dalkins, haben oft Nester in den Bäumen gebaut«, sagte ich.

Das schien dem Raggler zu gefallen. Dann aber fragte er: *Warum trägst du ein Schwert und einen Schild?*

Ich lächelte. »Weil ich keine Stacheln habe, mein Freund.«

Das wurde mit einem stummen Gesang belohnt, der sich für mich wie eine Lachsalve anhörte. Erleichtert stellte ich fest, dass die Raggler Sinn für Humor hatten.

Beim ersten Licht werden wir euch auf euren Weg bringen.

»Ich glaube, Tobble, sie haben uns eben auf das Höflichste zu verstehen gegeben, dass wir am Morgen weiterreiten müssen.«

»Allerdings«, sagte Tobble und nickte. »Absolut höflich und korrekt.«

Der leuchtende Sprecher schwang sich an Ranken in die Baumwipfel zurück. Tobble und ich rollten unsere Schlafsäcke aus, und zum ersten Mal seit einer gefühlten Ewigkeit konnte ich mich sicher fühlen, dass wir zumindest diese eine Nacht nicht in Gefahr sein würden.

Warm, satt und mit Zeit zum Überlegen lag ich wach und dachte über meine Freunde nach. Ich machte mir Sorgen um alle, aber um Khara hatte ich am meisten Angst. Auf ihren jungen Schultern lag eine so erdrückende Last an Verantwortung.

Allmählich sank ich in tiefen Schlaf. Ich träumte von Krieg, Blutvergießen und Tod und von Anstand, Vergebung und Frieden. Ich träumte von meiner ersten Familie, die ich nie wiedersehen würde, und von meiner zweiten Familie, von der ich verzweifelt hoffte, sie bald wiederzusehen.

Als ich am nächsten Morgen die Augen öffnete, erschrak ich über die Hunderte von Ragglern in den Bäumen über mir. Es war Tag, und sie leuchteten nicht mehr, doch ein Hauch von Gold und Violett umgab sie immer noch. Neben mir wachte Tobble gerade auf.

Blinzelnd sah er mich an. »Hast du gehört, was sie gesungen haben?«

Ich zog die Stirn kraus. Hatte ich ... ja, doch. Ich hatte es gehört. Aber es schien absurd. »Sagen sie, dass sie uns helfen wollen, den Krieg zu verhindern?«

Tobble nickte.

»Aber wir haben sie nicht darum gebeten. Und überhaupt, was können sie schon tun?«

»Wir mussten sie nicht darum bitten. Sie haben unsere Träume gehört.«

»Sie haben … was?« Es war ein beunruhigender Gedanke. Ich erinnerte mich meistens schon beim Aufwachen nicht mehr an meine Träume. Und diese stachligen kleinen Geschöpfe konnten sie nicht nur hören, sondern sogar auch darüber reden?

»Habe ich dir das nicht erzählt? Es tut mir sehr leid, wie unbedacht von mir! Ja, was eben besonders interessant ist an Rägglern, ist ihre Eigenart, Gedanken hören zu können. Dabei hören sie eigentlich keine Töne. Sie hören die Musik in deinen Gedanken.«

Ich rieb mir die Augen. »Ist vielleicht besser, dass ich es nicht wusste.«

Ich blickte nach oben in die Baumwipfel. Wie man Gedanken aussendet, wusste ich nicht, deshalb fragte ich ganz einfach: »Wie könntet ihr helfen, Freunde?«

Wieder bestand die Antwort aus wortlosen stimmungsvollen Bildern, die sich wie selbstverständlich in meinem Kopf entfalteten.

Ich schnappte nach Luft, ich griff nach Tobbles Arm.

»Tobble«, flüsterte ich.

»Byx?«

»Ich denke, das könnte wichtig sein.«

»Höchst wichtig!«

»Wir müssen dein Volk überzeugen. Und Sabito und Stimball müssen die Raptidons überreden. Aber falls alles so geschieht …«

Ich konnte meinen Gedanken nicht zu Ende bringen. Zu stark

war meine Hoffnung, doch wenn ich etwas gelernt hatte, dann das: Hoffnung allein reichte nicht immer aus.

Und doch hörte ich, während wir unsere Ausrüstung packten und Havoc sattelten, in meinem Kopf nichts anderes als ein klangloses stimmloses Lied, das irgendwie in einen einzigen Gedanken mündete: *Es gibt noch Hoffnung.*

19

Ein Wobbyk-Wiedersehen

Nachdem wir die Raggler verlassen hatten, rechneten wir mit einem Dreitageritt bis nach Bossyp. Aber dann fiel der erste Schnee des Jahres, ein leichtes Geriesel erst, das bald in dicke Flocken überging. Am zweiten Tag blieb uns nichts übrig, als die meiste Zeit unter einem halb offenen schrägen Schutzdach zu verbringen.

Der primitive Verschlag musste einem Schäfer gehört haben, denn wir fanden verrostete Scheren und einen Stapel Leinensäcke, wie sie oft benutzt werden, um Wolle zum Markt zu bringen. Wir befanden uns auf dem Kamm eines kleinen Hügels in unmittelbarer Nähe der Küste. Zu unserer großen Freude entdeckten wir bald eine kleine, mit reichlich Brennholz ausgestattete Hütte. Wir machten Feuer in dem einfachen Herd und beobachteten ein halbes Dutzend Vogelarten, die an der felsigen Küste entlangwateten, während Adler am Himmel kreisten, die mit ihren unglaublich scharfen Augen schmackhafte Fische im flachen Wasser ausmachten.

Tobble war merklich aufgeregt, seiner Heimat so nahe zu sein. Stundenlang erzählte er mir, wie er gelernt hatte, mit seinem Vater und seinem Onkel zu fischen, und unterhielt mich mit Geschichten über seine vielen Geschwister. Wie er sie alle auseinanderhalten konnte, war mir ein Rätsel.

Es war schön, meinen lieben Freund so voll freudiger Erwartung zu sehen, aber in Wahrheit spürte ich eine Spur von Traurigkeit, sogar Neid, während ich Tobble zuhörte. Das war nicht in Ordnung, ich wusste es und schalt mich für meine kleinlichen, egoistischen Gedanken. Aber Tobble hatte eine Familie, ein Zuhause, ein Dorf, in das er zurückkehren konnte. Und ich nicht.

Tobble musste gespürt haben, wie mir zumute war, denn an diesem Abend sagte er: »Ich wünschte, Byx, du könntest tun, was ich bald tun werde. Wenn du doch auch nach Hause gehen könntest!«

»Danke, mein Freund.« Bevor ich weitersprach, lauschte ich dem Wind, der Schnee übers Dach fegte. »Ich versuche eben, mir immer wieder zu sagen, dass ich zumindest lebe. Anders als … alle andern.« Ich griff nach Tobbles Pfote. »Und wirklich, Tobble, ich freu mich so für dich.«

Wir schliefen eng aneinandergeschmiegt ein. Das half uns beiden, warm zu bleiben. Und für mich wenigstens war es tröstlich, Tobbles gleichmäßiges Schnarchen neben mir zu hören.

Als wir am nächsten Morgen die Tür aufschoben, sahen wir eine endlose, weiß funkelnde Fläche vor uns. Der Schnee reichte mir bis zur Taille und Tobble bis zum Kopf. Wir beschlossen weiterzureiten, und Havoc kam einigermaßen voran. Am Nachmittag aber zogen Sturmwolken auf, und diesmal begnügte sich der Schnee nicht mit Spielereien. Er fiel die ganze Nacht ohne Unterbrechung, und wir sehnten uns unwillkürlich nach der kleinen Hütte. Wir breiteten Decken über niedrige Äste, die als Dach dienen konnten, und so lagen wir, zitternd vor Kälte, die ganze Nacht bis in einen grauen Morgen hinein.

»Mit so viel Schnee kommt Havoc nicht zurecht«, sagte ich.

»Wir könnten hier für ein paar Tage festsitzen, bis der Schnee schmilzt. Aber wenn es so kalt bleibt, kann das bis zum Frühjahr dauern.«

»Bloß nicht!«, rief Tobble aus. »Wir würden verhungern. Oder erfrieren. Oder verhungern und dann erfrieren. Wir stecken in der Falle!«

Er ging auf dem schmalen matschigen Boden in unserem »Zelt« hin und her.

»Ich kann Khara nicht im Stich lassen«, murmelte ich. »Sie verlässt sich darauf, dass wir welche von deinen Leuten anwerben.«

»Wir sind so nah!«, rief Tobble. »Es ist einfach ungerecht!«

»Da! Sieh mal! Schiffe!«, sagte ich und zeigte aufs Wasser, hauptsächlich, um Tobble von seiner wachsenden Panik abzulenken.

»Schiffe?«, fragte er aufhorchend. Er beschirmte seine Augen und spähte hinaus aufs Meer. »Das sind keine Schiffe, nur Fischerboote. Sie liegen tief im Wasser, müssen einen guten Fang gemacht haben. Bald werden sie den Hafen ansteuern. Die könnten uns mitnehmen, wenn sie wüssten, dass wir hier sind.«

»Zu dumm, dass sie uns nicht hören können«, sinnierte ich. »Wir könnten höchstens wild mit den Armen fuchteln.« Ich stieß einen Seufzer aus. Allmählich aber nahm eine Idee Gestalt an. »Tobble, du hast doch ein bisschen trockenes Feuerholz aus der kleinen Hütte mitgenommen, oder?«

Er begriff sofort und schnürte sein Bündel mit Brennholz und Gras auf, während ich mich an die Arbeit mit Stahl und Feuerstein machte. Es brauchte mehrere Versuche, doch schließlich brannte unser Feuer.

Ein kleines Feuer, das nicht lange anhalten würde.

Tobble legte den Kopf in den Nacken und betrachtete den aufsteigenden Rauch. »Mehr Rauch«, sagte er. »Das Feuer ist zu klein, aber vielleicht fällt ihnen der Rauch auf. Rupf ein bisschen feuchtes Gras unter dem Schnee aus!«

Wir ließen uns auf die Knie nieder, wühlten mit halb erfrorenen Händen im Schnee und rissen ein paar Hände voll Gras heraus. Es klappte. Unter der Einwirkung des feuchten Grases produzierte das Feuer eine annehmbare Rauchsäule.

Um unsere Chancen zu erhöhen, griff jeder von uns nach einem brennenden Ast und schwenkte ihn durch die Luft.

»Sie werden den Rauch sehen, und wenn sie sich ordentlich anstrengen, werden sie auch uns sehen«, sagte Tobble. »Es sind Fischer. Die halten immer scharf Ausschau.«

Das Boot brauchte eine Stunde, um heranzukommen, und es kam nicht näher als bis auf eine Viertelmeile. Aber dann wurde zu unserer Erleichterung ein Beiboot zu Wasser gelassen. Und nicht nur irgendein Beiboot.

»Das sind zwei meiner Brüder!«, schrie Tobble. »Hallooo, Piddlecombe! Hallooo, Horgle!«

Piddlecombe und Horgle sprangen über Bord in die Brandung, zerrten das Boot auf den nassen Sand und wuselten über den verschneiten Abhang auf Tobble zu. Beide Wobbyks waren größer als Tobble, hatten aber die riesigen Ohren meines Freundes, die langen Schnurrhaare und den imposanten Bauch.

Zu dritt lagen sie sich in den Armen, ein einziges schluchzendes, lachendes, jubelndes Knäuel. Mir ging das Herz auf, als ich Tobble so ausgelassen sah.

»Warte!«, rief der größte der Brüder. Er zeigte auf Tobbles

sorgfältig geflochtenen Schwanz, der von einem Lederband zusammengehalten wurde. »Du … was … wie?« Sprachlos wies er auf seine eigenen drei losen Schwänze.

Der andere Bruder, dessen Schwänze ebenfalls nicht geflochten waren, war direkter. »Von wem hast du die Erlaubnis bekommen, deine Schwänze zu flechten? Und warum?«

Ich konnte es nicht glauben. Dass die Flechtzeremonie der Schwänze – von den Wobbyks »Stibillary« genannt – einen wichtigen Schritt ins Erwachsenenleben bedeutete, wusste ich. Und trotzdem! Die Brüder hatten Tobble monatelang nicht gesehen. Vielleicht hatten sie ihn längst für tot gehalten. Und da redeten sie nur von seinem geflochtenen Schwanz?

Tobble warf sich in die Brust. »Kann sein, ich habe ein paar bewundernswerte Taten vollbracht.«

»Mutige und selbstlose Taten«, ergänzte ich.

»Na, und was die Erlaubnis angeht«, fuhr Tobble fort, »die habe ich von der Lady von Nedarra persönlich, der Anführerin der Friedensarmee.«

Die Brüder waren sprachlos, ihre Münder blieben offen stehen. Sie sahen mich an, als wollten sie von mir eine Bestätigung hören.

»Jawohl«, sagte ich. »Euer Bruder Tobble ist inzwischen eine höchst wichtige Person. Tatsächlich sind wir im Auftrag der Lady hier.«

Meinen treuen Freund so zu rühmen bereitete mir viel Vergnügen. Aber noch mehr Vergnügen bereitete es Tobble selbst. Ich hätte schwören können, dass er vor meinen Augen um zwei Zentimeter größer wurde.

»Piddlecombe, Horgle, ich darf euch meine liebe Freundin Byx von den Dalkins vorstellen.«

Horgle, der größere der beiden, machte eine Verbeugung, und Piddlecombe tat es ihm nach. »Ein Dalkin«, staunte Piddlecombe. »Nein, so was!«

»Und du kennst die Lady von Nedarra?«, fragte Horgle. »Du hast sie wirklich schon getroffen?«

Tobble reckte das Kinn vor. »Tatsächlich darf ich mich glücklich schätzen, nicht nur ihr treuer Diener, sondern auch ihr Freund zu sein.«

»Wir dachten, du wärst damals … du weißt schon«, sagte Piddlecombe. »Für immer verloren.«

»Er war kurz davor.« Ich klopfte Tobble auf den Rücken. »Aber euer Bruder ist, wie ihr sicher wisst, ein leidenschaftlicher Kämpfer, wenn es sein muss.«

Die Brüder nickten kleinlaut. Tobble schwebte praktisch über dem Boden, so sehr kostete er diesen Augenblick aus.

»Wenn ihr jetzt so freundlich sein wollt, Brüder«, sagte er. »Wir sind, wie ihr gehört habt, auf einer Mission von größter Bedeutung, es geht um Leben und Tod. Bringt uns schnell nach Bossyp!«

Er genoss ganz offensichtlich seine neue Autorität, da er aber ein Wobbyk war, musste er hinzufügen: »Wenn es nicht zu viele Umstände macht.«

20

Ein ungewöhnlicher Auftritt

Der Wind stand gegen uns, deshalb drängten wir uns nachts eng zusammen. Das Schnarchen, das Tobble und seine Brüder beinahe im Einklang von sich gaben, war beruhigende Musik in meinen müden Ohren. Am Morgen stiegen wir in das Beiboot und ruderten zum Fischkutter, der vor der Küste lag. Für Havoc war es eine beengte und aufregende, wenn auch nur kurze Fahrt, aber an aufregende Situationen hatte er sich inzwischen wohl gewöhnt. Mühelos klapperte er die hölzerne Rampe hinauf, und schon bald blähte der von der offenen See hereinkommende Wind das Segel des Fischerboots, und wir nahmen Fahrt auf.

Das Land schaukelte an uns vorüber, brachliegende Weideflächen zumeist, betupft von schneebedeckten Baumgruppen. Alles wirkte freundlich und angenehm. Eine Landschaft, die ihren freundlichen angenehmen Charakter bewahrte, weil die Raggler einen großen Teil der Fahrstraße abgesperrt hatten.

Tobble hatte sich bemüht, mir sein Wobbykdorf zu beschreiben, doch als der kleine Ort im Nordwesten in Sicht kam, stellte ich fest, dass er der Sache nicht annähernd gerecht geworden war. Es war wie ein Bild aus einem Kindertraum.

Wobbyks leben in erster Linie unter der Erde, deshalb ahnte ich, dass sich unter dem Dorf ein ausgedehntes Tunnelnetz befinden musste. Was ich aber nicht gewusst hatte, war, dass Wobbyks auch Hütten über der Erde bauten, und zwar in Form von Kegeln. Aus der Mitte der meisten dieser Kegel erhob sich ein Baum, manchmal eine schlanke junge Birke, manchmal eine dicke Eiche. Je größer der Baum, desto höher die Kegelhütte. Manche waren gut sechsmal so groß wie ich.

Jede Hütte war in einer von sechs leuchtenden Farben gestrichen: Purpurrot, Goldfarben, Türkis, Frühlingsgrün, Pink oder Meerblau. Bossyp zog sich an einem kleinen Hang hinauf und ließ ein Muster in den Farben der Hütten erkennen: ein Streifen Purpurrot, ein Ring Goldfarben, ein gezackter Pink-Blitz. Jede Farbe kennzeichnete eine bestimmte Gegend, ähnlich wie ein Wohnviertel in einer Stadt.

»Wie schön!«, rief ich. »Als du gesagt hast, dass Wobbyks Tunnel bauen, hast du nie ein Wort über all das andere hier verloren.«

Tobble runzelte die Stirn. »Hab ich nicht? Na, du hast ja sicher nicht gedacht, wir würden wie Maulwürfe oder Kaninchen hausen. Man kann nicht gut einen anständigen Tunnel haben, ohne dass eine Hütte die Öffnung vor Regen und Schnee schützt.«

»Stimmt. Und die Bäume?«

»Der Regen soll nicht reinlaufen, Byx, verstehst du, aber Wasser wollen wir natürlich schon haben. Wenn es also regnet – und wohlgemerkt, es regnet häufig in Bossyp –, dann rinnt das Wasser in kleinen Bächen über die Baumrinde hinab. Es sammelt sich in unterirdischen Gruben und verteilt sich von da aus in Kanäle, aus denen wir unser Trink- und Waschwasser nehmen. Du meine Güte, wir wollen doch keinen Tunnel ohne fließendes Wasser!«

»Vermutlich nicht«, räumte ich ein, obwohl fließendes Wasser selbst in den großen Städten oder im Palast des Murdano so gut wie unbekannt war. »Und die wundervollen Farben?«

»Ah, das. Jede Familie hat ihre eigene Farbe. Es gibt sechs Familien, also sechs Farben.«

»Und wie viele Wobbyks gehören zu einer Familie?«

Er zog die Schultern hoch. »Also, ich habe fünfhundert direkte Verwandte und dann noch mal um die tausend, die durch Heirat oder Adoption mit mir verwandt sind. Unsere Familie ist klein. Türkis ist unsere Farbe. Die Pinken haben zehntausend Mitglieder, die Purpurnen doppelt so viel. Alles in allem kommen wir bei der Bevölkerungszahl von Bossyp auf einundsechzigtausend. Zumindest war das der Stand, als ich zuletzt hier war.«

Unser Boot musste an Bossyp vorbeisegeln, nach Norden drehen und dann Richtung Osten steuern, um auf die Nordseite der Ansiedlung zu gelangen. Im Hafen waren Dutzende Wobbykboote in allen möglichen Formen und Größen, die entweder vor Anker lagen oder auf den schmalen Uferstreifen gezogen waren.

An einer langen niedrigen Anlegestelle machten wir fest, es gab kaum einen Stoß. »Da wartet ja ein ganzer Auflauf von Wobbyks auf uns!«, sagte ich.

»Natürlich sind viele da. Es wäre schrecklich unhöflich, wenn niemand zu unserer Begrüßung gekommen wäre.«

»Vermutlich, ja.«

»Komm, Byx, lass dich vorführen«, sagte Tobble. »Ich meine herumführen.«

Er ging über einen kurzen Landungssteg voran auf die Hafenmole. Ich fühlte mich ein wenig seekrank und empfand es als Erleichterung, wieder auf trockenem festem Land zu stehen. Aber es war auch komisch. In einem Menschendorf wäre ich klein und unbedeutend, in Bossyp war ich eine Riesin. Winzige Wobbykkinder, nicht größer als Welpen, strichen schüchtern über mein Fell.

»Na ihr! Hallo!«, sagte ich. Die Jungen kicherten. Einer schoss mir einen kleinen Ball aus gewebtem Schilf zu, und ich warf ihn zurück.

Schon kam ein älterer Wobbyk angelaufen und scheuchte die Kleinen weg. »Belästigt nicht unsere geschätzten Gäste!«

Gerade wollte ich sagen, dass ich mich keineswegs belästigt fühlte – die Jungen hatten mich vielmehr daran erinnert, wie lange es her war, dass ich selber gespielt hatte –, da unterbrach mich ein Freudenschrei von Tobble. Er steckte bereits in der festen Umarmung zweier älterer Wobbyks, eines männlichen und eines weiblichen, die beide schluchzten.

»Mein Baby«, rief die Wobbykfrau, und ihre Ohren, grau an den Spitzen, zitterten. »Mein Tobble, mein winziger Wüterich!«

Sie sah mich aus strahlenden Augen an. »Dieser kleine Bursche war nämlich als Junge ganz schön temperamentvoll.«

»Das ist er immer noch«, sagte ich lachend.

Tobble schaffte es schließlich, sich aus den Pfoten seiner Eltern zu befreien. »Mibs und Pobs«, sagte er, »lasst euch meine beste Freundin auf der ganzen weiten Welt vorstellen: Byx von den Dalkins. Ich meine, Botschafterin Byx.« Er grinste. »Byx, das sind meine Eltern, Ollywink und Rosegirdle.«

»Aber du musst Mibs und Pobs zu uns sagen!«, rief Ollywink, und schon fühlte ich mich fest umarmt von Tobbles Eltern.

Ich wischte mir die Tränen ab. Es war so lange her, seit ich von meinen eigenen Eltern umarmt worden war. Ich hatte vergessen, wie gut und tröstlich es sich anfühlte, so fest gehalten zu werden.

»Deine Schwänze, mein Sohn!«, staunte Ollywink und zeigte auf Tobbles geflochtenen Schwanz.

»Es gibt viel zu erzählen«, sagte Tobble, »aber erst gibt es etwas zu erledigen.« Er nickte mir zu. »Botschafterin Byx«, sagte er plötzlich steif und förmlich, »ich möchte dich vor die Bileraka bringen.«

»Vor wen?«

»Die Bileraka ist unser, äh …« Tobble zog seine Stirn in Falten und bemühte sich, das richtige Wort zu finden. »Verstehst du, so wie es einen Murdano gibt und einen Kazar und Bürgermeister und Dorfälteste und solche Leute?« Er machte eine weit ausholende Geste. »Wichtige Personen eben, die Entscheidungen treffen und so.«

»Verstehe«, sagte ich unsicher.

»Wir haben sechs Wobbyk-Älteste in der Bileraka«, erklärte Ollywink. »Und unser neuestes Mitglied ist niemand andres als deine eigene Mibs, Tobble!«

»Mibs! Ich bin so stolz auf dich!«, rief Tobble, und seine Mutter strahlte über sein Lob.

»Sie hat die Wahl mit überwältigender Mehrheit gewonnen«, ergänzte Ollywink. Er zwinkerte Tobble zu. »Scheint, dass ich dieser Tage zwei einflussreiche Familienmitglieder habe.«

Mit Ollywink und Rosegirdle zu beiden Seiten, ging ich hinter Tobble her, der schwungvoll durch die Menge schritt. Wir kamen an einen der größeren Kegel, der um den dicken Stamm eines immergrünen Baumes gebaut war. Es gab eine niedrige Tür, hoch genug, dass ein Wobbyk aufrecht hindurchgehen konnte, für mich aber so niedrig, dass ich mich auf allen vieren durchquetschen musste.

Im Innern stellte ich fest, dass der Kegel ein Loch bedeckte. Aus der Mitte heraus wuchs der Baum, doch mit genügend Abstand zu den Innenwänden der Öffnung. Eine enge Wendeltreppe führte hinab, nur waren die Stufen furchtbar schmal für meine großen Füße.

»Warte, es gibt eine andere Möglichkeit«, sagte Tobble, nachdem ich beinahe auf meinem Schwanz hinuntergerauscht wäre. Er erhob die Stimme. »Ein Seil! Ein Seil für Botschafterin Byx!«

Wie von Zauberhand löste sich eine Ranke aus dem Geäst des Baumes. Zwinkernd sagte ich zu Tobble: »Warte, ich hab noch eine Idee.«

Das Loch ging ungefähr zehn Meter tief in die Erde, der Baumstamm war genau in der Mitte. Das ließ mir genügend Spielraum.

Ich breitete die Arme aus und spannte meine Gleitflügel, dann neigte ich mich ein wenig vor und ließ mich in spiralförmigen Runden um den Baumstamm gleiten. Da mir warme Luft von unten Auftrieb gab, schwebte ich schön langsam abwärts.

Es war ja vielleicht albern. Aber es machte auch Spaß. Fast hatte ich vergessen, was Spaß war.

Ich landete auf allen vieren, und kaum hatte ich mich aufgerichtet, stellte ich fest, dass ich auf einer Art Podium stand, das sich in einem Halbkreis um die Wurzeln des großen Baumes zog. Es war ein unterirdisches Amphitheater.

Zu meiner Verwirrung standen mindestens hundert Wobbyks geduldig um mich herum, einige wenige saßen ganz vorn auf einer hölzernen Bank. Anscheinend wartete die ganze Gruppe auf mein Kommen, hatte aber sicher nicht damit gerechnet, dass ich so herabgeschwebt käme. Es war vermutlich eine kindische Vorführung und nicht ganz die Art, wie Botschafter eigentlich auftreten sollten.

Tobble kam an einer Ranke heruntergerutscht und landete neben mir. »Na, das kam unerwartet«, raunte er.

»Tut mir leid. Ich wollte nur ...« Aber ich hatte keine gute Erklärung. Ich hatte nur für einen Moment mal nicht an Leben und Tod denken wollen, an Krieg und Frieden. Ich wollte nicht Botschafterin Byx, ich wollte einfach nur ich selber sein.

Aber das ging natürlich nicht. Ich hatte einen Auftrag zu erfüllen.

21

Wahrheit und Lüge

Tobble hob die Pfoten, und es wurde augenblicklich still.

»Mitglieder der Bileraka«, begann er und nickte Rosegirdle zu, als sie ihren Platz bei den fünf Ältesten einnahm. »Ich begrüße meine Familie und die Wobbyks aller anderen Familien. Ich stelle euch die Botschafterin der Lady von Nedarra vor, Byx von den Dalkins.«

Ich hatte das Gefühl, dass die wenigen Wobbyks, die sich nicht schon über mein merkwürdiges Erscheinen gewundert hatten, zumindest jetzt sichtlich irritiert waren von dem letzten Wort: Dalkins.

»Eine Dalkin?«, schrie einer auf, fügte aber hastig hinzu: »Ich entschuldige mich für meinen Ausbruch.«

»Dalkins gibt es nicht mehr!«, rief ein anderer. »Sie wurden für ausgestorben erklärt. Also, das soll natürlich keine Beleidigung sein.«

Ein ergrauter Wobbyk, einer der Bileraka-Mitglieder, deutete mit seinem Gehstock auf mich. »Stellt sie auf die Probe! Falls das keine allzu große Zumutung ist.«

Das war nicht gerade der Beginn, den ich mir für diese außerordentlich wichtige Zusammenkunft erhofft hatte.

»Ich bitte euch, meine Brüder und Schwestern«, bat Tobble, »der Botschafterin der Lady Respekt zu erweisen.«

Aus drei Gängen strömten noch mehr Wobbyks herein, andere glitten an Ranken herab oder kamen über die Treppe gewuselt. Kleine saßen auf den Schultern ihrer Eltern. In allen Ecken und Winkeln schienen sich neugierige Wobbyks zu drängen. Die Luft war warm und feucht, und ich fühlte mich ein wenig benommen.

»Irgendeine Lady, irgendeine Dalkin!«, kam eine zweifelnde Stimme. »Wir müssen doch einen Beweis haben. Das heißt, falls mein Vorschlag die angebliche Dalkin nicht zu sehr kränkt.«

So prasselten die zweifelnden Zwischenrufe der Wobbyks auf mich herab. Sehr höflich formulierte Zweifel. Aber trotzdem Zweifel.

Ich sagte mir zum wiederholten Mal, dass ich eine Aufgabe zu erfüllen hatte, und zwar eine wichtige. Doch bevor ich diese Wobbyks um Hilfe bitten konnte, würde ich ihr Vertrauen gewinnen müssen.

Ich hob die Hand. »Ich bin keineswegs gekränkt. Natürlich habt ihr jedes Recht, einen Beweis zu fordern. Was für einen Beweis soll ich euch liefern?«

Die lautstärkeren Wobbyks hatten vorn eine Gruppe gebildet. »Wahrheit und Lüge!«, rief einer von ihnen.

»Gewiss«, sagte ich, nickte und bemühte mich, vernünftig und erwachsen zu wirken. »Vielleicht könnten einige von euch irgendwelche Behauptungen aufstellen. Ich sage euch dann, ob sie die Wahrheit gesprochen haben oder nicht.«

Offensichtlich gefiel das dem Publikum, da nun etliche höflich applaudierten.

»Ich heiße Halfibble«, sagte ein stämmiger Wobbyk.

»Hallo, Halfibble«, sagte ich. »Ich möchte dich nicht verletzen, aber das ist nicht dein richtiger Name.«

Meine Worte wurden mit einer Woge fröhlichen Gelächters aufgenommen. Ich hatte ein Kunststück vorgeführt, und dem Publikum gefiel es.

»Halfibble« verbeugte sich in meine Richtung und sagte: »Du hast recht. Mein Name ist Vintiggle. Ich freue mich, dich kennenzulernen.«

»Ganz meinerseits, Freund Wobbyk«, sagte ich und erwiderte die Verbeugung.

»Ich bin Murdaddle«, rief eine Wobbykfrau. »Heute Morgen habe ich bei meinen sechs Sheplets Milch geholt. Es waren insgesamt vier Gallonen.«

»Es tut mir sehr leid, dir zu widersprechen, Freundin, aber du hast keine sechs Sheplets. Und du hast ihnen keine vier Gallonen Milch abgenommen.«

Murdaddle legte den Kopf schief. »Wie ist dann die korrekte Zahl?«

»Das kann ich nicht sagen. Ich kann nur sagen, ob eine Behauptung richtig oder falsch ist. Oder, um es genauer auszudrücken, ich kann nur sagen, ob du *glaubst*, etwas sei wahr oder falsch.«

Eine ähnliche Nummer hatte ich schon vor dem Murdano absolviert. Damals hatte ich entsetzliche Angst ausgestanden. Dies dagegen konnte ich nur irgendwo zwischen lustig und ärgerlich einordnen. Schließlich war ich nicht mit dem Auftrag hergekommen, der Gemeinde von Bossyp ein kostenloses Unterhaltungsprogramm zu bieten.

»Ich werde Elder Diggle genannt, und ich möchte fünf Dinge sagen.« Diese Ankündigung kam von einem Bileraka-Mitglied, einem Wobbyk, so alt, dass seine Ohren tief herabhingen und seine grünen Augen trüb geworden waren. »Wenn du in allen fünf

Punkten das Wahre und das Falsche richtig erkennst, hast du bewiesen, dass du eine Dalkin bist.«

»Ich erwarte deine fünf Behauptungen, Elder Diggle.«

»Erstens: Ich bin zweihundertneun Jahre alt.«

»Falsch.«

»Zweitens: Ich habe dreihundertneunundzwanzig Enkel.«

»Dann gratuliere ich, Sir, denn das ist nicht nur wahr, sondern auch beeindruckend.«

»Drittens: Ich trinke lieber Met als Wein.«

Das wurde mit einem Lachen quittiert, was eigentlich die Wahrheit schon verriet, aber ich spielte mit. »Freund Diggle, das halte ich für falsch.«

»Viertens«, sagte er unbeirrt. »Ich habe einmal einen Fisch gefangen, der dreimal so groß war wie ich.«

»Du meine Güte«, sagte ich. »Du musst Nahrung für viele Wochen gehabt haben.«

»Na ja, wir mussten zwar eine ganze Menge davon trocknen. Salzen und trocknen. Aber die frischen Steaks waren …« Er unterbrach sich, weil er anscheinend merkte, dass er sich verraten hatte. »Und nun die fünfte und letzte Behauptung.«

»Ich bin bereit«, sagte ich.

»Fünftens: Ich trage die Verantwortung für den Tod von sechs Mitgliedern meiner Familie. Das war vor zwanzig Jahren. Damals führte die leichtsinnige Einschätzung eines Sturms dazu, dass unser Boot kenterte.«

Ich brauchte keine Dalkin-Fähigkeiten, um zu wissen, dass er das glaubte. Seine Stimme schwankte. Es war eine Geschichte, die er schon viele Male erzählt hatte. Es war die Schuld, die seitdem sein Leben trübte.

Es war ein verstörender Moment. Ich vergaß, dass ich mich gerade als Dalkin zu beweisen versuchte. Ich sah nur die Schuld dieses Wobbyks, die so sehr der meinen glich.

Ich sprang von dem niedrigen Podium herunter, trat auf ihn zu und nahm seine Hand. »Mein Freund, ich weiß, dass du das glaubst. Und ich verstehe es, denn auch ich trage eine schreckliche Schuld in meinem Herzen. Den Tod meiner ganzen Familie, meines Volkes. Ich war draußen beim Spielen. Ich war nicht da, als die Soldaten des Murdano alle niedermetzelten, die ich liebte.«

Seine großen runden Augen füllten sich mit Tränen und meine auch. Für lange Sekunden gab es nur uns beide, den alten Wobbyk und die zu junge Dalkin, vereint in Schuld.

Ich hob den Kopf und stellte fest, dass alle Wobbyks im Raum zu uns hersahen. Keiner gab einen Laut von sich.

»Aber in den Augen deiner Artgenossen kann ich auch erkennen, dass sie dir nichts vorwerfen, Elder Diggle. Ich brauche kein Dalkin-Talent, um zu spüren, wie viel Respekt und Zuneigung diese Wobbyks für dich empfinden. Ich sage dir also: Du hast die Wahrheit gesprochen, so wie du sie glaubst. Aber die Wahrheit ist es nicht.«

Elder Diggle lächelte wehmütig. »Und du, Freund Dalkin – denn ein Dalkin bist du ganz gewiss –, trägst du immer noch an deiner Schuld, egal, was andere sagen?«

Ich erwiderte seinen Blick. Worte waren unmöglich; ich konnte nur nicken.

»Ah«, sagte Elder Diggle. Er klopfte mir auf den Rücken und sah hinüber zu Tobble. »Du reist in guter Gesellschaft, Tobble.«

»Oh ja«, rief Tobble stolz.

Damit schickte Elder Diggle die meisten der versammelten

Wobbyks weg. »Nun los, ihr anderen, ihr habt eure Unterhaltung gehabt. Zurück an die Arbeit! Sind keine Netze zu flicken? Keine Boote sauber zu kratzen?«

Die Wobbyks entfernten sich gehorsam, obwohl viele sicher gern geblieben wären. Zuletzt standen nur noch Tobble und ich bei den sechs Ältesten: Diggle, Shaffleton, Swoopert, Gullbabble, Tillimud und Rosegirdle.

Elder Swoopert, eine ältere Wobbykfrau, führte uns durch einen engen Gang in einen kleinen Nebenraum. Er war winzig, dabei aber nett und farbenfroh eingerichtet.

»Bitte«, sagte Elder Swoopert. »Nehmt Platz. Es gibt viel zu besprechen.«

Zu acht setzten wir uns. Wir würden unsere Geschichten erzählen. Sie würden meine Bitten anhören. Und vielleicht – vielleicht – würden wir über das Schicksal der Welt entscheiden.

22

Schlechte Nachrichten

Für diese Nacht stellten uns die Wobbyks eine komfortable Hütte zur Verfügung, die besonderen Besuchern vorbehalten war. Mein Bett war ein gepolstertes Gestell, das an blauen Ranken hing und von winzigen, duftenden weißen Blumen in Form von Schmetterlingen übersät war. Das prasselnde Feuer in einem Ofen daneben machte es möglich, dass ich mich erst auf die eine und dann auf die andere Seite drehen und mich behaglich wärmen konnte. Tobble hatte ein entsprechendes Bett auf der anderen Seite des Feuers. Obwohl sich unsere hängenden Schlafstellen unter der Erde befanden, konnten wir durch eine breite Öffnung hoch über unseren Köpfen einen Kreis silberner Sterne erkennen.

Ich war todmüde. Die Besprechung mit den Ältesten hatte Stunden gedauert, unterbrochen von zwei köstlichen Mahlzeiten und einem darauf folgenden Trinkspruch. Hinterher hatte Tobble darauf bestanden, mich noch vielen, vielen, vielen seiner Verwandten vorzustellen.

Vielen.

Ich hatte erwartet, sofort einschlafen zu können, aber der Himmel war so klar, die Sterne schienen so hell, dass ich stundenlang wach lag. Früh am nächsten Morgen, nachdem mich endlich der Schlaf überwältigt hatte, weckte mich durchdringendes Geschrei, das scheinbar aus allen Richtungen kam.

»Gefahr! Gefahr! Aufwachen, Wobbyks! Gefahr!«

Ich rollte mich aus meinem Hängebett. Tobble war bereits wach, er zitterte.

»Was ist denn los?«, fragte ich.

»Wir werden angegriffen!«

»Was? Wo? Wer greift uns an?«

Er zeigte zum Himmel. Dort oben in der frühen Morgenluft kreiste ein Raptidon.

»Warte«, sagte ich und packte Tobble am Arm. »Haben wir den nicht bei Rorid Kopfknacker gesehen?«

Rorid Kopfknacker lebte weit weg in einer großen Kolonie im Südosten des Landes. Er war ein alter Vogel, vor dem man sich fürchten konnte, aber er hatte uns früher auf unserer Wanderung Hilfe geschickt, und ich kannte ihn als gerecht und aufrichtig. Tatsächlich war er es, der uns Stimball gesandt hatte.

»Kann sein, du hast recht«, sagte Tobble.

»Wir müssen hinauf«, sagte ich.

»Über die Ranke oder über die Treppe?«, sagte Tobble. »Deine Entscheidung. Sonst kann ich auch jemanden rufen, der dich hochzieht.«

»Die Treppe«, sagte ich. Und so kämpfte ich mich, immer wieder über meine zu großen Füße stolpernd, langsam die schmale Treppe empor. Tobble folgte dicht hinter mir.

Kaum traten wir aus der Hütte, wurden wir von einem vorbeistürmenden Haufen Wobbyks hin und her gestoßen. Ich sah, wie gut sie auf Probleme mit Raptidons vorbereitet waren. Schon warteten zweihundert Bogenschützen mit angelegten Pfeilen auf Befehle.

»Bitte, nicht schießen!«, rief ich. »Noch nicht, wenigstens!«

Der verantwortliche Wobbyk machte eine Handbewegung, und die Schützen senkten zu meiner Erleichterung ihre Bögen.

»He, du da oben!«, rief ich. »Kommst du von Lord Rorid?«

Der über uns kreisende Raptidon starrte aus schwarzgelben Augen kalt und mitleidlos auf mich herab. Ich konnte das Entsetzen der Wobbyks gut verstehen. Raptidons können problemlos Lebewesen von der Größe der Wobbyks davontragen.

»Ja«, rief der Raptidon. »Ich bin Dothram. Ich habe eine Botschaft von Lord Rorid und von der Lady.«

In spiralförmigen Runden senkte er sich herab und landete schließlich auf einem Heuwagen. Er hatte einen scharf gekrümmten Schnabel, orangerote Schwingen und einen schwarz schimmernden Schwanz.

»Ich glaube, du bist einer von Rorid Kopfknackers Wächtern gewesen«, sagte ich. »Gut, dich wiederzusehen.« Fast hätte ich versucht, seine »Hand« zu schütteln, aber nach den Krallen eines Raptidons greift man ebenso wenig wie nach dem falschen Ende eines Messers.

»Ich freue mich, dass ich dich noch am Leben vorfinde, Botschafterin Byx.«

»Und ich freue mich, dass ich noch am Leben *bin*.«

Ich glaube, er lachte. Raptidon-Lachen ist fast so irritierend wie Felijaga-Lachen.

»Ich komme mit schlechten Nachrichten«, sagte Dothram. »Woads Männer haben sich in die Perricci-Berge aufgemacht. Sie wollten den Durchbruch der Dreyländer durch die fertigen Tunnel der Terra-Olme verhindern. Aber der Kazar ist schlau. Er hat eine Einheit über die Gebirgspässe an der Grenze geschickt, eine kleine, aber schlagkräftige Truppe.«

»Der Krieg hat also angefangen?«, fragte Tobble und rang die Pfoten.

»Noch nicht«, sagte Dothram. »Die Lady hofft, dass wir diesen Vorstoß verzögern können. Ihn mit der Hilfe der Wobbyks vielleicht ganz verhindern. Hast du es mit ihnen besprochen?«

Ich zuckte zusammen. Trotz der stundenlangen Unterredungen am vergangenen Abend waren die Wobbyk-Ältesten zu keiner Entscheidung gelangt. Tobbles Idee, die Hilfe der Raggler zu gewinnen, schien ihnen zu gefallen. Sie selbst allerdings waren sich noch nicht sicher, ob sie sich auf eine so gefährliche Sache einlassen sollten.

Elder Diggle kam zu uns und beäugte Dothram misstrauisch. »Gibt es Neuigkeiten?«

»Nur keine guten«, sagte ich. »Der Kazar hat eine kleine Streitmacht über die Grenzpässe geschickt.«

»Die Lady hofft«, sagte Dothram, »dass sich deine Leute mit meinen zusammentun, damit wir den Dreyländern blutige Nasen verpassen können.«

»Ach ja, hofft sie das?«, sagte Diggle. »Und was bietet uns die Lady dafür?«

Er klang fast, als frage er nach einem Bestechungsgeschenk. »Du verlangst eine Bezahlung, um uns zu helfen, einen Krieg zu verhindern?«, fragte Dothram.

»Wir sollen unsere Leute in die Schlacht schicken«, erwiderte Diggle. »In eine Schlacht, in der viele Wobbyks umkommen können.«

Der Blick des Raptidons wurde milder – soweit das möglich war, jedenfalls. »Ich wollte nicht respektlos sein.«

Diggle wandte sich an mich. »Wir wollen weiter nichts als

Zusicherungen für unsere Art. Obwohl wir sprechen und bauen, obwohl wir fischen und Ackerbau betreiben, sind wir Wobbyks immer nur Bürger zweiter Klasse. Wir werden ausgegrenzt, weil wir nicht zu den großen bedeutenden Arten gehören. Wir möchten, dass sich das ändert.«

»Ich habe nicht die Macht, so etwas zu gewähren«, sagte Dothram.

Diggle nickte. »Dann frage ich dich, Botschafterin Byx, bei deiner Ehre als Dalkin. Falls wir mitmachen und falls am Ende die Lady die Macht hat, unsere Bitte zu erfüllen, wirst du ihr unsere Sache vortragen?«

»Ob ich die Lady bitten werde, Wobbyks in die Reihe der großen Arten zu stellen?«

»Ja. Wirst du dafür tun, was in deiner Macht steht?«

»Von ganzem Herzen, ja!«, sagte ich. »Ich habe viele Monate mit Tobble zugebracht. Wenn sein Volk, euer Volk, nicht eine angemessene Stellung verdient, dann gilt das für überhaupt keine Art.«

Diggle blickte zu einer Gruppe Wobbyks hin, die sich hinter ihm drängte. Es wurde kein Wort gesprochen, und doch konnte ich sehen, dass sie eine Entscheidung getroffen hatten.

Als er sich wieder zu mir umdrehte, wirkte er zehn Jahre jünger. Sein freundliches, runzliges Wobbykgesicht war plötzlich grimmig und entschlossen.

»Wo also möchtest du die Wobbyks einsetzen?«, fragte Diggle. »Es gibt keine Zeit zu verlieren. Darüber sind wir uns alle einig.«

23

Warten auf die Raptidons

Zeit war jetzt kostbar.

Es beunruhigte mich, dass die Wobbyks den halben Tag damit zubrachten, ihre Kämpfer auszuwählen. Es machte mich nervös, dass sie für den Rest des Tages Reisevorbereitungen trafen. Und dass wir weitere zwei Tage brauchten, um von Bossyp bis zum Rand des Lucabena-Walds zu kommen, steigerte meine Unruhe noch.

Aber als wir dort endlich unser Lager aufgeschlagen hatten, sechshundertneun Wobbyks und ein Dalkin, entspannte ich mich ein wenig. Nun machte sich Dothram auf, um seine Artgenossen herbeizuholen.

»Ich müsste morgen früh zurück sein«, sagte Dothram. »Falls nicht, solltet ihr davon ausgehen, dass ich getötet wurde oder dass man Rorid seiner Herrschaft beraubt hat.«

»Leb wohl«, sagte ich, »und beeil dich!«

»Ich werde fliegen, so schnell der Wind es erlaubt«, gelobte Dothram. »Halte am Morgen Ausschau nach mir!«

Damit breitete er die Schwingen aus, schraubte sich himmelwärts, und sein Gefieder fing die rosa Strahlen der untergehenden Sonne auf.

Tobble war mit einigen der Ältesten gegangen, um mit den Ragglern zu sprechen. Er war so aufgekratzt, weil er Teil der Delegation war, dass ich fürchtete, er könnte vor Stolz platzen.

Trotzdem war es wunderbar, ihn so selbstbewusst zu sehen.

Ich verbrachte den Abend allein, aber nicht einsam. Am Rand eines kräftigen Lagerfeuers sitzend, lauschte ich Wobbykliedern, Wobbykgedichten und Wobbykerzählungen über große Wobbyks der Wobbykgeschichte. Als ich endlich in meinen Schlafsack kroch, hatte ich das Gefühl, ich könnte ein ganzes Geschichtswerk über die Art der Wobbyks schreiben.

Vielleicht lag es an all diesen Erzählungen, dass ich in der Nacht von Urmans Eibe träumte, dem Ort, an dem sich einst Menschen, Raptidons, Felijagas, Natintjes, Terra-Olme und Dalkins versammelt hatten, um eine Möglichkeit zu finden, wie man am besten zusammenleben könnte. Dort war es auch, wo sich die sechs großen Arten darauf verständigt hatten, die Welt aufzuteilen. Es schien immer eine weise und wunderbare Entscheidung gewesen zu sein, dieses Abkommen. Aber war es das wirklich? Hätten sie nicht eine Möglichkeit für alle Arten finden können, gleichberechtigt nebeneinander zu leben? Stattdessen hatten die Terra-Olme ihre eigenen Wege eingeschlagen, die Felijagas die ihren, und die Menschen hatten Staaten errichtet, die zu Gewaltherrschaften geworden waren.

Ganz besonders die Menschen schienen ein Bedürfnis zu haben, sich selbst als einzig in der Welt zu betrachten. Da sie abgeschottet von anderen Arten lebten, fiel es ihnen nicht schwer, andere zu verachten, mein Volk zu vernichten, die Felijagas einzuengen und sogar zu versuchen, die ganze Natur zu beherrschen.

Was die Wobbyks anging, so waren wir Dalkins allerdings auch nicht frei von Schuld. Meine Vorfahren hatten sich nie für sie eingesetzt. Seit Urzeiten waren Wobbyks übergangen worden – und oft genug mehr als nur übergangen.

Ob sich das je ändern würde? Khara würde tun, was sie konnte, aber ihr Ziel war es nicht zu herrschen. Sie wollte einfach nur den heraufziehenden Krieg stoppen und der Vernichtung der nichtmenschlichen Arten ein Ende machen. Die Lady von Nedarra hatte kein Interesse daran, eine Königin oder Kaiserin zu sein, so wenig wie ich eine Botschafterin sein wollte.

Ich erwachte mit der Sonne, sprang auf, sah zu den tief hängenden Wolken empor und hielt gespannt Ausschau nach Raptidons. Doch abgesehen von einer einzelnen Möwe war nichts Fliegendes am Himmel zu sehen.

Tobble hatte ich spätnachts zurückkommen gehört. Jetzt ächzte und stöhnte er in dem Schlafsack neben meinem.

»Sind sie gekommen?«, fragte er gähnend und sich streckend.

»Noch nicht. Aber sie werden kommen. Wie war euer Treffen mit den Ragglern?«

»Sehr gut, glaub ich.« Er grinste. »Und ich war der, der am meisten geredet hat.«

»Tatsächlich?«

Er zog die Schultern hoch. »Ja. Die Ältesten haben natürlich auch was gesagt. Aber als es um die große weite Welt ging und um den Einsatz der Streitkräfte, na ja, da kenne ich mich nun mal besser aus.«

»Du liebe Güte«, stichelte ich, »die Ältesten müssen ja sehr unwissend sein, dass sie dir gleich den Vortritt lassen.«

»Was? Aber … oh, ich verstehe, du machst dich über mich lustig.«

»Nur ein bisschen. Und nur liebevoll.«

Tobble lachte. »Na ja, wir sind inzwischen einen langen Weg miteinander gegangen, du und ich. Einen sehr langen Weg seit damals, als einer von uns ein halb ertrunkener Wobbyk und die andere ein verzweifelter Endling war.«

»Manchmal habe ich das Gefühl, ich wäre zwanzig Jahre älter geworden«, gestand ich.

»Wenn das alles vorbei ist, können wir wieder Tobble und Byx sein, wie früher.«

»Können wir das?«

»Natürlich können wir das!«

Ich nickte, aber ich war skeptisch, ob Tobble recht hatte. Konnten wir wirklich wieder werden wie früher? Wenn der Kopf voll war mit neuen Erfahrungen, manche erschütternd und herzergreifend, konnte man dann so einfach in eine frühere Zeit zurück?

Elder Diggle und ein paar andere Wobbyks erschienen, während Tobble und ich in der Nähe des größten Lagerfeuers saßen und heißen Tee schlürften. »Guten Morgen, Botschafterin Byx und ehrenwerter Tobble. Habt ihr gut geschlafen?«

»Danke, ja«, sagte Tobble. »Wollt ihr mit uns Tee trinken?«

»Danke, nein, wir haben unseren Tee schon gehabt.« Nachdem so die notwendigen Höflichkeiten abseits des Wesentlichen ausgetauscht worden waren, kam Diggle zur Sache. »Also«, sagte er, »ich sehe keinen Himmel voll freundlicher Raptidons.«

»Nein«, stimmte ich zu. »Noch nicht.«

»Vielleicht haben sie entschieden, dass es doch sicherer sei, sich vom Kampf fernzuhalten.«

»Möglich, Elder Diggle, dass deine Sorgen begründet sind.« Ich gab meiner Stimme einen festen Ton. Diggle musste einsehen, dass jetzt nicht Zeit war zu verzweifeln. »Aber ich habe Lord Rorid kennengelernt und kann dir versichern, dass er sich nicht leicht Angst machen oder sich entmutigen lässt.«

Das beschwichtigte Diggle. Für eine Stunde. Für zwei Stunden. Aber als sich der Morgen hinzog, kamen selbst mir Bedenken. War Dothram getötet worden?

Wollten die Raptidons doch nicht an unserer Seite kämpfen? Hatten sie irgendeine schmutzige Abmachung hinter unserem Rücken getroffen?

Waren wir betrogen worden?

Ich befürchtete, dieser (mein zweiter) Auftrag könnte scheitern. Ich würde nichts erreicht haben. Zwar wusste ich, dass es lächerlich war, doch tatsächlich widerstrebte es mir mehr, Khara zu enttäuschen, als in die Schlacht zu ziehen.

Ich warf einen Blick über das Lager der Wobbyks. Was ich sah, war nicht ermutigend. Etliche Gesichter waren zum Himmel gerichtet auf der Suche nach Raptidons. Andere starrten zu mir herüber, finster, missmutig.

Kaum hatte ich mich umgedreht, sah ich schon wieder Diggle kommen. »Botschafterin Byx!«, sagte er, nun in scharfem Ton. »Ich will dir keinen Ärger bereiten, aber ich muss noch einmal sagen: Es scheint, als ob wir hier nur unsere Zeit verschwenden!«

»Elder Diggle, die Lage ist sehr unsicher, wie du weißt. Ich bitte dich inständig, gib uns noch ein paar Stunden …«

Ich unterbrach mich, weil Tobble meinen Arm gepackt hatte. »Was ist?«, fragte ich.

Tobble grinste nur und streckte den Arm aus. Eine merkwürdige dunkle, schnell heranziehende Wolke jagte über den Himmel.

Im ganzen Lager zeigten und winkten die Wobbyks. Es war ein bewegender Anblick. Als die Raptidons, die in großer Höhe geflogen waren, durch die trübe Luft herabstießen, um sich zu ihren tiefer fliegenden Artgenossen zu gesellen, wurde die kleine Wolke immer größer. Hunderte und Aberhunderte Raptidons erschienen: Falken, Habichte, Turrys, Fischadler, Eulen, Nutschen und Adler.

»Ich glaube, Elder Diggle«, sagte ich und stieß einen Seufzer der Erleichterung aus, »unser Transportunternehmen ist eingetroffen.«

Ich erwartete, dass Dothram die Formation anführen würde. Aber es war kein anderer als Rorid Kopfknacker selbst, der, umringt von einem halben Dutzend gefährlich aussehender purpurroter Habichte, an ihrer Spitze flog.

Noch nie hatte ich ihn in der Luft mit ausgebreiteten Schwingen gesehen. Seine Größe war atemberaubend, seine Flügelspannweite doppelt so lang wie ein großgewachsener Mensch. Er ließ sich langsam spiralförmig herab und landete auf der Spitze eines jungen Baumes, der sich unter seinem Gewicht bog. Tobble, Diggle und ich rannten zu ihm.

»Lord Rorid«, sagte ich und verbeugte mich tief.

»Byx von den Dalkins«, sagte Rorid mit seiner kratzigen rauen Stimme.

»Gestatte mir, dass ich dir Elder Diggle von den Wobbyks in Bossyp vorstelle«, sagte ich.

Diggle verbeugte sich. Rorid war kein Herrscher der Wobbyks, doch hatte er etwas so Majestätisches an sich, dass eine Verbeugung angemessen schien.

»Elder Diggle«, sagte Rorid nach den unvermeidlichen Wobbykbegrüßungen und Dankesbezeugungen und Komplimenten. »Sind deine Leute vorbereitet? Wir fliegen direkt in die Schlacht. Und es wird Nacht sein, bevor wir ankommen.«

»Die Wobbyks von Bossyp sind bereit«, sagte Diggle feierlich.

Ich atmete tief und langsam aus. Noch einmal war mir gelungen, worum Khara mich gebeten hatte.

Keiner jubelte. Keiner redete von künftigen Siegen. Die Wobbyks wollten genauso wenig in die Schlacht ziehen wie ich. Aber wie ich schon zu Maxyn gesagt hatte: Mutig sein heißt nicht, keine Angst zu haben.

Angst hatten wir alle.

Wir würden uns nur nicht von ihr überwältigen lassen.

Teil Drei

Herz

24

Der Flug

Da ich ein Dalkin bin und Gleitflügel habe, weiß ich, wie es ist, wenn man durch die Luft schwebt. Man könnte es Segeln nennen, muss aber wissen, dass unsere Segelvariante einfach nur bedeutet, langsamer zu fallen, als die meisten anderen Lebewesen fallen.

Wie dem auch sei, ich habe Erfahrung im Segeln oder Gleiten.

Ich habe, als ich klein war, den Gleitflug schon beim Spielen mit meinen Geschwistern ausprobiert.

Ich habe Tobble im Gleitflug vor dem Ertrinken gerettet.

Ich bin im Gleitflug beinahe auf Araktik, der Seherin des Murdano, gelandet.

Es gab eine Zeit, da hätte ich vielleicht gesagt, das Segeln und Gleiten mit meinen Flügeln sei mehr oder weniger wie Fliegen.

Das hätte ich vielleicht gesagt. Aber jetzt weiß ich es besser.

Umklammert von Rorids sagenhaft starken Krallen, baumelte ich in seinem Griff, während wir durch die Wolken stießen. Und Rorid *flog*.

Das war etwas ganz anderes als Segeln oder Gleiten.

Das Abheben war nicht einfach gewesen. Erst hatte sich Rorid auf einer rasch errichteten Sitzstange ausgeruht. (Die Wobbyks hatten in wenigen Minuten Dutzende solcher Sitzgelegenheiten gebaut.) Ich stellte mich mit dem Rücken vor Rorid, dann streckte er vorsichtig sein Bein und krümmte seine Krallen erst um meine rechte, dann um meine linke Schulter. Jede seiner »Zehen« war so dick wie das Handgelenk eines Menschen. Und jede endete in einem gebogenen Nagel, der aussah, als könnte er mühelos einen ... na, zum Beispiel einen Dalkin aufschlitzen.

Rorid klemmte seine Krallen über meine Schultern bis unter meine Arme. Gerade hatte ich mich ein wenig an diese irritierende Situation gewöhnt, da hörte ich, wie er seine Schwingen öffnete. Ich spürte einen plötzlichen Luftzug, dann verlor mein Körper die Berührung mit der Erde.

Unter Rorids Schwingen sah ich meine frei hängenden Füße über die Schneeflächen unter uns schweben. Zuerst erreichten wir nur so viel Höhe, dass wir knapp über die höchsten Bäume des Lucabena-Waldes kamen. Einer war so nahe, dass seine obersten Zweige meine Zehen streiften.

Als der Wind aus Westen auffrischte, schoss Rorid wie von selbst in die Höhe. Ich drehte meinen Hals, so gut ich konnte, und sah hinter uns Hunderte großer Raptidons fliegen, jeder mit einem Wobbyk zwischen den Krallen.

Und in den Pfoten eines jeden Wobbyks hing ein Raggler.

Die Wobbyks schwatzten aufgeregt, und auf ihre Art taten das die Raggler auch: Sie ließen eine fröhliche Melodie hören. Wussten sie, dass wir unterwegs in eine Schlacht waren? Zweifellos. Aber darum ging es nicht in ihrem Lied. Es ging um diese ungewöhnliche Angstlust, so durch die Luft zu fliegen.

Wir Lebewesen, die an die Erde gebunden sind, sahen uns plötzlich in das Reich der Raptidons erhoben. Hinter uns sank die Sonne dem Horizont entgegen, ihre Strahlen warfen orangegelbes Licht über Federn und Felle und ließen sie wie golden glasiert schimmern. Es war faszinierend. Nur sehr komfortabel war es nicht. Ich hing an den Schultern, und meine Beine baumelten nutzlos an meinem Körper.

Links von mir tauchte Tobble auf, der mit Dothram flog.

»Wie geht es dir, Tobble?«, schrie ich.

»Angst hab ich nicht, ganz sicher nicht«, rief er mit Angst in der Stimme. »Nur ... bis zur Erde geht's weit runter, falls du es noch nicht bemerkt hast.«

Mir kam der Gedanke, dass ich wahrscheinlich viel mehr Angst haben müsste, als ich hatte. Aber Rorid war stark und erfahren. Er herrschte schon lange Zeit, und noch länger lebte er. Ich vertraute ihm.

Außerdem hatte ich gar keine andere Wahl, als ihm zu vertrauen.

»Hör den Ragglern zu«, empfahl ich Tobble. »Die machen sich keine Sorgen.«

»Natürlich nicht. Es sind Raggler! Wenn sie fallen, hüpfen sie wahrscheinlich nur auf und ab wie kleine Bälle!«

Wie alle anderen Wobbyks hielt auch Tobble einen Raggler wie ein Baby in seinen Pfoten. Die kleinen Wesen wogen nicht viel, aber sicher war es für die Wobbyks trotzdem anstrengend.

Die Luft war eiskalt, der Wind stark. Ich fragte mich, ob die Raptidons begriffen, dass wir Erdenwesen Kälte nicht unbegrenzt aushalten konnten. Wir flogen weiter, der Himmel nahm kaum merklich ein dunkleres Blau an, und die Raggler sangen ihr lautloses unwiderstehliches Lied. Allmählich verkrampften sich meine Muskeln, als jedoch die Sterne erschienen, vergaß ich meine unbequeme Situation schnell.

Sie schienen so unwahrscheinlich nah! Ich hatte das Gefühl, wenn Rorid nur ein bisschen höher flöge, könnte ich einen pflücken und in meinen Beutel stecken.

»Lord Rorid, darf ich etwas fragen?«

»Solange es nur eine Frage ist. Höchstens vielleicht zwei. Aber mehr nicht. Man fliegt am besten schweigend.«

»Ich habe nur überlegt, ob du dir keine Sorgen machst, du könntest in Sturmwolken geraten. Oder sogar gegen Sterne stoßen.«

»Was?« Rorid war verblüfft. »Ob ich ...? Oh, ich vergesse immer wieder, wie schwach die Augen der Erdbewohner sind. Die Antwort ist, wir fliegen oft durch Sturmwolken. Regenwolken hängen normalerweise ziemlich tief. Und andere Wolken können weit außerhalb der Reichweite meiner Schwingen sein.«

»Und die Sterne?«

»Du meine Güte, Dalkinmädchen! Wenn wir diesen ganzen Wahnsinn hinter uns haben, musst du dich unbedingt um deine Bildung kümmern! Die Gelehrten sagen, die Sterne lassen ihr Licht durch Löcher in der großen schwarzen Schüssel scheinen, die nachts über die Erde gestülpt ist. Und diese schwarze Schüssel ist viele Male höher als die höchsten Wolken.«

Nach oben konnte ich nicht schauen, da sah ich nur Rorids Flügel, seinen Körper und den grausamen Schnabel, der in Flugrichtung wies. Um Sterne zu entdecken, musste ich seitwärts schauen oder geradeaus. Aber ich sah jetzt überall um mich her nur blanke sternenlose Schwärze.

»Ich will nicht weiterschwatzen, Lord Rorid, aber warum sind auf einmal keine Sterne mehr da?«

»Weil ihr Licht von Wolken blockiert wird. Von Schneewolken.«

»Schnee?«

»Ja. Aber zum Rasten haben wir keine Zeit, wir können nicht abwarten, bis sie vorübergezogen sind.«

»Wir wollen durch einen Schneesturm fliegen?«, fragte ich voll Schreck.

Da setzte sich wie als Antwort eine einsame Schneeflocke auf meine Nase.

Diese einzelne Schneeflocke schien mir eher bezaubernd. Aber was danach kam, war alles andere als bezaubernd.

Rorid stieß einen lang gezogenen Schrei aus, ein Kreischen, das sich wie eine Abfolge von Silben oder Wörtern anhörte, auch wenn sie nicht aus der allgemein verständlichen Sprache stammten. Kommandos an seine Untergebenen, schloss ich. Obwohl ich seine Sprache nicht verstand, verstand ich seinen Ton. Mir fiel auf, dass der Gesang der Raggler längst nicht mehr so lebhaft und optimistisch klang.

»Es wird schwierig für euch werden, Botschafterin Byx«, warnte mich Rorid. »Wir müssen versuchen, über den Sturm zu kommen.«

»Darüber? Höher fliegen als der Sturm?«

Der Schnee fiel jetzt viel dichter. Zum größten Teil schmolz er auf meinem Fell, aber nach und nach bildete sich eine Eiskruste.

Ich drehte mich nach Tobble um, doch ein heftiger Blitz blendete meine Augen, und eine Sekunde danach platzten mir fast die Ohren von einem katastrophal lauten Knall.

Blitze. Donner.

Stürme hatten mir schon immer Angst gemacht, selbst in der Sicherheit eines stabilen Unterstands auf der Erde. Aber mitten durch einen Sturm zu fliegen, das war noch etwas ganz anderes. Ich lernte schnell, mir die Ohren zuzuhalten, sobald ein Blitz über den Himmel zuckte, denn ihm folgte unvermeidlich dieser entsetzliche Donnerknall, der mir scheinbar die Knochen im Leibe klappern ließ.

Rorids Flügel peitschten die Luft, unerbittlich, Schlag um Schlag. Eis hängte sich an seine Flügelspitzen. Ich hörte an seinem mühsamen Atmen, wie sehr er sich anstrengen musste. Vielleicht stiegen wir schon höher, aber ich konnte es nicht einschätzen.

Gerade fiel mein Blick zufällig auf Tobble, als ich sah, wie ein gewaltiger gezackter Blitzstrahl in einen Raptidon fuhr und damit auch in seine Fluggäste, einen Wobbyk und einen Raggler.

Der Raptidon zerbarst in einem Feuerball. Ich schrie vor Entsetzen, als ich das brennende Gespann vom Himmel stürzen sah.

Ein toter Raptidon. Ein toter Wobbyk. Ein toter Raggler.

Ich musste fürchten, dass sie nicht die letzten Opfer sein würden.

25

Die Dreyländer

Die Todesangst bei dieser verzweifelten Anstrengung, über die Wolken zu kommen, wird mir für immer im Gedächtnis bleiben.

Blitze stachen auf uns nieder. Donnerschläge erschütterten uns. Schnee blendete uns. Meine Hände und Füße waren taub. Meine Schultern schmerzten. Jeder Atemzug kostete Mühe, und bald musste ich keuchen, um überhaupt noch Luft in meine Lungen zu bekommen.

Wieder und wieder zuckten Blitze. Es war, als hätte der Himmel beschlossen, uns zu vernichten. Zwei weitere Raptidons kreiselten brennend herab, weil Blitze sie in vergängliche Feuerbälle verwandelt hatten.

Andere Raptidons konnten vor Erschöpfung nicht weiterfliegen und mussten mit ihren Passagieren Schutz am Boden suchen.

Als ich schon drauf und dran war, Rorid zu bitten, ebenfalls zu landen, geschah ein Wunder: Wir stießen durch die Wolken. Und im selben Augenblick sahen wir uns aus all der Hoffnungslosigkeit in eine stumme Wunderwelt versetzt.

Die Wolken lagen unter uns ausgebreitet wie eine endlose knubbelige Steppdecke. Immer noch sah ich Blitze unter meinen dahinfliegenden Füßen, aber sie waren zu harmlosen Leuchtfäden verblasst. Die Sterne leuchteten so klar und hell, dass ich blinzeln musste.

Und da, zu unserer Linken, war Tobble. Er hatte überlebt.

»Wie geht es dir, Botschafterin Byx?«, fragte Rorid. Es war das erste Wort, das er seit längerer Zeit hören ließ.

»Ich bin nass bis auf die Knochen, Lord Rorid, und so kalt, dass ich meine Füße nicht mehr spüre, und meine Schultern tun weh, als hätten mich Garilans in wilder Flucht überrannt. Aber allein für diesen Anblick hat sich alles gelohnt!«

»Es ist schön, ja«, sagte Rorid, und sein raues Raptidon-Krächzen klang beinahe angenehm.

»Trotzdem bin ich traurig wegen der, die wir verloren haben.«

»Wir wussten«, sagte Rorid nur, »dass es nicht leicht sein würde.«

Die Luft war nicht wärmer, doch immerhin trockener geworden, und der Donner hatte sich zu leichtem Grummeln abgeschwächt. Rorid flog weiter und weiter, und irgendwann schlief ich tatsächlich ein, so tief war meine Erschöpfung. Von Zeit zu Zeit erwachte ich und sah beruhigt Rorids mächtige Schwingen über mir. Als er aber das nächste Mal sprach, schlief ich gerade wieder.

»Wach auf, Dalkinfreundin«, sagte er. »Wir sind fast da. Und es gibt etwas, das du vielleicht sehen möchtest.«

Ich öffnete die Augen und schrie auf vor Freude. Die Sonne! Orange und gelb und glühend schien sie sich auf einem Wolkenpolster auszustrecken.

»Danke, Lord Rorid. Ich bin wirklich froh, dass ich vor einem solchen Anblick aufwachen darf.« Ich musste mich einen Moment orientieren. »Die Sonne ist rechts von uns«, sagte ich. »Wir haben uns also nach Norden gewandt?«

»Ja. Wir folgen dem Telarno. Meine Falken-Vorhut fliegt tiefer als wir. Sie haben Möwen und Sperlinge getroffen, die ihnen von einem nächtlichen Kampf berichteten. Woads tapfere Männer sind von feindlichen Truppen aus dem Hinterhalt angegriffen worden. Sie haben furchtbare Verluste erlitten. Inzwischen liegen die Dreyländer vor einem Dorf namens Broog.« Rorid verstummte. »Sie werden den Ort in Kürze angreifen, jedes Lebewesen abschlachten und das Dorf niederbrennen.«

Ich fing diese Worte auf wie Schläge. *Furchtbare Verluste. Abschlachten. Niederbrennen.* Ein Bild entstand vor meinen Augen, ungebeten, ein Bild von dem Moment, als mein Blick auf die toten Körper meiner Familie und meiner Freunde gefallen war, nachdem die Soldaten des Murdano Chaos und Unheil unter ihnen angerichtet hatten.

Ich ballte die Fäuste und zwang das Bild aus meinem Kopf.

Da kam Dothram heran, so dicht, dass er fast Rorids Flügelspitzen berührte.

»Tobble!«, rief ich. »Alles in Ordnung bei dir?«

»Aber sicher. Warum denn nicht?« Er schien aufrichtig verwundert.

»Du bist nicht halb erfroren und hast Schmerzen in jedem Muskel?«

Er lachte. »Byx, meine Freundin, du bist ja auch viel größer als ich. Deine Gelenke werden ziemlich beansprucht vom Gewicht deines Körpers. Außerdem«, fügte er hinzu, »hat mir mein Raggler die ganze Nacht etwas vorgesungen. Das war sehr tröstlich.«

Ob Tobble die Blitzschlagtoten mitbekommen hatte, deren Zeugin ich geworden war? Vielleicht war es irgendwie an ihm vorübergegangen. Ich dachte daran, ihm von Rorids Bericht über die Dreyländer zu erzählen. Aber Tobble wirkte gerade so zufrieden. Er würde in jedem Fall früh genug davon erfahren.

Nachdem Rorid in der Raptidonsprache Dothram seine Anweisungen erteilt hatte, scherte dieser seitlich aus. Tobble hielt seinen Raggler in einer Pfote und winkte mir mit der anderen zu.

»Jetzt, Botschafterin Byx«, sagte Rorid, »müssen wir eine Stelle finden, an der ich dich sicher absetzen kann.«

»Mich absetzen? Wollen wir denn nicht die Dreyländer aufhalten?«

»Ein Schlachtfeld ist nicht der richtige Ort für eine Botschafterin«, erklärte Rorid. »Du bist wichtig für die Lady. Ich würde ihr nicht gern deinen Tod melden müssen.«

Ich zögerte. Was Rorid sagte, klang vernünftig. Zum Teil jedenfalls. In einem Kampf konnte ich nur wenig bewirken. Schon die Aussicht darauf versetzte mich in Schrecken. Ich hatte genug gesehen, ich konnte mir nur das Schlimmste vorstellen.

Ich war eine Botschafterin. Etwa nicht? Ich war Khara verpflichtet. Oder?

Aber Tobble flog in die Schlacht. Wie konnte ich da zurückbleiben?

»Nein, Lord Rorid. Ich muss bei meinen Wobbykfreunden sein. Sie sind nur wegen mir hier.«

Ich glaube, Rorid lachte in sich hinein. Das ist schwer zu sagen bei Raptidons. »Wie du willst, Botschafterin Byx. Dann zück deine Waffen. Es ist Zeit.«

Rorid änderte den Flügelschlag ein wenig, und bald waren wir von Hunderten Raptidons umgeben, jeder verstärkt durch einen Wobbyk und einen Raggler. Ich rieb meine Hände, damit wieder Blut in sie käme. Dann regulierte ich den Gurt an dem Schild, den mir Varis gegeben hatte, und zog mein Schwert.

Rorid stieß einen ohrenbetäubenden Schrei aus. Überall am

Himmel kamen Raptidons durch die Luft geschwirrt und schossen wie herabstürzende Pfeile hinunter in die Wolken. Hinein in nasse Watte. Hinab in Halbblindheit.

Schneller und schneller flogen wir, bis ich vor Wind kaum mehr die Augen offen halten konnte.

Verschwommen erhaschte ich die Ahnung von Land unter mir.

Und dann waren wir direkt über dem Dorf Broog. Es sah aus wie jeder kleine Ort, strohgedeckte Hütten, krumme schneebedeckte Straßen und um das Ganze eine primitive Befestigung aus Palisaden. Im Innern des Dorfes sah ich Mütter, Kinder und ein paar ältere Leute, alles Menschen, soweit ich erkennen konnte, die jetzt hastig die Straßen verließen und in die Häuser stürzten.

Neben dem Tor in den Palisaden standen Männer und Frauen in einer Gruppe beisammen. Es waren offensichtlich keine Soldaten. Hier und da sah ich Schwerter, doch die meisten der Leute hatten nur Heugabeln, Hacken und angespitzte Stöcke, die nicht einmal durch dünne Lederwämser dringen würden.

Draußen vor dem Tor waren Woads Leute, das heißt, was von ihnen übrig war. Es waren vielleicht hundert, viele mit Verbänden, humpelnd oder auf Tragbahren liegend.

Woad hatte mit seinen Kriegern einen Wall aus Schilden gebildet: Jeder Schild wurde so gehalten, dass er den benachbarten Schild überlappte. Hinter diesem Schildwall stand ein Dutzend großer Männer mit erhobenen Speeren, bereit, sofort jede Lücke zu schließen.

Es sah fachkundig und beeindruckend aus. Nur ein Narr würde diese grimmige Barriere angreifen wollen.

Jedoch eine schmerzliche Tatsache ließ sich nicht übersehen. Es waren von einem bis zum andern Ende nur fünfzig Menschen, die diesen Schildwall bildeten.

Und soeben marschierten um die tausend Krieger in den Uniformen des Kazar auf sie zu. Jeder war gut bewaffnet. Jeder wirkte frisch und kampfbegierig. Woads Männer konnten bestenfalls so tun, als seien sie wild entschlossen – trotz aller Erschöpfung.

Auch die Dreyländer hatten einen Schildwall gebildet. Er war viermal so lang wie der von Woad. Dahinter standen reihenweise Krieger bereit, die jederzeit die Frontlinie auffüllen konnten. Die meisten von ihnen waren Menschen, aber ich sah auch ein halbes Dutzend Felijagas um den Schildwall streichen, dazu vier große Terra-Olme, auf deren schimmernden Rücken menschliche Kämpfer saßen.

Hinter der Reihe dieser pferdegroßen Insekten stand ein Mann, der mit seiner glänzenden Rüstung vornehmer wirkte als die anderen Krieger.

»Ihr General«, murmelte ich.

»In der Tat«, sagte Rorid. »Und der gehört mir!«

26

Die erste Schlacht

Die Raptidons drehten nach Osten ab, vorbei an dem Schlachtfeld unter uns. »Für einen Angriff aus der Luft«, erklärte Rorid, »ist es günstig, das Licht im Rücken zu haben. Erdenbewohner werden von der Sonne geblendet.«

Wir flogen weiter, offenbar unbemerkt von den Dreyländern oder Woads Männern. Während wir zu einem weiten Bogen ansetzten, bildeten die Raptidons schweigend, mühelos und elegant drei große V-förmige Formationen, eine hinter der andern.

Rorid ließ sich ein Stück sinken, bis er über dem Kampfplatz in der Luft stand, und stieß einen wilden Schrei aus. Ich hörte den trotzigen Widerstand darin, den Mut, das Selbstbewusstsein. Man musste die Raptidonsprache nicht beherrschen, um zu verstehen, dass Rorid das Zeichen zum Beginn des Angriffs gegeben hatte.

Raptidons stießen herab, flogen geradeaus weiter und segelten ruhig dahin wie Schiffe in leichtem Wind. Die erste V-Formation flog voraus, und die Spitze dieses Vs bildete Dothram mit Tobble und seinem Raggler.

Woads bedrängte Männer lauschten, blickten auf, und die Münder blieben ihnen vor Staunen offen stehen. Über sich sahen sie mehr als fünfhundert Raptidons, dunkle Silhouetten, die aus der Morgensonne auf sie zukamen.

Ich sah, wie die Bogenschützen des Kazar ihre Bögen spannten, wie sie sich zum Zielen zurückbeugten, und mein Herz schlug schneller. Sie blinzelten gegen das fast horizontal einfallende Sonnenlicht.

Pfeile flogen, schwarze Wurfspeere stiegen gegen die Raptidons auf. Insgesamt mochten es vielleicht hundert Pfeile sein, die abgeschossen wurden, aber viele erreichten ihr Ziel nicht, und denen, die auf die Entfernung langsamer wurden, war leicht auszuweichen.

Ein Pfeil allerdings fand sein Ziel. Er grub sich tief in den Flügel eines alten Geiers, sodass er sich überschlug und vom Himmel trudelte. Der Wobbyk in seinen Krallen landete auf einer emporgeschleuderten Speerspitze. Was mit dem Raggler geschah, den er befördert haben musste, konnte ich nicht erkennen.

Mir blieb vor Schreck die Luft weg bei diesem grässlichen Anblick, und ich ahnte, wie sehr das die Wobbyks entmutigen musste.

Doch da hatte ich das Wobbyk-Temperament vergessen.

Der Anblick entmutigte sie nicht. Er entfachte ihren Zorn.

Während die Raptidons tief über die Armee der Dreyländer flogen, schleuderten die Wobbyks ihre Raggler in deren Schildwall.

Dass die Raggler für die meisten Arten giftig waren, wusste ich, aber wie ihr Gift wirkte, hatte ich nicht verstanden. Als sich nun ihre Stacheln in entblößte Schultern und Rücken bohrten oder auch in neugierig aufblickende Gesichter, sah ich, warum die Raggler so furchtlos waren.

Das Gift wirkte schnell und erbarmungslos. Wer den Piks eines Ragglerstachels spürte, fiel in Sekunden zu Boden, krümmte sich und rang nach Luft.

Die Dreyländer waren gekommen, um zu brennen, zu töten und zu zerstören. Ich hätte froh sein müssen, sie fallen zu sehen. Und doch konnte ich bei ihren Qualen keine Genugtuung empfinden.

Von Neuem stießen die Raptidons herab, und diesmal ließen sie wenige Meter über den Köpfen der Dreyländer Wobbyks fallen – erbitterte grimmige Wobbyks.

Der Schildwall, vom Gift der Raggler bereits ausgedünnt, brach vollends auseinander und brachte Unordnung in die Reihen der dahinterstehenden Soldaten, die nun von wütenden Wobbyks zerkratzt, gebissen und angenagt wurden.

Da hoben Woads Krieger mit großem Gebrüll ihre Schilde, marschierten in geordneter Linie gegen den lückenhaften Schildwall der Gegner vor, stießen mit Speeren und Schwertern, schlugen mit Äxten und Keulen.

Trotzdem waren die Dreyländer zahlenmäßig immer noch stärker. Und sie besaßen gut ausgebildete Soldaten. Sie zogen sich zurück, um einen Verteidigungsring um ihren General zu bilden.

Das Schlimmste war, dass sie vier Terra-Olme hatten. Angesichts des dicken Panzers, der die Körper der meisten dieser Rieseninsekten schützte, würden unsere Raggler ohne Frage nutzlos sein.

Wieder gab Rorid einen heiseren Schrei von sich. Da stieg jenseits des Dorfes eine Wolke kleinerer Vögel auf: Möwen, Raben, Krähen, Stare und sogar Sperlinge. Sie flogen schnell, ihre kleinen Flügel flatterten. Und zu meinem Schreck gingen sie sofort auf die Terra-Olme los.

Terra-Olme erinnern mich immer an große schwere Käfer.

Gegen ihre natürliche Rüstung kommen Pfeile, Speere und Schwerter nicht an. Aber sie haben zwei Schwachstellen. Die eine ist ihr Bauch, der zwar kaum geschützt, aber auch kaum zu erreichen ist.

Die zweite Schwachstelle sind ihre Augen – und in diesen Augen pickten und kratzten jetzt Schwärme von wütenden kleinen Vögeln herum. Einer der Terra-Olme, der verzweifelt seinen Kopf hin und her warf, machte sich nach Norden davon, als wollte er schnellstens wieder nach Hause. Die übrigen drei taten ihr Bestes, um noch einmal anzugreifen. Aber es ist schwer, einen Feind anzugreifen, wenn man blind ist.

»Es ist an der Zeit«, sagte Rorid. »Ich übernehme ihren General. Du wirst mir einen Warnruf geben, falls ich von hinten angegriffen werde. Halte dein Schwert gut fest, Byx.«

Das war keine Bitte. Es war ein Befehl.

Wir schossen abwärts, stürzten aus dem Sonnenlicht heraus. Rorid spannte weit die Flügel aus, mir peitschte eisiger Wind ins Gesicht.

Die Krieger unter uns mussten den Schatten des Lords der Raptidons gespürt haben. Als sie aufblickten, verloren sie offenbar den Mut. Sie verloren den Mut, aber sie flohen nicht.

Die Beschützer des Generals der Dreyländer hatten einen Ring um den großen Mann mit der Rüstung gebildet und ihn auf allen Seiten eng umgeben, doch ein wenig Spielraum hatten sie ihm gelassen, sodass er sehen konnte, was über ihren Köpfen vor sich ging.

»Jetzt!«, schrie Rorid und öffnete seine Klauen.

Ich fiel, und im Fallen schrie ich, schrie teils aus Angst und teils aus Wut, landete auf feuchtem Boden, ließ mich ausrollen, um den Aufprall abzumildern, und sprang auf, dreckig, aber mit gezücktem Schwert. Da war er. Der General. Zweimal so groß wie ich und mit einem Schwert, das länger war als ich.

Durch einen Schlitz im Visier starrten flammende Augen auf mich herab. Ganz damit beschäftigt, mich so anzuschauen, übersah er, dass Rorid mit einem eleganten Schwenk an ihm vorbeigeflogen war, um ihn von hinten angreifen zu können.

»Tötet dieses … dieses … Ding da!«, rief der General.

Drei Krieger kamen auf mich zu.

Rorid griff an. Seine Krallen umklammerten den behelmten Kopf des Generals. Ich dachte, er würde den Helm herunterreißen, aber da hatte ich die starken Krallen des großen Raptidons unterschätzt. Rorid drückte zu. Seine riesigen gekrümmten Krallen durchbohrten den Stahl des Helms und gruben sich tief in den Kopf des Generals.

»Ahhh!«, schrie ich, aber die Soldaten, die sich gerade auf mich stürzen wollten, interessierten sich jetzt nicht mehr für mich, sondern schnellten herum, um Rorid anzugreifen.

»Rorid! Hinter dir!«, schrie ich.

Immer mehr Soldaten der Dreyländer eilten ihrem General zu Hilfe. Dessen Knie gaben nach. Sein Schwert fiel ihm aus der Hand. Da fing ich aus dem Augenwinkel eine blitzartige Bewegung auf. Ein Bogenschütze legte hastig einen Pfeil an und spannte die Sehne. Er würde Rorid nicht verfehlen, nicht auf diese Entfernung.

Ich dachte nicht nach. Ich handelte. Ich schleuderte mein Schwert.

Ein gekonnter Wurf war es nicht. Die Schwertspitze bohrte sich nicht in den Schützen. Aber der Griff traf ihn am Arm, und er ließ den Bogen fallen, der nun, ohne Schaden anzurichten, zur Seite flog.

Der General fiel auf sein Gesicht. Rorid setzte sich mit gespreizten Flügeln, um das Gleichgewicht zu halten, auf den Kopf des Toten.

»Euer Anführer ist tot«, sagte Rorid gelassen. »Wer will neben ihm liegen?«

27

Ein Felijaga-Krieger

Rorids Frage reichte aus, um die herandrängenden Soldaten zögern zu lassen.

»*Der General ist tot!*«, tönte es von allen Seiten.

Die Dreyländer stellten den Kampf ein. Um mich her warfen die Eindringlinge des Kazar ihre Waffen weg und hoben die Hände zum Zeichen der Kapitulation.

Ungläubig und wie betäubt starrte ich auf das Ergebnis des Blutbads. Tote Menschen. Tote Raptidons. Tote Wobbyks. Tote Raggler.

Verzweifelt suchte ich nach Tobble, konnte ihn aber nirgends finden. Ein Ton erhob sich, schwoll an, und viele Stimmen schrien ihre Klage, ihren Schmerz und ihre Trauer heraus. Das Schlachtfeld verströmte einen Geruch, einen unvergesslichen Gestank nach einer Mischung aus Blut und Angst.

»Der Tag ist unser!«, kreischte Rorid, und vom Himmel kam als Antwort ein wildes Jubelgeschrei von Hunderten Raptidons.

Rorid richtete seinen flammenden Blick auf mich. »Das ist ein großer Triumph für dich und deine Wobbykfreunde, Botschafterin Byx.«

»Ein Triumph?«, wiederholte ich. »Wie ein Triumph fühlt sich das nicht an. Ich sollte ja gerade verhindern, dass so etwas passiert.«

»Hast du wirklich gedacht, du könntest einen Krieg verhindern, ohne dich selbst auf den Krieg einzulassen?«

»Khara … die Lady von Nedarra will Frieden«, widersprach ich.

»Die Guten einer jeden Art wollen Frieden, Botschafterin.« Rorids Stimme klang sanft, soweit das bei der Raptidonsprache möglich war. »Und doch wird es zum Krieg kommen. Dann aber, wenn er da ist, kann es nur ein Ziel geben: Sieg. Ich vermute, dass die Lady das tief in ihrem Herzen weiß.«

Über Leichen und Schilde steigend, suchte ich nach Tobble und auch nach den Felijagas, die ich vorher gesehen hatte. Anscheinend hatten sie den Kampf gemieden und sich im Durcheinander heimlich davongemacht. Interessant, dachte ich. Der tyrannische Kazar hatte Felijagas, aber die waren vielleicht gar nicht so begierig darauf, für ihn zu sterben.

Eine kleine Gestalt kam auf mich zugetorkelt, Gesicht und Fell über und über voll Blut. Tobble!

Er schien benommen, bewegte sich langsam, fast wie schlafwandelnd. »Tobble«, rief ich, »bist du verletzt?«

»Verletzt? Nein. Nein, Byx, ich bin nicht verletzt.«

Ich hatte schon viel mit Tobble durchgemacht. Ich kannte jede seiner Mienen. Aber der Blick, der jetzt in seinen Augen stand, war anders als alles, was ich bisher von ihm kannte. Er schien nicht zu mir herzusehen, sondern durch mich hindurch.

»Das Blut …«, sagte ich und merkte zu spät, dass ich ihn damit zwang, etwas zu erklären, worüber er vielleicht lieber nicht sprechen wollte.

Er fuhr sich ins Gesicht, dann besah er seine Finger, als stünde er vor einem Rätsel. »Es ist nicht meins«, sagte er. »Nicht meins. Ich … ich hab einen Menschen getötet, Byx. Ich hätte aufhören können, verstehst du. Er war besiegt, und ich hätte aufhören können. Aber das hab ich nicht, Byx. Ich hab erst aufgehört, als er aufgehört hat zu atmen.«

Tränen stürzten aus seinen Augen und schmierten Spuren durch das Blut in seinem Gesicht. Ich umarmte ihn, drückte ihn fest an mich. Er schluchzte, und bald mischten sich meine Tränen mit seinen.

Wir hatten gesiegt.

Ich fragte mich, ob sich eine Niederlage schlimmer anfühlen konnte als ein Sieg.

Woads Männer bewegten sich zwischen den Toten und Verwundeten, schafften ihre Verletzten weg und ignorierten dabei das jämmerliche Flehen der geschlagenen Soldaten des Kazar. In Woads Gruppe gab es nur eine einzige Ärztin, und die hatte alle Hände voll zu tun, um verstümmelte Gliedmaßen abzutrennen und klaffende Schnittwunden zusammenzunähen.

Die meisten der verletzten Dreyländer schrien nach Wasser. Andere baten um die Gnade eines schnellen Todes. Manche weinten nach ihren Müttern.

»Tobble«, sagte ich, »wir müssen sehen, dass wir ein paar Wasserschläuche auftreiben.«

Tobble war zu verwirrt für lange Diskussionen. Ich nahm seine Pfote und zog ihn mit zu einem von Woads Wagen. Ein großer Mann mit nur einem Auge und einem Arm, ein Veteran aus längst vergangenen Schlachten, stand als Wächter davor.

»Ich bin Botschafterin Byx«, sagte ich zu ihm. »Ich brauche Wasserschläuche.«

»Nicht nötig.« Er deutete auf ein großes Fass mit einem Hahn. »Dreh einfach auf und trink, so viel du willst.«

»Es ist nicht für mich«, sagte ich. Ich wollte ihm nicht erzählen, warum ich Wasserschläuche brauchte. Ich zweifelte, ob er es verstehen würde.

»Für die Verwundeten also?«

»Ja. Manche der Dreyländer brauchen dringend ...«

»Du meinst *feindliche* Verwundete?«, unterbrach er mich.

»Ja«, sagte ich.

»Mein Name ist Gorand«, sagte der Wächter. Er klopfte mit der Hand des gesunden Arms auf den Stumpf des anderen. »Den hab ich im Kampf verloren. Musste endlos Todesqualen ausstehen damals. Du kannst dir nicht vorstellen, wie durstig ein Mann ist, der gekämpft und Blut verloren hat.«

Gorand verstummte, verlor sich für einen Augenblick in seiner Erinnerung. »Es war ein junger Krieger, der mich noch lebend gefunden hat. Und weißt du, wer das war? Derselbe feindliche Krieger, der mir den Arm mit einem gut gezielten Schwerthieb abgetrennt hat. Er hätte mich ohne Weiteres erledigen können. Stattdessen gab er mir Wasser.« Er schüttelte den Kopf. »Ich stürzte es hinunter. Nie wieder habe ich ein Getränk so wunderbar gefunden. Als ich fertig war, fragte ich ihn, warum. Warum Barmherzigkeit zeigen mit einem gefallenen Feind?«

»Was hat er gesagt?«, fragte ich.

»Er hat gesagt, die größte Barmherzigkeit ist die, die man seinem Feind erweist. Das habe ich nie vergessen. Nehmt Wasserschläuche, so viele ihr tragen könnt. Und wenn euch jemand fragt, dann sagt, Gorand hätte euch geschickt.«

Tobble und ich griffen nach drei schweren Wasserschläuchen

und bahnten uns einen Weg über das Schlachtfeld. Wir verteilten das Wasser an Verletzte und Erschöpfte und an die, die der Kummer überwältigte. Es war eine Erfahrung, die ich niemandem wünsche.

Gerade wollte ich umkehren und noch einmal Wasser holen, da merkte ich, dass sich unter einem Haufen Toter etwas bewegte.

»Komm, Tobble«, sagte ich. »Hilf mir mal.«

Mit großer Anstrengung zerrten wir gemeinsam blutige Körper auseinander, bis wir zuunterst einen jungen Felijaga fanden, der eine schreckliche Schnittwunde an der Flanke hatte. Sein schwarzes Fell war von Kopf bis Schwanz tiefblau gestreift.

»Hast du Durst, Freund Felijaga?«

»Freund?«, knurrte der Felijaga; seine Stimme klang weiblich, soweit ich das beurteilen konnte. »Seit wann waren Felijagas je mit Hunden befreundet? Und seien es sprechende Hunde?«

»Ich bin ein Dalkin, kein Hund«, sagte ich. »Und mein Gefährte und ich sind sehr wohl mit einem Felijaga befreundet. Er heißt Gambler.«

»Gambler ist kein Felijaga-Name«, flüsterte die Verletzte. Sie zuckte vor Schmerz, und die Blicke aus ihren blassblauen Augen gingen – vielleicht unwillentlich – immer wieder zu den Wasserschläuchen. Doch sie besaß den Stolz ihrer Art.

»Wir nennen ihn nur Gambler«, sagte ich. »Aber sein richtiger Name ist …« Ich hatte ihn erst ein Mal gehört, und das war lange her. Wie war Gamblers voller Name noch mal?

Tobbles Gedächtnis war besser als meins. »Er hat mir gesagt, sein wahrer Name ist Elios Str'ank, Hadrak der Dritte, Lonko über den Wald des Grauens.«

Die Felijaga blinzelte. »Was sagst du?«

»Elios Str'ank, Hadrak der Dritte, Lonko über den Wald des Grauens«, wiederholte Tobble. »Er hat gesagt, der Name sei noch länger, aber für den Anfang reiche das.«

»Euer Freund ist ein Lonko über den Wald des Grauens?« Sie sagte es so, als hätte ich verkündet, dass Natintjes fliegen könnten.

»So hat er uns gesagt«, erklärte ich. »Und Gambler lügt nicht.«

»Auch wenn er gern mal spottet«, ergänzte Tobble, und das hörte sich schon wieder mehr nach dem alten Tobble an.

»Ich würde gern einen Schluck trinken«, sagte nun die Felijaga. Tobble spritzte einen langen Wasserstrahl in ihr Furcht einflößendes Maul. Als sie getrunken hatte, wirkte sie ruhiger. »Ich werde Naleese B'del, Lenka über das Urbik Flusstal genannt.«

Tobble und ich stellten uns vor.

»Ich seid so freundlich und tapfer«, sagte Naleese. »Und doch muss ich noch mehr von euch erbitten. Zuerst brauche ich einen Wundarzt, der mir diesen unseligen Schnitt zusammenflickt. Danach würde ich gern zu diesem Lonko über den Wald des Grauens gebracht werden. Ich habe eine Nachricht für ihn. Oder für einen anderen verantwortlichen Felijaga.«

»Eine Nachricht?«

»Ja. Zwei Nachrichten, genau genommen. Mit der ersten hat mich der Kazar beauftragt. Er fordert alle Felijagas von Nedarra dringend auf, sich gegen den Murdano zu erheben und die Herrschaft des Kazar anzuerkennen.«

»Ich glaube nicht, dass Gambler diese Nachricht gefallen wird«, sagte ich.

»Soll sie auch nicht. Der Kazar ist ein Ungeheuer, ein Tyrann, ein Verräter an seinem eigenen Volk. Ich bin geschickt worden, um Kontakte mit Felijagas zu knüpfen, die dumm genug sind, sich ihm anzuschließen. Aber ich habe noch eine ganz andere Nachricht, eine, die nicht von einem Verräter kommt, sondern von den unterdrückten Felijagas in Dreyland.«

»Und was für eine Nachricht ist das?«, fragte ich.

»Das«, erwiderte sie, »ist allein bestimmt für die Ohren des Elios Str'ank, Hadrak dem Dritten, Lonko über den Wald des Grauens.«

28

Überraschung für Gambler

Woads Männer kehrten in die Berge zurück, viele bandagiert, manche auf primitiven Holzbeinen humpelnd. Sie hatten die Waffen der Dreyländer in Besitz genommen, auch deren Pferde und den Proviant. Woad schien ganz zufrieden.

»Du bist im letzten Augenblick gekommen, Botschafterin Byx«, sagte er. »Zehn Minuten später, und wir wären alle tot gewesen.«

»Der Dank muss Lord Rorid und den Wobbyks gelten«, sagte ich. »Ganz zu schweigen von den Ragglern.«

»Und auch ihnen danke ich aufrichtig! Aber du warst es, die Raptidons, Wobbyks und Raggler zusammengebracht hat.«

Da war ich mir nicht so sicher, aber es tat gut, das zu hören. Bis Woad fortfuhr: »Und all die toten Dreyländer? Viel der Ehre gebührt dir, meine Freundin.«

Er meinte es als Kompliment, deshalb nickte ich und murmelte etwas Höfliches. Aber bei dem Gedanken, dass er recht hatte, wurde mein Herz schwer wie Stein.

Wieder zur Friedensarmee zu stoßen bedeutete einen langen Ritt, der weder einfach noch angenehm war. Den armen Havoc hatte ich in Bossyp zurücklassen müssen, und mein neues Pony, ein kleines rötlich graues Tier, das mir einer von Woads Männern geliehen hatte, war eins von der missmutigen Sorte, das oft unvermittelt bockte und unwillig schnaubte. Sein Name war Taboo, aber Tobble nannte es »Achoo«, weil es die Angewohnheit hatte, im unpassendsten Augenblick zu niesen.

Schnee fiel, dann Eisregen, dann wieder Schnee. Da wir dem Telarno nach Süden folgten, war wenigstens immer genügend Wasser vorhanden. Wir hatten ein großes Kontingent an Raptidons, Wobbyks und Ragglern hinzugewonnen, und ich wusste, dass Khara sich über die neuen Mitstreiter freuen würde. Doch wir waren ein erschöpfter, durchgefrorener und hungriger Haufen, um es milde auszudrücken.

Naleese, die Felijaga, lag die ersten beiden Tage auf einem Wagen. Am dritten lief sie schon streckenweise, und als wir am Ziel waren, hatte sie ihre vollen Kräfte beinahe wiedererlangt. Doch nie machte sie die geringste Andeutung über die Nachricht, die sie Gambler überbringen sollte.

Wir fanden die Friedensarmee an der Stelle, wo der Telarno seinen Nebenfluss Reeds aufnimmt, einen schmalen, langsam fließenden Wasserlauf, der von Feuchtgebieten voller harter brauner Rohrkolbengewächse gesäumt wird.

Sabito entdeckte uns zuerst. »Ich habe gehört, dass sich kein Geringerer als Lord Rorid Kopfknacker persönlich an einem fürchterlichen Kampf beteiligt hat!«, sagte er sichtlich aufgeregt.

»Ja. Tatsächlich hat Rorid mich getragen«, sagte ich.

»*Lord* Rorid«, korrigierte Sabito.

»Er hat mir erlaubt, ihn schlicht mit ›Rorid‹ anzusprechen. Unter Freunden braucht es keine Förmlichkeiten, verstehst du.«

In Sabitos Augen flammte Neid auf. »Du! Du und Rorid Kopfknacker Freunde! Du!«

»Tobble und ich sind eben sehr freundlich, Sabito.«

Er gab einen empörten Laut von sich. »Nicht zu glauben, dass ich die Gelegenheit verpasst habe, neben *Lord* Rorid Kopfknacker in die Schlacht zu fliegen. Die Lady hat mich aber wieder hierherbefohlen, nachdem ich unser Volk unterrichtet hatte.«

»Ist Maxyn ohne Gefahr aufgebrochen?«

»Ja, das ist er. Ob er sein Ziel allerdings erreicht hat, kann ich nicht sagen.«

»Und Renzo?«

»Renzo und Gambler sind mit zweihundert Pferden zurückgekommen. Ich habe gehört, sie hätten sie sogar bezahlt.«

»Unerhört!«

Wir wurden von allen und jedem begrüßt und dann in Kharas Zelt gerufen. Dort trafen Tobble und ich auf Renzo und Gambler mit General Varis und der blauen Bodick.

So erschöpft wir auch waren, es tat unglaublich gut, sie alle wiederzusehen.

Khara umarmte jeden, wollte wissen, wie es uns ging, und kam dann gleich zur Sache. »Erzählt mir alles.«

Und das taten wir. Unsere Berichte zogen sich über das Essen hin und dauerten bis in den Nachmittag hinein. Endlich sagte Khara: »Gut gemacht! Aber ihr habt noch nicht erklärt, warum eine Felijaga in eurer Gruppe ist.«

»Sie hat eine Nachricht, die sie nur dir, Gambler, überbringen will«, sagte ich.

Er schlug mit dem Schwanz auf den Boden. »Mir?«

»Ja. Wir haben ihr deinen Namen genannt, und da hat sie so reagiert, als ob du jemand Wichtiges wärst.«

Gambler leckte eine seiner riesigen Pranken. »Als ob?«

Ich lachte. »Für mich bist du immer wichtig gewesen.«

»Welchen Namen habt ihr dieser Felijaga genannt?«

Ich hatte gerade den Mund voll Apfelwein, deshalb antwortete Tobble für mich. »Elios Str'ank, Hadrak der Dritte, Lonko über den Wald des Grauens. Hab ich mir gemerkt!«

»In der Tat!«, sagte Gambler zurückhaltend. »Und ihr Name?«

»Naleese B'del, Lenka über das Urbik Flusstal«, leierte Tobble herunter.

Ich will nicht sagen, dass Gambler blass wurde. Das lässt schwarzes Fell nicht zu. Aber er riss die Augen auf und ließ den Unterkiefer fallen, was gleichermaßen bedrohlich wie komisch aussah.

»N-N-Naleese? Ich meine, die, äh, die Lenka über das Urbik Tal?«

Ich schaute Gambler an. Tobble schaute Gambler an. Tobble, Renzo und ich sahen einander an. Als wir schließlich merkten, dass auch Khara Gambler anstarrte, sahen wir Khara an. Und am Ende starrten wir alle zusammen Gambler an.

War Gambler nervös?

Gambler?

Nervös?

Er schien zu erwarten, dass wir etwas sagten. Dazu waren wir aber viel zu neugierig und zu verwirrt. Gambler hatte gestottert! Gambler, der Felijaga, den ich mehr als einmal erlebt hatte, wie er, scheinbar ohne die geringste Angst, in den fast sicheren Tod gestürmt war.

»Was starrt ihr mich denn alle an?«, fragte er gereizt.

»Ich denke, wir sollten diese Naleese kommen lassen«, sagte Khara. Sie nickte einem Soldaten zu, der daraufhin aus dem Zelt lief.

»Also, da muss ich nicht dabei sein«, sagte Gambler, erhob sich und wollte gehen.

Khara drohte mit dem Finger. »Ich fürchte, ich muss sogar darauf bestehen, dass du bleibst.«

Gamblers Schultern sackten nach vorn. Sein Schwanz hing schlaff herab.

Da trat Naleese ein, hinter ihr der Soldat, der sie geholt hatte. Trotz der sichtbaren Stiche quer über ihrer Flanke waren ihre Bewegungen fließend wie langsam dahingleitendes Wasser: eine kleinere, noch geschmeidigere Version von Gambler.

Sie neigte den Kopf vor Khara. »Mylady Kharassande Donati.«

»Sei gegrüßt, Naleese B'del, Lenka über das Urbik Flusstal«, sagte Khara. »Möchtest du etwas essen oder trinken?«

»Nein, Mylady, deine freundliche Botschafterin Byx von den Dalkins hat mich gut versorgt.«

»Das freut mich. Ich habe gehört, dass du eine Nachricht hast. Eigentlich zwei.«

»Ja. Die Botschaft von dem gemeinen Tyrannen, der Dreyland beherrscht, und dann noch eine Nachricht von einigen Felijagas aus Dreyland. Die erste ist ein Aufruf an alle Felijagas von Nedarra, sich gegen den Murdano zu erheben.«

»Verstehe«, sagte Khara. »Und die andere?«

Naleese schloss Gambler in ihren Blick ein. »Diese Nachricht ist bestimmt für die Ohren des Lonko über den Wald des Grauens.«

Khara nickte. »Gambler, willst du die Nachricht hier und jetzt hören? Oder möchtest du dich lieber zurückziehen und sie unter vier Augen hören?«

Gambler seufzte. »Ich will sie gern mit dir teilen, Mylady.«

Khara nickte Naleese zu.

»Ich grüße dich, mein Gefährte aus lang vergangenen Tagen«, sagte Naleese, »den mein Herz nie vergessen hat.«

Jetzt war ich es, der der Unterkiefer herunterfiel. Ich schoss einen Blick nach rechts. Ja, Tobble war genauso schockiert. Und Renzo. Und Khara. Und Sabito. Und wäre Havoc im Zelt gewesen, er wäre vermutlich auch überrascht.

»Ich versichere dir«, fuhr Naleese fort, »dass mir unsere gemeinsame Zeit auf der Insel der Gelehrten viel bedeutet, als wir dort Philosophie und Astronomie studierten.« Ihre Stimme war tief und rau und erinnerte an den an- und abschwellenden Singsang eines Schlaflieds. »Als Tobble vom Volk der Bossyp-Wobbyks deinen Namen nannte, wusste ich sofort, dass ich mit dir sprechen muss.«

Aller Augen richteten sich auf Gambler. »Auch mir ist … unsere, äh, gemeinsame Zeit … viel wert.«

»Das freut mich zu hören. Es dürfte dich interessieren, dass du drei Junge hast, zwei weibliche und ein männliches.«

»Ich … Glückwunsch …«, brachte Gambler hervor. Er blinzelte. »Das ist gut. Ja, gut. Je mehr junge Felijagas, desto besser.«

»Hehe, Gambler, du Schelm!«, sagte Bodick und schlug sich auf die Schenkel. »Da hast du also für junge Kätzchen gesorgt!«

»Kidlets«, verbesserte Naleese.

»So nennen wir Wobbyks unsere Jungen auch«, sagte Tobble. »Kidlets. Und Wibbles.«

»Du hast gar nicht gewusst, dass du Kinder hast?«, fragte Renzo kopfschüttelnd.

Naleese antwortete für Gambler. »Es liegt nicht in der Natur männlicher Felijagas, sich besonders eng an ihren Nachwuchs zu binden.«

»Ist das also deine Nachricht?«, fragte Khara.

»Nein, Mylady. Meine Nachricht ist folgende: Die Felijagas von Dreyland werden bestochen, manipuliert und benutzt von dem Tyrannen, der sich als Kazar bezeichnet. Es gibt viele zuverlässige und aufrechte Felijagas, die ihm widerstehen, und das würden noch viel mehr tun, würde nicht der Tyrann ihre Jungen bedrohen.«

Plötzlich fand Gambler seine Stimme wieder. »Bedroht er auch deine ... unsere Jungen?«

»Er hält sie als Geiseln in seinem Kerker. Aber meine Botschaft betrifft nicht nur diese eine Tatsache, sondern sie betrifft alle Felijagas in Dreyland. Unsere Lonkos sind alle tot. Und von den Lenkas leben nur noch zwei, aber wir stehen unter ständiger Beobachtung. Unser Volk braucht einen Anführer. Unser Volk braucht einen klugen, starken und verlässlichen Anführer. Unser Volk braucht dich, Elios Str'ank, Hadrak der Dritte, Lonko über den Wald des Grauens. Wirst du nach Dreyland kommen? Wirst du uns gegen diesen Tyrannen führen?«

»Ob ich ... Waaas?«

Khara sah General Varis an, und ihre Blicke trafen sich. Diese neue Entwicklung schien bei beiden auf Interesse zu stoßen.

General Varis sagte: »Was genau schlägst du vor, Naleese?«

»Wäre der Kazar tot oder wenigstens nicht mehr an der Macht, würde seine Armee nicht in Nedarra einmarschieren. Es würde keinen Krieg geben.«

»Die Flotte des Murdano würde trotzdem in See stechen«, sagte Bodick.

»Wir haben aber das Versprechen von Königin Pavionne, dass die Natintjes die Murdano-Flotte nicht durchlassen«, sagte Renzo.

Khara bat mit erhobener Hand um Ruhe. Wir warteten, während sie nachdachte. Schließlich richtete sie das Wort allein an Gambler.

»Sag, alter Freund, würdest du eine solche Mission auf dich nehmen?«

29

Ein Abschied

Am Abend saßen wir um das langsam schwächer werdende Lagerfeuer. Es war schon ziemlich spät, und alle sahen müde und erschöpft aus. Aber es war so gut, wieder zusammenzusitzen, dass wir einfach kein Ende finden konnten.

Mir kam es vor, als wäre ich zu Hause, ein merkwürdiger Gedanke in einer Armee auf dem Vormarsch. Auch war ich erleichtert, dass ich ein weiteres Mal Kharas Auftrag erfolgreich erfüllt hatte. Zweimal war ich mit diplomatischen Missionen beauftragt worden. Und zweimal hatte ich mein Ziel erreicht, wenn auch nicht ohne Mühen, Tränen und Blutvergießen.

Neben mir streckte Gambler seinen Bauch den verglühenden Scheiten entgegen.

»Ich hatte keine Ahnung, dass du Kinder hast«, sagte ich zu ihm. »Junge, meine ich.«

»Wusste ich selber nicht. Wie Naleese schon sagte, es ist nicht üblich, dass männliche Felijagas, und erst recht keine Lonkos, ihre Jungen aufziehen …«

»Wie bequem«, redete Renzo dazwischen.

»Aber meine Nachkommen in einem Kerker zu wissen …« Gambler schüttelte den Kopf.

»Naleese ist also deine Frau?«, fragte Tobble.

»Wir Felijagas gehen keine lebenslangen Partnerschaften ein«, erklärte Gambler. »Das tun Menschen. Aber Naleese ist eine … na ja, eine, die ich gut leiden mag.«

»Hast du schon mal daran gedacht, dass das Ganze eine Falle sein könnte?«, fragte Sabito von seinem Astsitz herunter.

»Nein«, mischte ich mich ein. »Naleese hat gesagt, was sie für wahr hält.«

»Ich habe keine Wahl.« Gambler seufzte. »Wenn es stimmt, dass ich tatsächlich eine Felijaga-Streitmacht bilden und diesen ungeheuerlichen Tyrannen stoppen könnte, dann bin ich verpflichtet, es zu versuchen. Er ist ein Verräter an meiner ganzen Art.«

Fast unbemerkt gesellte sich Naleese zu uns. Sie bewegte sich so lautlos wie Gambler, und als sie sich neben ihm niederließ, rieb er behutsam seinen Kopf gegen ihren. Ich verstand nichts von Felijaga-Romanzen, aber diese Geste sah für mich zweifellos wie Zuneigung aus.

»Wir müssen gehen«, sagte Gambler, und Naleese nickte. »Aber wir gehen schweren Herzens. Ich weiß nicht, wann und ob ich euch wiedersehen werde.«

Tobble zog die letzte geröstete Weidenbohne von einem verkohlten Stock. »Wie wollt ihr über das Gebirge kommen?«

Gambler lachte. »Wir sind Felijagas, keine Wobbyks, Tobble. Wir laufen bei Nacht, niemand wird uns sehen. Wir müssen auch keine Wagenladungen voll Proviant mit uns führen. Wir werden zwischendurch jagen.« Er stand auf und streckte sich. »Bist du so weit, Naleese?«

Da dämmerte mir, dass er meinte, sie würden jetzt und auf der Stelle aufbrechen.

»Nein!«, platzte ich heraus. »Ihr dürft nicht heute Nacht schon gehen!«

»Jede Minute zählt«, sagte Gambler.

»Ich weiß, aber …« Hilfe suchend sah ich zu Khara, aber sie schüttelte nur den Kopf. »Wir sind doch gerade erst gekommen«, sagte ich lahm. »Und was ist mit Naleese? Sie ist noch nicht wieder bei Kräften.«

»Mir geht es gut, Botschafterin«, sagte sie. »Und wir müssen uns beeilen. Unsere Jungen …«

»Natürlich«, sagte ich, peinlich berührt von meiner Selbstsüchtigkeit.

Der Abschied war kurz und bündig. Felijagas halten nichts von Sentimentalitäten. Schließlich waren wir in gewissem Sinne Soldaten.

Gambler und Naleese verschwanden in der Dunkelheit, während wir ihnen nachschauten.

»Gambler!«, rief ich hinter ihm her.

Er blieb noch einmal stehen und blickte zurück. Der Lichtschein unseres verglühenden Feuers fing sich in seinen Augen und ließ sie schimmern wie winzige gelbe Monde.

Ich rannte zu ihm. »Ich habe ein paar dumme und ein paar vernünftige Dinge getan, Gambler«, sagte ich. »Aber das vielleicht Klügste war, dass ich dir vertraut habe.«

»Das Gleiche könnte ich über dich sagen«, antwortete er. Und mit einem schwachen Nicken: »Mach's gut, meine Freundin.«

Sekunden danach waren die beiden Großkatzen nicht mehr zu sehen, waren genauso Teil des samtigen Abends geworden wie der schwarze Wald um uns her.

In dieser Nacht fiel mir das Schlafen schwer. Ich hörte, dass sich Tobble in seinem Schlafsack hin- und herdrehte, und ahnte, dass auch er wach war.

»Weißt du noch, wie Gambler sich damals dem Feuerritter entgegengestellt hat? Ganz allein?«, fragte ich.

»Wie könnte ich das vergessen?«, schniefte Tobble. »Und weißt du noch, wie er immer gedroht hat, mich zu fressen?«

Ich lachte. »Und doch bist du hier, gesund und munter. Sein Knurren hat sich schlimmer angehört, als es gemeint war.«

»Manchmal«, sagte Tobble und brachte ein kleines Lachen zustande. »Ob ich wohl irgendwann mal wieder auf einem Felijaga reiten werde, Byx?«

»Ja, das wirst du bestimmt.«

»Ich meine diesen Felijaga. *Unseren* Felijaga.«

»Wir werden Gambler wiedersehen, Tobble. Da bin ich sicher.«

So redeten und redeten wir und erzählten einander unsere Lieblingsgeschichten über Gambler, als könnten wir ihn durch Erzählen bei uns behalten. Endlich dämmerten wir ein, aber ein langer Schlaf wurde es nicht. Im Osten zog schon ein schwacher grauer Lichtschimmer herauf, obwohl es sonst noch dunkel war, da weckte mich Renzo unsanft.

»Was ist? Werden wir angegriffen?«

»Nein«, sagte Renzo. »Aber wir haben Neuigkeiten. Die Flotte des Murdano ist ausgelaufen. Sie ist auf dem Weg zur Küste von Dreyland.«

Im Nu waren Tobble und ich hellwach.

»Die Natintjes?«, sagte ich.

»Ja, die Natintjes werden sie aufhalten oder wenigstens die meisten von ihnen. Khara hat auch erfahren, dass in Saguria Möwen sind, die dem Kazar jede Flottenbewegung melden. Aber er weiß noch nicht, dass die Schiffe Dreyland nie erreichen werden.«

»Was bedeutet das für uns?«, fragte Tobble.

Renzo ging auf und ab, die Finger hinter dem Rücken verschränkt. »Der Kazar erfährt nur, dass der Murdano angreift. Er wird darauf reagieren, indem er die Attacke der Terra-Olme vorantreibt. Wir müssen aufbrechen, und zwar schnell, wenn wir sie aufhalten wollen.«

Ich stand auf. »Heute noch?«

»So bald wie möglich«, sagte Renzo. »Uns bleibt nur noch wenig Zeit. Vielleicht zu wenig.«

Schon nach wenigen Stunden waren wir wieder unterwegs, eine ganze Armee, die entschlossen einer ungewissen Zukunft entgegenmarschierte.

Es war kein leichter Marsch. Ich bin schon manche schwierigen Wege gegangen, seit ich mein Zuhause verloren hatte. Aber sie waren nichts gegen die zermürbende Erschöpfung bei der Überquerung der Perricci-Berge, als wir bei heulenden Stürmen und brusthohem Schnee unterwegs waren.

Woads zerschlagene abgekämpfte Männer stießen zu uns und übernahmen die Führung, aber gegen die Höhenkrankheit, die uns zunehmend zu schaffen machte, konnten auch sie nichts tun. Man hatte das Gefühl, als würden sich die Lungen nicht mehr ausreichend füllen. Jeder Atemzug fiel zu schwach aus. Ich bekam Dauerkopfschmerzen. Meine Glieder waren taub und bleischwer.

Allmählich zeigten sich Erfrierungen und forderten Opfer. Den Menschen erfroren Ohren und Nasen. Khara war ständig in Bewegung, erst reitend, später auf Schneeschuhen, für die Woad gesorgt hatte. Ununterbrochen lief sie die Linie der angeschlagenen Truppen ab, beschwörend, ermutigend und durch ihr eigenes

Beispiel motivierend. Keiner der Krieger würde murren oder meutern, solange ihre junge Anführerin weitermachte.

Vier Tage noch, bevor wir den Höhenrücken erreichen würden. Sabito flog als Kundschafter voraus und kehrte mit der beruhigenden Meldung zurück, dass es noch nicht zum Durchbruch der Terra-Olme gekommen war. Auch die Armee des Murdano hatte er nicht gesehen.

Falls der Kazar mit seiner Armee und den Terra-Olmen einen Angriff startete, bevor die Truppen des Murdano eingetroffen waren, würden wir selbst versuchen müssen, sie aufzuhalten. Falls die Streitkräfte des Murdano und die des Kazar letztendlich auf den Ebenen von Zebara aufeinanderstießen, könnte die Friedensarmee versuchen, beide Seiten zu Verhandlungen zu drängen.

Entweder wir würden die Dreyländer allein bekämpfen müssen, oder wir würden zwischen zwei kriegführenden Armeen in der Falle sitzen.

Keine dieser Optionen klang vielversprechend.

Es schien Ewigkeiten her, dass Khara zu mir gesagt hatte: Wir stehen vor drei Herausforderungen. Bei den ersten beiden konnte ich helfen. Wir hatten die Natintjes und die Wobbyks an unserer Seite, ganz zu schweigen von den Ragglern und den Raptidons.

Aber das war leicht gewesen. Es war Diplomatie. Zuhören. Reden. Geduldig verhandeln.

Aber würde das reichen?

Ich dachte daran, was Khara damals, nachts in ihrem Zelt, gesagt hatte: Wir werden diesen Krieg entweder stoppen und die Oberhand gewinnen – oder dabei selbst umkommen.

Falls es dazu kam, die letzte Herausforderung zu bestehen, den Kampf, was konnte ich da schon für eine Hilfe sein?

Ich war nur ein Dalkinmädchen, die Kleinste und Schwächste unter meinen Geschwistern.

Die, die sich geweigert hatte, in ein lächerliches Wasserloch zu springen.

Seitdem hatte ich einige Kämpfe hinter mir. War ein bisschen besser trainiert. Doch in der Schlacht, vor der wir bald stehen würden, war ich nicht zu gebrauchen.

30

Kharas Entschluss

Als wir endlich den höchsten Punkt des Passes erreicht hatten, klarte der Himmel auf. Das Sonnenlicht prallte von Schnee und Eis zurück und blendete die Augen, die Luft war trocken, aber bitterkalt. Wir waren auf beiden Seiten von steilen Bergen bedrängt, und unser Ziel, die Ebenen von Zebara, konnten wir noch nicht sehen, weil sich immer weitere Gipfel vor uns auftürmten.

Trotzdem fanden wir eine Möglichkeit, uns einen Überblick zu verschaffen. Herrscher längst vergessener Reiche hatten auf der Passhöhe einen hohen stufenförmigen Tempelturm aus Stein errichtet, eine schmale Pyramide mit einem schrägen Aufgang an der Seite.

Khara forderte General Varis, Renzo, Tobble und mich auf, mit ihr hinaufzusteigen. Zum Glück war der Zugang gerade so breit, dass er unseren Pferden den mühsamen Aufstieg erlaubte, zumindest bis zur zweiten Ebene, einer ausgedehnten Fläche, hoch über dem Fundament.

»Was für eine Aussicht!«, rief Tobble begeistert. »Es ist, als wäre man ein Raptidon!«

»Ja, überwältigend«, pflichtete ich ihm bei, während wir die Pferde festbanden und ihnen Futtersäcke umhängten. Wir machten Pause, ruhten uns aus und zogen an, was wir an zusätzlicher

Kleidung mitgenommen hatten. In solch schwindelnden Höhen kam nicht einmal Dalkinfell gegen den schneidenden Wind an.

Von dieser zweiten Ebene aus, sie lag ungefähr auf zwei Dritteln der Gesamthöhe des Tempelturms, gingen wir zu Fuß weiter. Ein leichter Aufstieg war es für keinen von uns, aber Tobble mit seinen kurzen Beinen musste sich ganz besonders anstrengen, um Schritt zu halten.

»Komm her, Freund Wobbyk«, sagte General Varis. »Spring auf meine Schultern.«

Nicht zum ersten Mal überraschte mich Tobbles Geschick, große und sogar gefährliche Mitglieder anderer Arten zu bezaubern. Er zählte nicht nur einen Felijaga, sondern auch einen Menschen, einen erbitterten Krieger, zu seinen guten Freunden.

Höher und höher stiegen wir, schleppten uns in immer dünner werdender Luft weiter. Endlich machte Khara halt. Mit letzter Kraft schob ich mich voran, bis ich neben ihr war; die anderen standen auf einem kleinen schneebestäubten Felsvorsprung.

Tobble sprang von den Schultern des Generals herunter und umarmte mich stürmisch und hielt sich an mir fest. »Da geht's tief runter!«

»Ja«, sagte ich bemüht beiläufig, während ich mir gleichzeitig vorstellte, wie lange ein Sturz von hier oben in den unausweichlichen Tod wohl dauern würde.

Von unserem luftigen Standpunkt aus konnten wir einen Streifen der Ebenen von Zebara erkennen, frei von Schnee. Jenseits davon waren die Berge, unter denen die Terra-Olme, soweit wir wussten, Tunnel gruben. Bald würden sie daraus hervorströmen wie Lava und alles vernichten, was auf ihrem Weg lag.

»Im Flachland fällt jetzt noch kein Schnee«, erklärte uns General Varis. »Die Berge halten das Wetter bis später im Jahr zurück.«

Sabito kam angesegelt und landete auf einer Felskante. »Was hast du gesehen?«, fragte Khara.

»Einen Trupp von drei Dutzend Soldaten auf Pferden. In der Uniform des Murdano.«

General Varis stieß ein grobes Wort aus, seine Augen loderten. »Kavallerie als Vorhut, die vor der Hauptstreitmacht reitet, keine Frage. Das ist nicht gut. Üblicherweise reiten Kundschafter vielleicht einen Tag vor der Haupttruppe, höchstens zwei.«

Khara nickte, sie sah grimmig aus. »Die Armee des Murdano kommt von Süden her durch den Einschnitt zwischen den Bergen. Sie müssen von dem geplanten Angriff der Terra-Olme erfahren haben.«

»Wie befürchtet«, sagte Renzo.

»Falls die Terra-Olme durchbrechen, kann keine Macht der Welt diesen Krieg aufhalten«, sagte General Varis.

»Jedes Dorf, jedes bestellte Feld zwischen den beiden Armeen werden sie niederbrennen. Die Einwohner in Knechtschaft halten.« Khara rieb sich den Nacken. »Und sie werden es noch schlimmer treiben. Ich habe Angst um diese Unschuldigen. Sie sind wie Schmetterlinge auf einem Amboss, die warten, dass der Hammer niedersaust.«

»Bis ins Zentrum des Flachlands von Zebara ist es ein Dreitagemarsch«, sagte General Varis merkwürdig bedrückt.

»In der Zwischenzeit …« Renzo verstummte.

»In der Zwischenzeit ist unser Einsatz gescheitert«, sagte Khara. »Tausende, Zehntausende werden sterben. Das Land wird mit Blut getränkt.«

»Vielleicht kann Gambler in Dreyland den Lauf der Dinge aufhalten«, überlegte Renzo.

»Vielleicht«, sagte Khara. »Aber nicht rechtzeitig. Nicht, wenn die Terra-Olme durchbrechen.«

»Sieht so aus, als bleibt uns keine Möglichkeit, sie aufzuhalten«, sagte General Varis unverblümt.

Eine Weile sprach keiner, fieberhaft kreisten unsere Gedanken um das bevorstehende Grauen.

General Varis, der als Soldat zielstrebig immer den Sieg im Blick hatte, brachte als Erster einen Vorschlag zur Sprache. »Der Rebit fließt durch die Ebenen von Zebara«, sagte er und deutete über die Landschaft. »Falls die Terra-Olme zufällig an der einen Seite herauskommen und die Murdano-Truppen gerade am andern Ufer wären …«

»Der Rebit ist flach«, sagte Khara. »Ich bin da an Stellen durchgewatet, wo mir das Wasser kaum bis an die Knie ging. Davon ließe sich niemand aufhalten.«

Der General wollte etwas erwidern, aber Khara bat ihn mit einer kleinen Geste um Schweigen. Sie war tief in Gedanken, die Stirn gerunzelt, der Blick angestrengt.

Schließlich sprach sie. »Ihr sagt, General Varis, für unsere Armee wäre es ein Dreitagemarsch. Aber wie lange würden beherzte Reiter auf den besten Pferden für die Strecke brauchen?«

Tobble und ich wechselten einen alarmierten Blick.

General Varis zog die Schultern hoch. »Ein kräftiger Reiter, der Ersatzpferde mitführt, könnte es in einem Tag schaffen.«

Khara schien zufrieden mit seiner Antwort. »Ich gebe selten Befehle, General. In den meisten Fällen überlasse ich das gern Euch, aber das ist nun ein Befehl, den nur ich geben kann: Ich brauche zwei kräftige Pferde. Sie sind für einen Reiter gedacht, einen Menschen.« Sie richtete ihre sorgenvollen dunklen Augen auf mich. »Außerdem Proviant für diesen Menschen und für eine Dalkin.«

Also hatte Khara einen Plan. Einen Plan, an dem ich beteiligt war.

»Byx, du reitest Taboo«, sagte sie.

Mein Herz machte einen Satz, aber ich nickte entschlossen. Wenn sie es wollte, würde ich reiten. Selbstverständlich.

»Wir nennen ihn immer Achoo«, sagte Tobble mit zuckenden Ohren. »Und du wirst zusätzlich Proviant für einen Wobbyk brauchen. Wenn nämlich Byx reitet, dann werde ich ...«

»Ja, du kannst sie begleiten, Tobble«, unterbrach ihn Khara. »Du überraschst uns ja doch immer wieder. Und außerdem habe ich längst gelernt, dass ihr beide unzertrennlich seid.«

»Wer ist der menschliche Reiter?«, fragte Renzo argwöhnisch.

»Ich«, sagte Khara.

»Nein, Mylady!«, protestierte General Varis. »Das wäre Tollheit!«

»Nun, General«, sagte Khara mit schiefem Lächeln, »vernünftige Ideen haben wir keine mehr. Uns bleibt nur noch Tollheit.«

Der General schlug mit der Faust auf die Steinkante. »Ihr dürft Euer Leben nicht riskieren!«

»Die Friedensarmee wird so schnell wie möglich folgen, General«, sagte Khara und ignorierte gelassen seinen Ausbruch.

Renzo griff in höchst unsoldatischer Weise nach Kharas Arm. »Was kannst du allein ausrichten?«, fragte er fast wütend. »Das ist Selbstmord! Und nichts ist erreicht!«

»Da unten wohnen Kinder, alte Leute, friedliche Bauern. Ich

werde sie nicht im Stich lassen, Renzo«, sagte Khara, während sie sich behutsam, aber energisch aus seinem Griff befreite. »Wer weiß, vielleicht lässt sich mit der einen oder der andern Seite verhandeln, vielleicht mit beiden. Und dabei wird meine Wahrheitsfinderin erforderlich sein.«

»Aber was könnt Ihr mit nur einem Dalkin und einem Wobbyk tatsächlich ausrichten?« General Varis' Gesicht war rot vor Missmut, vielleicht sogar vor Zorn.

»Diese beiden haben bisher sehr viel für uns erreicht«, sagte Khara. Sie legte die eine Hand auf meine, die andere auf Tobbles Schulter. »Und ich habe ja noch etwas anderes.«

Damit schloss sie die kälteblauen Finger ihrer Rechten um den Griff ihres Schwertes. Sie zog es aus der Scheide und hielt es hoch. Es glänzte nicht – das geschah nur im Kampf –, aber wir alle kannten seine atemberaubende Macht.

»Ich weiß nicht, was ich tun kann, General Varis«, sagte Khara. »Ich weiß nur, dass ich nicht untätig dabeistehen kann. Vielleicht bin ich mehr Wilderer als Lady. Und meine Soldaten sind vielleicht nur eine junge Dalkin und ein kleiner Wobbyk.« Sie steckte das Schwert wieder in seine schäbige Scheide. »Aber vergesst nicht, General: Ich habe das *Licht von Nedarra* an meiner Seite.«

31

Angst, dein treuer Freund

Wir stiegen wieder hinunter zur Armee, und der General wies seine Soldaten an, im Schutz einer fast senkrecht abfallenden Felswand ein Lager zu errichten. Khara, Tobble und ich begannen sofort mit Vorbereitungen für unseren Ritt. Meine Hände zitterten leicht beim Packen, und das lag nicht nur an der Kälte. Es war auch freudige Erwartung. Khara brauchte meine Hilfe. Und was wir vorhatten, konnte das Schicksal von Völkern ändern.

Das Schlimmste war, dass ich Angst hatte. Solche Angst. Ich versuchte, mich an meinen klugen Rat an Maxyn zu erinnern, den Rat, sich nicht von der Angst überwältigen zu lassen. Aber das waren nur Worte. Leere Worte.

Das hier war etwas anderes. Das war nicht nur ein Ausflug zu den Natintjes. Oder eine Rede vor den Wobbyks.

Diesmal war die Wahrscheinlichkeit groß, dass wir nie mehr zu unseren Freunden zurückkehren würden.

Khara ihrerseits schien völlig gelassen. Ich hatte das früher schon bei ihr erlebt. War sie erst einmal zu einer Entscheidung gelangt, und war sie noch so schwer, fand sie auch schnell ihr inneres Gleichgewicht wieder.

Wie machte sie das? Hatte sie keine Angst zu sterben? Angst wenigstens vor den Schmerzen, die mit dem Tod einhergingen?

Warum konnte ich nicht diese innere Ruhe finden? Diese Gewissheit, dass mein Tod irgendwie von Bedeutung sein würde?

General Varis, wenn auch nicht glücklich über Kharas Entscheidung, schien sich mit dem Unvermeidlichen abgefunden zu haben. Ganz anders Renzo. Mit finsterem Blick rannte er davon und tauchte erst wieder auf, als es für uns fast Zeit zum Aufbruch war.

Tobble und ich waren bei Khara im Zelt, studierten eine Karte und besprachen letzte Details, als Renzo hereingestürmt kam, atemlos und rot im Gesicht.

»Bitte«, sagte Khara. »Komm ruhig rein.«

»Khara«, sagte Renzo mit fester Stimme, »das kannst du nicht machen!«

Ich warf Tobble einen Blick zu. »Wir sollten vielleicht, äh … besser gehen?«

»Bleibt«, befahl Renzo wie mit der ganzen Autorität von General Varis, wenn der besonders mieser Stimmung war. »Bleibt und hört zu.«

»Na gut«, murmelte Tobble und verzog sich in einen Winkel.

»Hör zu, Khara.« Renzo schien aufzufallen, dass er ständig hin und her lief, und blieb stehen. »Das ist eine Selbstmordmission.« Er sprach langsam und besonnen. »Du wirst sterben. Und auch Byx und Tobble werden sterben. Verstehst du, was ich dir sagen will?«

»Ich finde, das ist recht deutlich, ja.« Es war nicht gerade so, dass Khara lächelte. Aber es war auch nicht so, dass sie nicht lächelte.

»Ich habe nichts gegen verrückte Schlägereien oder aussichtslose Sachen.« Er zuckte mit den Schultern. »Eigentlich sind mir die sogar am liebsten. Aber, Khara, das hier ist was anderes.«

Sie verschränkte die Arme, sagte aber nichts.

»Und du weißt, ich liebe die idiotischen Risiken, die du so bereitwillig auf dich nimmst für eine Sache, an die du glaubst. Ich liebe deine aberwitzige Sturheit. Ich liebe …« Seine Stimme verlor sich.

»Ich *muss* das tun, Renzo.«

Er trat auf Khara zu, umfasste ihre beiden Schultern. »Dann lass mich mit dir gehen. Lass mich wenigstens an deiner Seite sterben.«

»Renzo.« Kharas Stimme war so sanft und leise, dass ich sie kaum hören konnte. »Nein. Es ist schwer genug für mich zu wissen, dass ich das Leben von Byx und Tobble aufs Spiel setze. Glaub mir, wenn ich Byx nicht dringend bräuchte, hätte ich sie nie gebeten mitzukommen. Aber ein Dalkin kann entscheidend sein, und wo Byx hingeht, da geht eben auch Tobble hin.«

»Und wo du hingehst, da gehe ich hin.«

»Nein«, sagte Khara nur. »Ich will nicht dein Leben riskieren, weil du … mich gern hast.«

»Also gut.« Reglos stand Renzo vor Khara und blickte ihr fest in die Augen. »Gut. Wie Ihr wünscht, Mylady«, sagte er plötzlich förmlich.

Und dann – zu meiner Verblüffung und vermutlich auch zu Kharas – küsste er sie. Ehe sie etwas sagen konnte, war er gegangen.

Mit einem verwirrten Lächeln sah Khara zu uns her. »Hört nicht auf Renzo«, sagte sie und räusperte sich. »Es besteht immerhin eine winzige Chance, dass wir nicht umkommen werden.«

Wir warteten nicht die Morgendämmerung ab, sondern ritten los, während der Mond noch hoch stand. General Varis gab Khara einen Fuchshengst, da ihr eigenes Pferd offenbar Probleme mit dem rechten Vorderbein hatte. Ich folgte auf Achoo mit Tobble hinter mir im Sattel. Als Packpferd für Proviant, Wasser und Hafer führten wir ein Ersatztier mit.

»Euer Pferd heißt Victory, also Sieg«, sagte General Varis zu Khara.

»Guter Name«, sagte sie, während sie den Sattelgurt festzurrte. »Hoffen wir, dass er sich nicht als Ironie erweist.«

Ich hatte meinen Schild an den Sattel geschnallt. Mein Schwert hing an meiner Seite. Ich war bereit.

Wir ritten, um einen Krieg aufzuhalten, und würden diesen Ritt mit großer Wahrscheinlichkeit nicht überleben. Das war die Wahrheit, der ich nicht entfliehen konnte: Wir ritten in den Tod.

Tod für eine gute Sache, aber dennoch Tod.

Es war schwer, nicht ständig über diesen naheliegenden Gedanken zu grübeln. Alles, was wir bisher durchgemacht hatten, die Gefahren, die wilden Abenteuer, alles würde letzten Endes sinnlos gewesen sein. Die Armee des Murdano rückte ins Flachland von Zebara vor. Und die Terra-Olme würden jeden Moment ihren Tunnelbau unter den Bergen abschließen und ins ungeschützte Nedarra durchbrechen. Die Friedensarmee würde erst nach uns eintreffen – zu spät, um zu helfen.

Es war ein Szenario für die Katastrophe.

Renzo hatte recht, und wir wussten es.

Bevor wir losritten, sprach General Varis ein letztes Mal mit Khara. Ich versuchte zuzuhören, konnte mich aber nicht konzentrieren, umso weniger, als ich spürte, wie Tobble hinter mir zitterte.

»Hast du Angst, mein Freund?«, fragte ich.

»Überhaupt nicht«, sagte er gepresst. »Und du?«

»Nicht im Geringsten«, sagte ich. Ich drehte mich nach ihm um, und da lachten wir beide los. Sicher, es war ein nervöses Lachen. Ein sehr nervöses Lachen. Aber trotzdem ein Lachen.

Als wir aufbrachen, standen General Varis, die blaue Bodick und Renzo nebeneinander, die Gesichter ernst und besorgt, und beobachteten unseren Abstieg. Alle drei salutierten.

Je weiter wir kamen, desto mehr ließ die brutale Kälte nach. Der Wind war nicht mehr so stark, und der Dampf, der von den Pferden ausströmte, bildete feine Nebelwolken. Wir ritten durch sie hindurch, wie wir mit Rorid durch die Wolken geflogen waren.

»Ha!«, rief ich. Es war seit ungefähr zwei Stunden der erste Laut, den einer von uns von sich gab.

»Ha? Was ›Ha‹?«, fragte Tobble ungnädig. Er war grantig, weil ich ihn geweckt hatte.

»Es gibt vier Elemente, und die bilden die Grundlage für alles uns Bekannte, stimmt's?«

»Und dafür weckst du mich? Ich habe gerade so köstlich von Blaukäfersuppe geträumt.«

Ich ignorierte Tobble. »Ich meine natürlich Feuer, Erde, Wasser und Luft. Hört zu, was ich denke: Wir haben gegen den Feuerritter gekämpft. Wir sind in den Tunnel der Terra-Olme unter der Erde gefallen. Die Reise zu Königin Pavionne war unsere Begegnung mit der Wasserwelt. Und auf dem Flug mit Rorid haben wir etwas über die Luft erfahren.«

»Hoffentlich reiten wir jetzt nicht noch mehr Feuer entgegen«, murmelte Tobble.

Khara drehte sich im Sattel um. »Ich habe gehört, dass es ein fünftes Element gibt.«

»Ein fünftes?« Ich runzelte die Stirn.

»Geist. Wärme und Licht bekommen wir vom Feuer. Korn und Früchte erhalten wir von der Erde. Aus dem Wasser kommt alles Leben, denn was könnte gedeihen ohne Wasser? Die Luft erlaubt uns das Atmen und macht die Welt für uns sichtbar. Aber es ist der Geist, der alle vereint. Feuer, Erde, Wasser und Luft haben keine Bedeutung, wenn wir sie nicht verstehen. Es ist der Geist, der uns Erkenntnis und Neugier und Mut verleiht.«

»Wir unternehmen diese todbringende Reise also, um etwas über den Geist zu erfahren?«, fragte ich.

Khara lachte. »Vielleicht, Byx. Mut werden wir jedenfalls brauchen.«

»Den Mut überlasse ich dir, Mylady«, sagte Tobble immer noch griesgrämig. Er hatte seit Stunden nichts zu essen bekommen, und Wobbyks hängen nun mal an ihren regelmäßigen Mahlzeiten. »Ich will lieber der Geist der Feigheit und der Furcht sein.«

»Hast du Angst, Tobble?« Kharas Stimme klang behutsam, nicht vorwurfsvoll.

»Wäre Byx nicht dabei, würde ich dir erzählen, dass ich keine Angst habe«, sagte Tobble. »Aber Byx ist eben da, und deshalb, Mylady, ja, ich habe große Angst.«

»Ich auch«, sagte Khara. »Und es ist gut, Angst zu haben, wenn man der Gefahr entgegenreitet. Angst hält wachsam. Sie hilft zum Überleben.«

»Aber du ignorierst doch deine Angst«, widersprach ich.

»Nie. Angst ist die kleine Fee auf deiner Schulter, die dir ins Ohr flüstert ›Sei vorsichtig‹. Mut ist nicht Furchtlosigkeit. Angst ist immer dein treuer Freund, Byx, solange du keinen großen Fehler machst.«

»Fehler?«

Khara zügelte Victory ein wenig. Der Weg war breiter geworden, und wir konnten nebeneinanderreiten. »Man soll nie Angst haben davor, dass man Angst hat.«

Tobble und ich dachten über Kharas Worte nach, während wir zwischen vereinzelt stehenden Bäumen dahinritten.

»Ich erinnere mich nicht«, sagte Tobble schließlich, »dass unsere Freundin Khara schon so klug war, bevor sie zur großen Lady geworden ist.«

Khara lachte wehmütig. »Ich bin nicht klüger geworden, Tobble«, gestand sie. »Aber wenn dich alle ›Lady‹ nennen, vergessen sie das gern.«

»Die Wobbyks haben ein Sprichwort«, sagte Tobble. »›Wachse wie ein Bäumchen, nicht wie ein Unkraut. Das eine wird gegossen, das andere gemäht.‹ Das bedeutet …«

»Es bedeutet«, unterbrach Khara, »dass du dich größer machen kannst als andere, aber nur, wenn du ein Baum bist, der Schatten wirft. Nicht, wenn du eine nutzlose Pflanze bist, die niedergemäht werden muss.«

»Ja, genau«, sagte Tobble.

»Siehst du?«, sagte ich. »Sie ist eben doch klüger geworden.«

Ja, klug ist sie, dachte ich. Und mutig für uns alle zusammen.

Doch bei aller Klugheit besaß Khara nicht die Nase eines Dalkins. Sie hatte noch nicht erkannt, was ich bereits wusste.

Wir wurden von einem Menschen auf einem Pferderücken verfolgt.

32

Der Hinterhalt

Als die Sonne aufging, hatten wir die Gebirgsausläufer erreicht und konnten endlich ungehindert galoppieren. Östlich und westlich von uns waren Wälder, doch wir folgten einem Weg, der durch bewirtschaftetes Land führte, vorbei an bereits abgeernteten Weizen- und Roggenfeldern.

Wir machten kurz halt, um die Pferde zu tränken und selbst einen Bissen zu essen. Es war selbst für Bauern zu früh zum Aufstehen, dachten wir, aber dann hörten wir das Brüllen von Kühen, die ungeduldig aufs Melken warteten.

»Reiten wir weiter«, riet Khara. »Hoffentlich kommen wir hier unbemerkt vorbei, wir können nicht stehen bleiben und mit jedem Dorfbewohner plaudern.« Aber als wir die Straße verließen, um ein kleines Dorf zu umgehen, sah Tobble Rauch von einem steinernen Turm aufsteigen. Es war ein recht beachtliches Feuer, ein ganzer Ballen Heu stand in Flammen.

»Sie warnen andere Dörfer«, sagte Khara.

»Warnen? Wovor?«, fragte ich.

»Vor uns. Das sind Leute, die wenig von der Welt jenseits ihres Dorfes wissen. Sie haben keinen Grund, Fremden zu trauen und ganz bestimmt nicht Fremden mit Schwertern.«

Ich dachte nicht mehr darüber nach, bis wir an dem Ort vorbei waren und in der Nähe des nächsten Dorfes wieder ein Warnfeuer sahen. Beim Näherkommen erkannten wir etwa ein Dutzend Männer und Frauen, die in einer Reihe quer über dem Weg standen. Die meisten hatten Stöcke und Heugabeln, ein alter Mann war mit einem Schwert bewaffnet, und eine Frau mittleren Alters hielt einen langen Spieß in der Hand.

Khara zügelte ihr Pferd. »Guten Morgen.«

Der Mann mit dem Schwert trat vor. »Wer bist du, dass du uns einen guten Morgen wünschst?«

Ich ergriff das Wort. »Das ist die Lady von Nedarra. Sie führt die Friedensarmee an.«

»Nie davon gehört«, sagte er. »Aber eine Armee, die nicht unsere Ernte stiehlt und unsere Dörfer niederbrennt, müssen wir erst noch sehen!«

»Es ist klug, vorsichtig zu sein«, sagte Khara. »Es droht tatsächlich Gefahr, wenn auch nicht von uns. Die Armee des Murdano ist bis ins Flachland von Zebara vorgedrungen. Und eine Armee aus Terra-Olmen und Soldaten, die dem Kazar von Dreyland dienen, wird wohl noch kommen. Der Krieg ist beinahe da. Wenn du schlau bist, versteckst du deine Ernte tief im Wald. Und deine Leute auch.«

Am späten Vormittag hatten wir das Flachland endlich erreicht, Hügelvorland und Berge lagen hinter uns. Wir waren erschöpft, aber da wir einem Fluss folgten, fühlten wir uns vom Plätschern des Wassers angespornt und waren erleichtert, dass wir hier unsere Wasserschläuche immer wieder auffüllen konnten.

Wir machten halt, ließen die Pferde am Fluss trinken und an dem spärlichen Grün nibbeln, das noch aus dem matschigen Boden spitzte.

Trotz der Spannung, die in der Luft lag, schien Khara guter Stimmung zu sein. »Schön, dass wir so schnell so weit gekommen sind«, sagte sie und streichelte Victorys Mähne, »aber …«

Ein seltsames Sirren schnitt durch die Luft. Tobble und ich hatten gerade Achoos Hufeisen auf Steinchen untersucht, deshalb brauchte ich einen Moment, um nachzusehen, warum Khara mitten im Satz abbrach.

Ihre Augen waren weit aufgerissen vor Schreck.

Ein Pfeil hatte sich in ihre Brust gebohrt.

Sie tastete mit einer Hand nach dem Pfeilschaft, wie um sich zu versichern, dass er echt sei, dann rief sie: »Übernehmt ihr!«

Kaum waren die Worte aus ihrem Mund, kamen noch mehr Pfeile geflogen. Einer traf Achoo in die Seite. Ein anderer blieb in Tobbles Wasserschlauch stecken.

Khara sank auf die Knie. Mit einem Sprung war ich bei ihr, packte sie am Gürtel und zog sie mit mir, obwohl es nichts gab, wo wir uns hätten verstecken können.

Mein Schild, der noch an Achoo festgeschnallt war, fing einen weiteren Pfeil ab. Der Schaft bebte, aber der Pfeil schien nicht in Achoos Körper gedrungen zu sein.

Alles passierte so schnell. Ich versuchte, die Quelle des Angriffs auszumachen, konnte sie aber nicht orten. Ich vermutete den Feind zwischen ein paar Bäumen in der Nähe. Doch als ein neuer Pfeilhagel heranschwirrte, wurde mir klar, dass wir vom Fluss her angegriffen wurden.

In der Mitte des Stroms kam, flussabwärts, ein Boot mit zwei Ruderern heran. Ein Mann und eine Frau waren mit dabei. Keine Soldaten, dachte ich. Räuber.

Mein Instinkt sagte mir, dass sie nicht nur morden und unsere

Pferde stehlen wollten, sondern dass sie etwas für sie viel Wertvolleres erspäht hatten: einen Dalkin.

Wenn das stimmte, würden sie versuchen, mein Fell nicht durch ein großes blutiges Loch zu verderben.

Ich ließ mich zu Boden fallen und schirmte Khara so gut wie möglich ab. Das Boot stieß ans Ufer, der Mann sprang als Erster heraus und zog ein Schwert. Die Frau folgte mit einem großen Bogen und einem Köcher voller Pfeile.

»Vorsicht mit dem Fell!«, warnte der Mann und bestätigte meine Ahnung.

Sie würden in wenigen Sekunden bei uns sein. Ich schwang mein kleines Schwert, und dass Tobble eine wütende Attacke starten würde, sobald sie nah genug heran wären, wusste ich. Aber die Leute waren keine Dummköpfe. Sie sahen Tobble, und die Gefahr, die ein Wobbyk in Rage darstellen konnte, muss ihnen bekannt gewesen sein.

»Töte den Wobbyk«, befahl der Mann mit dem Schwert. Die Frau legte einen Pfeil an.

Hinter mir hörte ich Hufe donnern. Noch mehr Räuber, dachte ich verzweifelt.

Aber das schien nicht die Vermutung unserer Angreifer zu sein, denn sie wandten sich überrascht um und sahen sich einer neuen Bedrohung gegenüber.

In vollem Galopp jagte ein großer Brauner heran. »Khara!«, schrie Renzo.

Direkt vor dem Schwertkämpfer gab er seinem Pferd die Sporen und ritt den Mann nieder, dass er in den Dreck fiel. Er rappelte sich auf, fand festen Halt und stellte sich mit gezückter Waffe dem Angreifer. Da Renzo die rechte Hand bevorzugte, konzentrierte sich der Bandit auf Renzos linke Seite, wohl in der Hoffnung, einen Schnitt in seinen Oberschenkel oder einen Stich aufwärts in sein Herz platzieren zu können.

Aber auch Renzo war schlau. Er drehte sein Schwert so, dass er es mit der anderen Hand zu fassen bekam, und stieß dem Mann die Klinge in die Brust.

Renzo zügelte sein Pferd und drohte der Frau und ihren zwei Ruderern mit seinem blutigen Schwert. »Kommt her, ihr Feiglinge! Kommt und stellt euch!«

Sie entschieden sich dagegen.

Die Frau rannte Hals über Kopf zurück zum Boot, und unter fieberhaften Ruderschlägen versuchten die Räuber, mit der Strömung zu entkommen.

Ohne weitere Verzögerungen sprang Renzo von seinem Pferd und fiel neben Khara auf die Knie.

33

Alles, was wir tun konnten

Tobble und ich konnten nur zusehen, wie Renzo nun schnell und geschickt zu Werke ging. Er zog sein Messer und schnitt rings um den Pfeilschaft Kharas Lederwams auf.

»Bringt Wasser. Saubere Tücher. Dann macht Feuer. Tobble, kennst du Hexenkorn?«

»Ja!«, rief Tobble und rannte zum Flussufer.

Mit zittrigen Fingern reichte ich Renzo einen Wasserschlauch, dann zerrte ich meine Decke aus der Satteltasche und riss mit den Zähnen ein Stück davon ab. Ich musste mich bemühen, die Tränen zurückzuhalten und gegen die Verzweiflung anzukämpfen, die mich zu überwältigen drohte.

Meine Freundin Khara!

Unsere einzige Hoffnung für Frieden in dieser traurigen Welt.

Das Blut schoss aus dem Loch in Kharas Brust. Ihre Zähne klapperten, als Renzo den Streifen Decke um die Wunde drückte.

»Hab doch … gesagt … du sollst im Lager bleiben«, murmelte Khara.

Renzo zwang sich zu einem Lächeln. »Ach ja?«

Er spülte Wasser rings um die Wunde, um sie besser sehen zu können, aber das Blut kam sofort wieder. »Bringt einen Pfeil her!«, sagte er schroff.

Ich rannte los und zog einen Pfeil aus dem Köcher, der neben dem Toten lag. »Da!«

Renzo maß mit gestreckten Fingern die Länge des Pfeilschaftes. Dann untersuchte er die Pfeilspitze.

»Hat Widerhaken«, sagte er. »Und ist mindestens sieben Zentimeter tief eingedrungen.«

Kharas Lider flatterten, und einen Moment dachte ich, sie würde die Besinnung verlieren.

»Hey!«, schrie Renzo. »Bleib wach!«

»Ich ... versuche ...«, flüsterte Khara mit undeutlich werdender Stimme.

Da kam mit pfeifendem Atem Tobble angerannt. Er schleppte eine grüne Schlingpflanze. »Hier, Renzo!«

Renzo streifte ein halbes Dutzend Blätter ab und zerrieb sie zwischen den Handflächen, bis sie zu einer faserigen Masse geworden waren.

»Gut«, sagte Renzo. »Still jetzt. Ich muss Magie einsetzen.«

Er schloss die Hände um die Wunde, machte die Augen zu und begann, langsam vor- und zurückzuschaukeln. Dabei sprach er Worte in einer Sprache, die ich nicht kannte und auch nie gehört hatte.

»Eskimin raz dur
Eskamin fell yar
Durin elias
Elias lofel.«

Nachdem er diesen Spruch dreimal wiederholt hatte, glitt ein friedlicher Ausdruck über Kharas Gesicht.

Renzo öffnete die Augen und sah zu uns herüber. »Sie wird jetzt eine Weile nicht ganz da sein. So wird sie nicht spüren, was jetzt kommt.«

Tobble schluckte. »Was kommt jetzt?«

»Bringt mir einen flachen Stein, der gut in der Hand liegt«, sagte Renzo statt einer Antwort.

Ich wusste, was kommen würde. Als mich damals der Pfeil eines Wilderers getroffen hatte, hatte Khara mir das Leben gerettet.

Ich fand einen flachen Stein und hastete damit zurück.

»Jetzt helft mir, sie aufzurichten«, sagte Renzo. Tobble und ich stemmten Khara in eine sitzende Stellung, und Renzo schnitt mit ihrem Messer so viel vom Pfeilschaft ab, dass er etwa noch fünfzehn Zentimeter aus ihrer Brust ragte.

»Hört zu, ihr zwei.« Wir hörten zu. »Tobble, du hältst das Hexenkorn bereit. Byx, sobald die Pfeilspitze durchkommt, fasst du sie und ziehst vorsichtig.«

Damit nahm Renzo den flachen Stein und hämmerte damit auf das gekürzte Schaftende. Es brauchte einen zweiten Hieb, ehe die Pfeilspitze vollends durch Kharas Rücken drang und unter ihrem Schulterblatt austrat. Blut floss über meine Hand und machte sie glitschig, aber ich fasste die Spitze fest mit den Fingern und zog, bis ich auch den Schaft fassen konnte.

Ich musste fest ziehen. Als der Pfeilrest freikam, taumelte ich zurück, und Tobble polsterte die blutende Öffnung rasch mit Heilkräutern ab.

»Legt ihr die Decke unter«, sagte Renzo knapp. »Und macht Feuer. Schnell!«

Nie hatte ich so konzentriert Funken geschlagen. Zum Glück war es nicht windig, sodass mein kleiner Vorrat an Anmachholz schnell Feuer fing. Tobble schleppte bereits heruntergefallene Äste heran. Es dauerte nicht lange, da hatten wir ein ordentliches Feuer in Gang gebracht.

Renzo hielt Kharas Messer in die Flammen. Mich schauderte. Ich wusste, was er vorhatte.

»Die Magie des Spruchs lässt bald nach, und sie wird aufwachen«, sagte er. »Aber vorher muss ich das erledigt haben. Es wird schmerzhaft sein.«

Khara bewegte sich. Schon war sie dabei, die abstumpfende Wirkung des Spruchs abzuschütteln. Mehrere Minuten vergingen, bevor die Messerklinge heiß genug für Renzos Zwecke war.

»Haltet sie nieder, ihr zwei«, ordnete er an. »Und wenn ich es sage, richtet ihr sie wieder auf.«

Tobble und ich nickten.

»Fast geschafft«, sagte Renzo zu Khara. Er presste die rot glühende Klinge gegen den Wundeingang. Das Geräusch verbrennender Haut hörte sich an wie brutzelnder Speck in einer Pfanne.

Khara versteifte sich, zuckte zusammen und schrie durch zusammengebissene Zähne.

»Aufrichten!«

Wir stemmten sie hoch, und er drückte die andere Seite der Messerklinge gegen die Wunde auf ihrem Rücken. Diesmal war Kharas Schrei gedämpft, weil sie ihr Gesicht in Renzos Schulter vergraben hatte.

Als er sich von ihr frei machte, verlor sie das Bewusstsein.

Renzo sah ausgelaugt und erschöpft aus. Wir waren alle drei voll von Kharas Blut.

»Hört zu, Byx und Tobble«, sagte Renzo. »Ihr habt eure Sache gut gemacht. Aber jetzt müsst ihr Wache halten, damit wir nicht überrascht werden. Kümmert euch um das Feuer. Und bindet die Pferde an, wir werden sie brauchen. Ich weiß, ich verlange viel von euch, aber ich kann euch jetzt nicht helfen.«

Ich wollte fragen, warum, aber er hatte schon wieder begonnen, sich vor- und zurückzuwiegen und in seltsamem Singsang seine Beschwörungsformeln zu flüstern.

Sechs Stunden lang strengten Tobble und ich alle unsere Sinne an. Wir schafften Holz heran, fütterten die müden Pferde und warteten stumm und ängstlich, während Renzo ununterbrochen murmelte.

Die Sonne neigte sich, da brach Renzo schließlich zusammen und blieb auf dem Rücken liegen. Ich rannte zu ihm. »Ist alles in Ordnung?«

»Einfach nur matt und müde. Ich hab getan, was ich konnte. Weiß nur nicht, ob es genug war, Byx.«

Die Lider fielen ihm zu, und er sank neben Khara in tiefen Schlaf. Wir breiteten alle Decken, die wir noch hatten, über die beiden.

Das war alles, was wir tun konnten.

34

Der Krieg rückt näher

Tobble und ich hielten die ganze Nacht abwechselnd Wache. Wir hatten nichts Besorgniserregendes gesehen, keine Dorfbewohner, keine Räuber, keine Kundschafter, trotzdem ließ uns jedes Geräusch zusammenzucken.

Renzo wachte auf, als der Morgen dämmerte. Khara hatte sich kaum bewegt. »Was meinst du, wie es ihr geht?«, fragte ich, als er ihr die Stirn fühlte.

Er fuhr sich übers Kinn, nahm sich Zeit für eine Antwort. Als er schließlich sprach, redete er leise, damit nur Tobble und ich ihn hören konnten. »Als Dieb habe ich ein paar magische Sprüche aufgeschnappt, aber mein Spezialgebiet ist Heilen nicht. Wenn die Wunde nicht eitert, kann Khara vielleicht überleben. Aber bis sie dann ihren Schwertarm wieder gebrauchen kann, wird eine ganze Weile vergehen. Möglich, dass er nie wieder so kräftig wird wie früher.«

Tobble reichte Renzo einen Becher Tee. »Gibt es eine Chance«, fing er an, »ich meine … nur wir vier und Khara verwundet … gibt es eine Chance, dass wir, äh … trotzdem unser Ziel erreichen?«

Renzo lachte unfroh. »Es hat nie mehr als die winzigste Chance gegeben. Und jetzt noch weniger.« Er sah zu mir her. »Ich kann einem Dalkin nichts vormachen.«

Wenige Minuten später wachte Khara auf, stöhnend vor Schmerzen. Sie trank ein wenig Wasser, dann sagte sie mit einer Stimme, die nur ein Flüstern war: »Wir müssen … reiten.«

»Du gibst schon wieder Befehle?«, sagte Renzo, aber er war überglücklich, ihre Stimme zu hören.

»Wir haben … keine Zeit zu verlieren«, sagte Khara. Ihr Gesicht war schmerzverzerrt, ihre Kleidung blutbefleckt, aber ihr entschlossener Blick sagte uns, dass wir besser nicht widersprechen sollten. Außerdem wussten wir ja, dass sie recht hatte.

Schweigend packten wir. Am vergangenen Abend war es Tobble und mir gelungen, den Pfeil aus Achoos Seite zu entfernen und die Wunde zu vernähen. Aber da mein armes Pony ein wenig lahmte, bestieg ich das Packpferd, um Achoo keine Last aufzubürden.

Khara ihrerseits bestand darauf, allein zu reiten. Nach einigem Hin und Her gab Renzo nach und hob Khara auf Victory. Zu unserer Überraschung konnte sie sich aufrecht halten, wenn auch nur mühsam. Renzo ritt voran, Khara hinter ihm. Ab und zu fiel sie in leichten Schlaf, deshalb hielt ich mich mit Tobble dicht neben Victory, um ein Auge auf sie zu haben. Wir ritten flott, auch wenn Khara manchmal vor Schmerzen aufschrie. Wie es schien, hatte sie unser Ziel noch nicht aufgegeben, aber Renzos Miene war grimmig.

Die Landschaft war auf unheimliche Weise ruhig. Schon lange lebten Menschen in diesem Winkel der Welt, und sie kümmerten sich gut um ihr Land. Die Felder waren in ordentlichen geraden Reihen gepflügt und von Gräben gesäumt, die schwere Regenfälle ableiten würden. Ich sah gut erhaltene Holzzäune, Weideflächen und niedrige Scheunen. Die Dörfer hatten keine Schutzmauern.

Keine Bewaffneten. Es war ein Landstrich, in dem schon viele Jahre Frieden herrschte.

Jetzt kam Krieg, und wir waren seine Vorboten. Irgendwie fühlte ich mich gemein, dass ich mein Schwert und meinen Schild in diese friedliche Gegend brachte.

Wir ritten nordwärts auf das Gebiet zu, in dem wir den Angriff der Terra-Olme erwarteten. Vom Kamm eines der wenigen Hügel aus bemerkten wir hinter uns am Horizont einen dunklen Fleck. Renzo, der in solchen Dingen mehr Erfahrung hatte, runzelte die Stirn.

»Das wird die Armee des Murdano sein.«

Khara nickte nur zustimmend.

Um unser Ziel zu erreichen, brauchten wir den ganzen Tag. »Am Morgen wird uns die Armee einholen, wenn nicht früher«, sagte Renzo. »Wir müssen an einer tief gelegenen Stelle rasten, und Feuer können wir heute auch nicht machen.«

Wir fanden ein knorriges Dornengebüsch am Fluss und beschlossen, hier unser Lager aufzuschlagen. Als die Dunkelheit hereingebrochen war, sahen wir in der Armee des Murdano die Lagerfeuer flackern wie Leuchtkäfer, Hunderte davon, vielleicht mehr – keine halbe Meile weit weg. Die Soldaten würden Eintopf kochen und Tee aufbrühen, sich an ihren Feuern wärmen und in Zelten schlafen.

Wir hatten noch genug Proviant und konnten ausreichend essen, die Nacht aber wurde feucht und kalt. Zu dritt drängten wir uns eng um Khara, damit wir ihr möglichst viel Wärme geben konnten.

Am Morgen erwachte ich, weil mich ein Zeh in den Rücken stupste.

»Hm?«, sagte ich. »Was ist?«

Mein Blick fiel auf Khara. Sie sah schrecklich aus. Alle Farbe war aus ihrem Gesicht gewichen. Ihre Wangen waren eingefallen. Aber sie stand auf eigenen Beinen, die Hände in den Hüften.

Wir tranken Wasser aus dem Fluss und aßen ein schnelles kaltes Frühstück aus getrocknetem Hafer. Als wir zum Aufbruch bereit waren, sahen wir hoch über uns einen Raptidon fliegen. Ich stieß Renzo an, wir beobachteten den Vogel eine Weile und machten uns Sorgen, er könnte ein Spion des Murdano sein. Doch als er seine Kreise tiefer zog, rief Tobble: »Es ist Sabito!«

Sabito landete auf einem Busch. »Was ist passiert?«, fragte er nach einem einzigen Blick auf uns.

»Die Lady ist von Räubern angegriffen worden«, erklärte ich. »Sie haben sie verwundet.«

Wir gaben ihm eine kurze Zusammenfassung. Aber wir waren in Eile, und Sabito war es auch. »Ihr habt ja wohl trotz eurer unzulänglichen Augen die Armee des Murdano gesehen, oder?«

»Ja«, sagte Renzo und nickte. »Wir wissen Bescheid.«

Sabito legte den Kopf schräg. »Aber ihr reitet weiter?«

»Wir folgen den Befehlen der Lady«, erwiderte Renzo.

»Aber ... nur, wenn es ... euch passt«, sagte Khara und brachte ein gespenstisches Lächeln zustande.

»Verzeiht, Mylady, aber das ist Wahnsinn«, rief Sabito aus. »Wir müssen Euch in ein sicheres Dorf bringen, wo Eure Wunde heilen kann.«

»In diesen Zeiten ist kein Dorf sicher«, sagte Khara. »Wenn der Murdano nicht in die Schlacht ziehen kann, wird er seinen Männern die Gegend zum Plündern überlassen. Jawohl, auch sein eigenes Volk wird er ausrauben.«

Sabito widersprach nicht. »General Varis hat die Friedensarmee mächtig angetrieben, ohne Pausen, aber sie sind immer noch einen Tagesmarsch entfernt.«

»Der Murdano hat sie noch nicht entdeckt?«, fragte Khara.

»Nein, Mylady. Der Murdano hat einen Schwarm Messermöwen geschickt, damit sie die Landschaft auskundschaften, aber ... nun, meine Freunde und ich kümmern uns um diese fliegenden Ratten.«

»Gut«, sagte Khara. Ihre Stimme war heiser und undeutlich. »Gut gemacht, Sabito. Und doch muss ich noch mehr von dir verlangen.«

»Wie kann ich Euch dienen, Mylady?«

»Kannst du vorausfliegen und bei den ersten Anzeichen eines Terra-Olm-Durchbruchs zurückkommen?«

»Aber selbstverständlich«, erwiderte Sabito. »Mit Vergnügen.«

»Dann flieg, mein Freund. Die Zeit ist knapp, und die Hoffnung schwindet.«

Sabito flog sofort los. »Sattelt die Pferde«, befahl Khara.

»Khara ...«, fing Renzo an.

Khara hob die Hand. »Zwing mich nicht, mein bisschen Kraft für Diskussionen aufzubrauchen, Renzo.«

Wir bestiegen unsere Pferde und ritten los. Gegen Mittag tauchte ein Fleck am Himmel auf: Sabito in höchster Geschwindigkeit. Er machte sich nicht die Mühe zu landen, sondern kreischte über unseren Köpfen: »Die Terra-Olme! Sie sind durch! Die Armee des Kazar direkt dahinter, Reiterei und Fußtruppe! Sie marschieren schnell.«

Wir ritten jetzt in vollem Tempo. Hinter uns konnten wir

deutlich die Armee des Murdano sehen. Auch der Durchbruch der Terra-Olme war schon zu erkennen, eine breite Öffnung am Fuß eines Berghangs. Dunkle Schatten, die aus dieser Entfernung wie Ameisen wirkten, wimmelten hinaus ins flache Land.

Rasend schnell überwanden die Streitkräfte des Kazar und die des Murdano die wenigen Meilen, die sie noch voneinander trennten, zwei gewaltige Armeen in der Absicht, ein Gemetzel anzurichten. Der Krieg zwischen Dreyland und Nedarra stand unmittelbar bevor.

35

Am Rand des Abgrunds

Sabito flog in geringer Höhe über Khara, berichtete weiter über alles, was er gesehen hatte, und fasste die düstere Lage zusammen. Hinter uns marschierten zwanzigtausend Fußsoldaten des Murdano, sagte er, dazu kämen dreitausend Berittene, Kolonnen von Bogenschützen, außerdem mächtige Zugtiere, die vor Belagerungstürme, Katapulte und Kriegswagen gespannt waren.

Von Norden her stürmten Tausende Terra-Olme auf uns zu – ein ganzer Schwarm von Rieseninsekten, die Ernten und Bauern gleichermaßen verschlangen und alles auf ihrem Weg vernichteten. Und hinter ihnen, viel näher, als wir erwartet hatten, marschierte die Masse der Dreyland-Streitkräfte.

Flüchtende kamen uns entgegen, viele mit Verletzungen, alle voller Entsetzen. Sie schleppten die wenigen Habseligkeiten, die sie hatten retten können, trieben ihre Tiere an, packten ihre Kinder auf Karren und liefen, so schnell sie nur konnten. Sie ahnten nicht, dass sie den Soldaten von Nedarra in die Arme liefen, die wahrscheinlich nicht sanfter mit ihnen umgehen würden als die Dreyländer.

Dieser friedliche idyllische Ort würde ein Land des Schreckens werden.

»Sabito!«, rief Khara, und als er tiefer flog, fragte sie: »Siehst du den Murdano bei seiner Armee?«

»Nach der großen Tribüne zu urteilen, die von Hunderten Leibeigenen getragen wird, würde ich sagen, ja.«

»Dann, Sabito«, sagte Khara und zuckte zusammen, als sie ihre Sitzhaltung auf Victory änderte, »sieh nach, ob auch der Kazar bei seinen Truppen ist.«

Sabito flog davon, und Renzo fragte: »Was hast du vor?«

Khara schüttelte den Kopf. »Bin nur neugierig.«

Ich hörte die Lüge heraus. Aber ich sagte nichts.

Sabito war schnell zurück und meldete, dass der Kazar bei seiner Armee war. »Es sei denn«, fügte er hinzu, »es gibt noch einen anderen riesigen grauen Felijaga, der von verängstigten Sklaven umgeben ist.«

»Kannst du einschätzen, wo die Armeen aufeinandertreffen werden?«, fragte Renzo.

»Ungefähr eine Viertelmeile entfernt ist ein kleines Dorf. Ich weiß nicht, wie es heißt, aber ein Blauhäher, den ich getroffen habe, sagt, die Gegend hier wird Soraskivelt genannt. Das kommt aus einer alten Sprache. Der Name bedeutet Schlachtfeld.«

»Nur gut, dass ich gefragt habe«, murmelte Renzo.

»Vor Jahrhunderten hat hier eine große Schlacht stattgefunden«, erklärte Sabito, wobei er sich gekonnt auf unserer Höhe hielt, während wir galoppierten. »Westlich von hier sind Hügelgräber und näher am Dorf Steinaltäre.«

»Dann weiß ich, was ich tun muss«, sagte Khara. Sie beschirmte ihre Augen und blickte in die Ferne. »Hoffen wir, dass dieses Gebiet am Ende des Tages einen freundlicheren Namen verdient haben wird.«

Keiner von uns glaubte, dass es dazu kommen würde. Aber wir ritten weiter und trieben unsere armen Pferde bis zum Äußersten.

Bald sahen wir zu unserer Linken große Hügelgräber, manche so hoch wie zehn Menschen übereinander.

»Was für eine seltsame Art, die Toten zu ehren«, meinte Tobble.

»Oh? Und wie machen Wobbyks das?«, fragte ich.

»Na, auf die vernünftige Art natürlich. Wenn wir gestorben sind, werden wir in eine Teergrube gesenkt.«

Das klang keinesfalls besser als ein Grabhügel, aber ich hielt den Mund.

»Seht doch!«, rief Renzo und streckte den Arm aus.

In der Ferne hatte die Terra-Olm-Front die Kuppe eines niedrigen Hügels erreicht und schob sich wie eine anrollende Brandungswoge heran. Sie rückten nicht in gerader Linie vor. Es war eher wie ein ungeordneter Kavallerie-Sturm von gigantischen Insekten, jedes einzelne davon um vieles größer als ich.

Nun hatten auch die Leute des Murdano sie entdeckt. Eilig formierten sie sich zu geordneten Infanterie-Karrees, wodurch eine Art riesiges, bewegliches Schachbrett entstand. An den Seiten jedes Quadrats marschierten etwa zehn Krieger, im Innern mehr, dazu in der Mitte drei Offiziere zu Pferd. Die meisten Kämpfer waren mit langen Lanzen bewaffnet. Hinter der ersten Reihe der Karrees marschierte eine dreifache Kette von Bogenschützen.

»Was machen die da?«, fragte Renzo und deutete mit dem Kinn auf eine Gruppe Leibeigener, die gerade große Holzstangen in den Boden rammten.

»Sie wollen Armbrustbolzen, die mit Widerhaken versehen sind, auf die Terra-Olme schleudern«, sagte Khara. »Und weil die Bolzen mit Seilen an den Holzstangen befestigt sind, hoffen sie, dass sie die Terra-Olme niederreißen können.«

»Ob das klappt?«, überlegte ich laut.

Khara antwortete nicht, sondern richtete jetzt den Blick auf die Streitkräfte der Dreyländer. Die Kämpfer bildeten von sich aus eine Linie, etwa sechs bis sieben Terra-Olme lang. Nach dieser bedrohlichen Angriffsfront kamen große Formationen von Lanzenträgern. Und hinter diesen gingen Leibeigene, die in grobe Geschirre aus Hanfseil gespannt waren und ein grellbuntes Gestell auf Rädern zogen, auf dem ein riesiger Felijaga auf und ab ging.

Der Kazar. Der tyrannische Verräter seines Volkes.

An den äußeren Enden der Nedarra-Formation konnte ich mit Mühe mehrere Feuerritter erkennen. Ich zählte nur sechs, doch wie wir aus eigener Erfahrung wussten, waren diese Ritter gefährlicher als jeder Sterbliche. Aus ihren gesenkten Lanzenspitzen tropfte lebendes Feuer, unerbittlich und tödlich. Zweifellos würden sie es gegen die Terra-Olme einsetzen, die mit Schwert und Messer schwer zu töten, gegen Feuer jedoch wehrlos waren.

Die Truppen von Nedarra begannen zu skandieren: *»Mur-da-no! Mur-da-no!«*

Auf der anderen Seite erhob sich ein Antwortgeheul, menschliche Stimmen mischten sich mit den sonderbaren Klickgeräuschen der Terra-Olme.

Khara holte tief Luft. »Bist du bereit, Junge?«, flüsterte sie Victory ins Ohr, der mit einem Wiehern antwortete.

Links von Khara stand die Linie der Dreyländer, rechts die Armee des Murdano. Der Weg geradeaus war frei. Und hoffnungslos.

Die Luft schien zu zittern vor Erwartung und Furcht. Khara wendete Victory vom Kampfplatz ab und sah uns an.

»Dies, meine Freunde, ist nicht der Schlussakt, auf den ich gehofft hatte. Ich wünschte, es hätte sich die Möglichkeit ergeben, mit dem Murdano und dem Kazar zu sprechen. Ich wollte ihnen einerseits mit der Friedensarmee drohen, andererseits ihnen eine hellere Zukunft anbieten. Aber unsere Armee ist immer noch zu weit entfernt, also muss ich einen anderen Weg gehen.«

»Khara …«, fing Renzo an. Aber außer ihrem Namen wusste er nichts weiter zu sagen.

»Was auch passieren mag, ihr müsst vor allen Dingen für eure Sicherheit sorgen. Das ist ein Befehl, und ihr *werdet* ihn befolgen!« Ein stahlharter Ton lag in diesem Befehl. »Jeder von euch ist mir lieb und teuer. Der Gedanke, dass ihr … am Leben seid, wird mir Mut machen.«

»Khara«, sagte Renzo wieder flehend. »Dein rechter Arm, dein Schwertarm, ist zu schwach.«

»Renzo hat recht«, sagte ich.

»Ein Arm, der das *Licht von Nedarra* schwingt«, sagte Khara, »ist niemals schwach.«

Renzo schloss die Augen. Tobble wischte sich eine Träne weg.

»Mein Schicksal ist allein meine Sache«, sagte Khara. »Wisst, dass ich jeden von euch liebe.« Sie sah uns der Reihe nach an, und mit einem Blick auf Renzo fügte sie hinzu: »Wenn auch jeden anders.«

Damit wendete Khara ihr Pferd und stellte sich dem bevorstehenden Kampf. »Dann los, Victory! Lass sehen, ob du deinem Namen Ehre machst.«

Victory schoss vorwärts, und die Lady von Nedarra ritt allein auf das mörderische Gelände zwischen den Armeen zu.

Jedenfalls wäre sie allein geritten, hätte nicht das Packpferd

Doona, auf dem ich mit Tobble saß, einen Ast neben seinem rechten Huf mit einer Schlange verwechselt. Es wieherte entsetzt und tat, was jedes erschrockene Pferd unter diesen Umständen tun würde: Es jagte hinter dem mächtigen davongaloppierenden Streitross her.

Khara ritt weiter. Und Tobble und ich ritten hinter ihr.

36

Khara fordert zum Kampf

Während die beiden Armeen sich aufeinander zubewegten, wurden sie langsamer. Die gegnerischen Generäle schoben ihre Einheiten wie Spielzeug hin und her und stellten sie auf zur Schlacht.

Rechts von uns – wie ein zorniges Stachelschwein – die von Lanzen strotzende Schlachtformation von Nedarra. Links das endlos wuselnde Heer der Terra-Olme, die mit ihren enormen Kiefern mahlten. Der Abstand zwischen den Armeen, ein matschiger Fleck Land mit graubraunem Gras, hatte sich verringert. Etwa fünfzig Pferdelängen trennten sie noch.

Khara ritt direkt in die Mitte und brachte Victory zum Stehen. Sie hörte Doonas Hufschläge hinter sich, drehte sich um und merkte erst jetzt, dass Tobble und ich bei ihr waren.

Ich fürchtete, sie könnte wütend werden, aber sie lächelte uns nur zu, als gäbe es ein geheimes Abkommen zwischen uns. Vielleicht hatte sie letztendlich akzeptiert, dass das Schicksal ein nutzloses Dalkinmädchen und einen Wobbyk in ihre grandiose selbstmörderische Geste mit einbezog.

Kharas Wangen waren hohl, ihre Augen trüb vor Schmerz. Den rechten Arm hielt sie dicht am Körper. Ich sah einen hellroten Fleck auf ihrem Wams, wo Blut aus der Wunde durch den Verband gedrungen war. Trotzdem erhob sie sich in den Steigbügeln und fand zu einer Stimme, wie ich sie noch nie von ihr gehört hatte. Der Klang trug weit über das verblüffte Schweigen hinweg, das ihr Erscheinen ausgelöst hatte.

»Hört mich an, Soldaten von Nedarra und Dreyland. Ich bin Kharassande Donati, Lady von Nedarra, Führerin der Friedensarmee, die mit kampfbereiten Kriegern und frischen Pferden anrückt.«

Köpfe wurden gedreht, um zu prüfen, ob diese dritte Armee schon in Sicht sei.

»Ich komme mit einem Friedensangebot«, sagte Khara. »Keiner von euch will sterben, aber sterben werdet ihr, wenn die Entscheidung euren korrupten und törichten Anführern überlassen bleibt. Für sie werdet ihr sterben! Für einen wahnsinnigen abtrünnigen Felijaga. Oder für einen unfähigen habgierigen Tyrannen, der sich zum Feind alles Lebendigen gemacht hat.«

Die Soldaten hörten zu. Zumindest die Menschen. Wie die Terra-Olme Kharas Rede aufnahmen, konnte ich nicht einschätzen.

»Ich weiß, dass ihr Terra-Olme dem Kazar dient«, fuhr Khara fort, »und das nur, weil er die Kontrolle über eure Nahrungsvorräte an sich gerissen hat und euch mit dem Hungertod droht.«

Jetzt war ich sicher, dass die Terra-Olme lauschten. Das musste den Kazar beunruhigen, denn ich sah einen Reiter aus seiner Begleitung zur Frontlinie preschen. Schon die Geste machte klar, dass der Reiter einen Vorgeschmack auf den Zorn und die Drohungen des Kazar überbrachte.

Aber auch der Murdano war nicht glücklich bei der Aussicht, die Gelegenheit auf einen Krieg zu verlieren. Plötzlich flog aus den Reihen der Nedarra-Kämpfer ein Pfeil.

»Pass auf!«, schrie Tobble, und mein Herz machte einen Satz.

Khara drückte Victory die Knie in die Flanken, und er wendete sofort. Mit verzerrtem Gesicht zog Khara ihr Schwert und schlug den Pfeil damit weg.

»Gehorcht nicht diesen schlechten Anführern!«, rief Khara. Aber ich sah, und sicherlich auch Khara, dass die Offiziere langsam die Kontrolle über ihre Truppen zurückerlangten. Jeden Augenblick konnte ein Trompetensignal ertönen, das zum Angriff blies.

»Ich berufe mich auf die alten Kampfrituale!«, rief Khara. »Trafen in früheren Zeiten zwei Armeen aufeinander, konnten die Anführer jeder Seite ein Gemetzel vermeiden, indem sie sich auf einen Wettstreit zwischen den besten Kämpfern einigten, von jeder Seite einer. Ich fordere den Kazar und den Murdano heraus! Ich fordere sie zu Einzelkämpfen. Und wenn sie keine Feiglinge sind – ich betone, *wenn* sie keine Feiglinge sind –, dann sollen sie vortreten und mit mir kämpfen! Diese zwei großen Anführer werden ein gewöhnliches Mädchen gewiss nicht fürchten.«

Bei Kharas Worten mischten sich Stolz und Entsetzen in mir. Sie war so tapfer, unsere Khara. Und so dumm.

Als erste Antwort kam das Gebrüll eines Felijagas, so laut, dass der Boden zu beben schien. Die Front der Terra-Olme öffnete sich, und dort, nicht mehr als drei Felijaga-Sprünge entfernt, stand der Kazar.

Er war grau wie Regenwolken und hatte schwarze Streifen im Gesicht. Und riesig war er, eineinhalbmal so groß wie Gambler. Sein langer Schwanz, den er hin und her peitschte, endete in einer silbernen Klinge, die fast so groß war wie ich. Und als er seine

Krallen ausstreckte, glänzten auch diese silbrig und machten ihn noch Furcht einflößender.

»Du willst mich herausfordern, Mädchen?«, brüllte der Kazar. »Dich fresse ich bei lebendigem Leib! Und wenn ich damit fertig bin, werde ich das Gleiche mit dem sogenannten Murdano tun!«

Da richtete sich die Aufmerksamkeit aller auf die Armee von Nedarra. Halb erwartete ich, dass nun der Murdano auf die Bildfläche stolziert käme. Allerdings hatte er die Wahl, die Herausforderung selbst anzunehmen oder einen hervorragenden Kämpfer zu benennen. Feig wie er war, entschied er sich für Letzteres.

Die Bogenschützen traten beiseite, um ein abscheuliches Wesen durchzulassen, das vorbei an den Schlachtformationen von Nedarra auf uns zuschritt. Es war sehr groß, bestimmt mehr als zwei Meter, und obwohl es auf zwei Beinen ging wie ein Mensch, war es keiner, jedenfalls kein richtiger.

Seine Arme waren so lang, dass seine Finger, von denen jeder in einer gebogenen Kralle endete, auf dem Boden schleiften. Seine Beine waren kurz, aber kräftig wie Baumstämme. Er trug eine glänzende Silberrüstung, die aber die komisch unproportionierte Gestalt darunter nicht verbergen konnte, zu lang der Körper, zu kurz die Beine.

Doch es war etwas anderes, das jeden, der es sah, in Angst und Schrecken versetzte: Giftzähne ragten unter seinem lippenlosen Maul hervor. Das Wesen hatte unverkennbar den Kopf einer Kobra.

Der Anblick war so entsetzlich, dass mir der Murdano selbst, der nur wenige Schritte dahinterging, zuerst gar nicht auffiel. Er sah aus, wie ich ihn in Erinnerung hatte: jung, gepflegter Bart und

Haar wie Ebenholz. Er trug ein gestepptes Wams und darüber ein schimmerndes goldenes Kettenhemd.

»Sieh dir meinen besten Kämpfer an!«, rief der Murdano. »Chimera!«

37

Verrücktes Kätzchen, feiger Mann

Ich warf Khara einen Blick zu und rechnete damit, bei ihr dieselbe kalte Angst zu sehen, die ich spürte. Stattdessen drückte ihre Miene pure Verachtung aus.

»Ich nenne dich Feigling!«, schrie Khara. Ihre Stimme ließ allmählich nach, klang aber immer noch unbeirrbar. »Du und deine Magier, ihr habt all die Gräuel verursacht, so wie ihr auch die Ausrottung jeder Art betreibt, die sich dir nicht unterwerfen will.«

Der Murdano war nicht beeindruckt. »Ich habe dir einmal Gnade erwiesen, Mädchen, heute aber wird es keine geben. Chimera wird dich vernichten, und danach wird er das Gleiche mit diesem verrückten Kätzchen dort tun, das sich Kazar nennt.«

Ich blickte zum Kazar hinüber, um zu sehen, wie er auf diesen Spott reagieren würde, aber er war gerade von einem Felijaga abgelenkt, der ihm etwas ins Ohr zu flüstern schien.

Mein Schreck ließ sich kaum beherrschen.

Ich kannte den Felijaga, der dem Kazar da so vertraulich ins Ohr flüsterte.

Gambler? Hatte Gambler uns betrogen?

Auch Naleese war da. Beide trugen Goldketten um den Hals, an denen filigrane Abzeichen mit dem Buchstaben *K* hingen.

K für Kazar. Das gleiche Abzeichen, das seine bewaffneten Leibwächter an den Uniformen trugen.

»Byx«, raunte Tobble.

»Ich hab's gesehen.«

»Das tut er nicht«, murmelte Tobble. »Das ist doch nicht möglich.«

Ich weigerte mich zu denken, es könnte möglich sein.

Wieder erhob Khara die Stimme. »Krieger von Dreyland, wollt ihr sterben für einen Führer, der bei seinem eigenen Volk ein Ausgestoßener ist? Ein verachteter Tyrann? Ein Felijaga, der verrückt geworden ist? Ein Felijaga, der jeden von euch, ohne zu zögern, fressen würde?

Und ihr, Krieger von Nedarra, was hat dieser feige Mann, dieser Murdano, je für euch, eure Familien, eure Dörfer getan? Er nimmt euren Besitz, um seine Kriege auszutragen und das Land zu verwüsten, und dabei tötet er alle, die sich mit der Knechtschaft nicht abfinden wollen. Er ist ein Feind jeder nichtmenschlichen Art und ein Feind der Menschen ebenso.«

»Sie hat recht, ihr Leute von Nedarra«, brüllte der Kazar. »Ihr seht meine Armee! Wollt ihr zum Futter meiner Terra-Olme werden?«

»Du Narr!«, erwiderte der Murdano. »Du weißt nicht, dass, während wir hier reden, meine Flotte auf deine Küsten zusegelt. Ich werde deine Paläste niederbrennen und dein Volk abschlachten!«

»Aber in Wirklichkeit ...«

Die Worte waren heraus, ehe ich es verhindern konnte. Beschämt sah ich Khara an, aber sie ermutigte mich mit einem fast unmerklichen Nicken weiterzusprechen.

»In Wirklichkeit ist es so«, wiederholte ich diesmal laut, »dass die Natintje-Königin Pavionne versprochen hat: Kein Schiff von Nedarra wird Dreyland je erreichen.«

»Du lügst!«, kreischte der Murdano.

»Ich selbst war im Auftrag meiner Lady mit einem Unterwasserfahrzeug bei Königin Pavionne und habe mit ihr gesprochen. Die Königin will nicht, dass ein beständiger Regen aus Ertrunkenen auf ihre Stadt fällt.«

Der Murdano schluckte schwer und suchte mit einem kurzen Blick auf Chimera ein wenig Beschwichtigung. Chimeras gespaltene Zunge schnellte vor und zurück, vor und zurück.

»Dann ist uns der Sieg gewiss!«, frohlockte der Kazar. »Ich muss dir danken, Mädchen, und auch deinem sprechenden Hund. Ohne seine Flotte wird dieses erbärmliche Wesen, dieser schwache, feige Murdano, bald an meine Schlossmauer gekettet sein und einen sehr langsamen, sehr schmerzhaften Tod sterben.«

Hinter dem Kazar sah ich, dass sich ein junger männlicher Felijaga mit geflecktem Fell zu Gambler und Naleese gesellt hatte.

»Bevor ihr beide euren Krieg beginnt«, sagte Khara, »müsst ihr erst mit mir fertigwerden.«

»Mit dir?«, sagte der Kazar herrisch. »Dich fresse ich als kleinen Happen zwischendurch. Was bist du denn, du Närrin von einem Menschenmädchen, dass du mich herausfordern willst?«

»*Ich* regiere dieses Land. *Mich* fordert sie heraus«, rief der Murdano wütend. »Aber ich stelle dir die gleiche Frage. Wer bist du, du Niemand, du Nichts, du lächerliches Kind, das mir mit einer eingebildeten Armee droht?«

Beide Armeen brachen in Geheul aus, verhöhnten Khara. Sie schwieg mit gesenktem Kopf und wartete, bis alle ihren Spaß gehabt hatten. Dann nickte sie wie im Einverständnis.

»Wer ich bin? Ich bin Kharassande aus dem Haus Donati. Und nicht nur das, ich bin auch diejenige« – sie unterbrach sich, zog ihr Schwert und schwang es hoch empor –, »die das *Licht von Nedarra* führt!«

Bei diesen Worten gab sich das Schwert zu erkennen. Sein Licht erstrahlte plötzlich so blendend hell, dass viele die Augen abwandten.

»Und mit diesem Schwert und im Namen der freien Völker aller Arten und Länder werde ich kämpfen gegen euch – gegen dich, Tyrann, und gegen dich, Feigling mit deinen abscheulichen Taten –, und ich werde eurem Krieg und eurer Herrschaft ein Ende machen!«

Das war genug für den Kazar. Er spannte die Muskeln und sprang.

Er sprang nicht nur. Er flog.

Das war nicht der Sprung eines Felijagas, so fantastisch deren Sprünge auch sind. Das war mehr als Muskelkraft und Eleganz: Das war Magie. Die Kraft, mit der die Erde alles an sich zieht, schien plötzlich auszusetzen, als der Kazar in einem zehn Meter weiten Bogen auf Khara zuflog.

Er war so groß wie Victory. Ich sah seinen Bauch über mir. Ich sah seine ausgestreckten Krallen und seine zornsprühenden gelben Augen.

Wie konnte Khara so ruhig auf ihrem Pferd sitzen bleiben?

Wie konnte Victory dem Pferde-Instinkt widerstehen, sich aufzubäumen und wegzurennen?

Die Lady von Nedarra beobachtete die Großkatze genau und schätzte den richtigen Moment ab, um Victory vorwärtszudrängen. Nur ein paar Meter weit, aber das reichte, um den Kazar über ihren Kopf hinweg ins Leere fliegen zu lassen. Er landete mit der geschmeidigen Leichtigkeit seiner Art und schnellte sofort herum.

Sein Rücken war Chimera zugekehrt, und das Reptilienwesen erkannte sofort seine Chance. Es machte einen Satz, schwang einen kurzen Speer hoch über dem Kopf und zielte auf den Rücken des Kazar.

»Stiiirb!«, zischte Chimera.

Der Kazar, auf diesen Angriff völlig unvorbereitet, drehte sich zur Seite, aber nicht weit genug. Chimeras scharfe Klinge schnitt eine rote Linie quer über die Flanke des Kazar.

Der Felijaga-Tyrann dachte nicht mehr an Khara. Gut, dachte ich, sollen sich die beiden Mörder gegenseitig umbringen. Aber das war nicht Kharas Plan. Sie drängte Victory zwischen Chimera und den Kazar.

»Halt!«, schrie sie.

Chimera und der Kazar waren beide so verblüfft, dass sie tatsächlich gehorchten. Und nicht nur sie waren überrascht. Durch beide Armeen lief ein erstauntes Raunen.

»Bevor ihr gegeneinander kämpft«, sagte Khara, »kämpft gegen mich.«

»Nein, Khara«, flüsterte ich. »Nein.«

Das erstaunte Murmeln wurde zum mitleidigen Tuscheln. »Sie ist übergeschnappt«, hörte ich von beiden Seiten in verschiedenen Variationen.

»Und um euch eine Chance zu geben, wenn auch nur eine kleine«, setzte Khara hinzu, »werde ich gegen euch beide gleichzeitig antreten.«

38

Ein kleines Mädchen auf einem grossen Pferd

Die Menge wurde still.

Ein kleines Mädchen auf einem großen Pferd, begleitet nur von ihrem »Hund« und einem Wobbyk, hatte soeben zwei der gefährlichsten Wesen aller Zeiten beleidigt.

»Kämpft zuerst gegen mich. Wir wollen sehen, welche von euch zwei großen Bestien den Mut und die Fähigkeit hat, es mit mir aufzunehmen«, sagte Khara. »Sollte aber tatsächlich einer von euch überleben, dann …« Sie zog die Schultern hoch, und aus beiden Armeen war ein nervöses Lachen zu hören. »Nehmt ihr meine Forderung an? Bedenkt, dass meine Dalkingefährtin sofort erkennen wird, wenn ihr lügt.«

»Es wird mir ein Vergnügen sein, dich zuerst zu töten«, sagte der Kazar übertrieben höflich.

»Aber nicht, wenn *ich* das schon tue!«, brüllte Chimera und stürzte sich auf Khara. Er hätte ihr mit großer Wahrscheinlichkeit seinen Speer ins Herz gestoßen, wenn nicht der Kazar blitzschnell eine Pranke ausgestreckt und das Monster zu Fall gebracht hätte.

Chimera stürzte mit dem Gesicht nach unten in den Dreck.

Jetzt setzte der Kazar zum Sprung auf Khara an. Ich musste nach Luft schnappen.

Khara flüsterte Victory etwas zu, er senkte den Kopf, sie ließ sich über seinen Hals zu Boden gleiten und stand da, das *Licht von*

Nedarra in beiden Händen haltend, die Spitze auf den Gegner gerichtet.

Der Kazar sah die Schwertspitze vor sich und änderte, noch während er sich in der Luft befand, verblüffend schnell und gewandt seine Richtung. Aber mit einem bloßen Straucheln der großen Katze wollte Khara sich nicht zufriedengeben. Sie hatte seinen kleinen Schwenk erwartet und hielt ihr Schwert jetzt waagrecht mit der scharfen Seite der Klinge nach oben. Der Kazar sprang, linke Schulter voran, direkt in Kharas Waffe.

Das sagenumwobene *Licht von Nedarra* war mehr als nur ein Symbol. Es war so scharf, wie Metall und Magie es nur zuließen, und es brachte dem Kazar einen tiefen Schnitt in die Schulter bei. Wie ein Mehlsack plumpste er zu Boden, ohne jede Spur von Eleganz.

Aber Khara blieb keine Zeit, ihren Vorteil zu nutzen. Chimera war wieder auf den Beinen und stürmte jetzt auf sie zu, als wollte er sie niedertrampeln. Da verstellte Victory ihm den Weg und fing die Gewalt des Aufpralls ab. Chimera aber war so groß und sein Ansturm so kraftvoll, dass Victory strauchelte, auf die Seite stürzte und entsetzt wieherte. Im selben Augenblick sauste das *Licht von Nedarra* herab und fuhr mit einem harten Hieb in den Arm des Ungeheuers.

Der Menge verschlug es den Atem, als Chimeras rechter Arm zu Boden fiel. Blut floss wie Regen, und Chimera brüllte vor Schmerz. »Deine Augen werd ich fressen, solange du noch lebst!«, schrie er.

Der Kazar war verwundet. Ebenso Chimera. Doch auch Khara war verletzt, wenn sie es auch wie durch ein Wunder verbergen konnte, weil sie Kraft aus ihrem Schwert und ihrem unbezähmbaren Willen schöpfte. Aber ich wusste, dass das Blut auf ihrem durchtränkten Wams zum größten Teil ihr eigenes war. Und ich sah, wie sie bei jeder Bewegung vor Schmerz die Kiefer zusammenpresste.

Chimera fand sich schlecht ab mit dem Verlust seines Armes. Er zischte und fauchte, hob ihn vom Boden auf und versuchte, ihn wieder am Körper zu befestigen. »Dein Chimera ist so dumm wie du, Murdano«, spottete der Kazar. Aber es war deutlich zu sehen, dass ihm seine linke Seite zu schaffen machte.

Ich spürte eine Stimmungsänderung in den feindlichen Armeen. Dass Khara ihre beiden Gegner ernsthaft verwunden könnte, damit hätte keiner gerechnet. Ein Hoffnungsfunke keimte in mir auf, aber ich wusste, es war Wahnsinn.

Tobble stieß mich an. Ich folgte seinem Blick. Gambler flüsterte dem jungen gefleckten Felijaga etwas zu, und dieser mischte sich schnell wieder in die Armee des Kazar.

Hinter dem wutschnaubenden, mit den Füßen stampfenden Chimera stürmte jetzt der Kazar auf Khara zu, allerdings nicht sehr elegant. Durch die Schnittwunde in seiner Schulter war er ungeschickt geworden – ungeschickt, aber noch immer schrecklich gefährlich.

Der Kazar griff an, und Khara wich aus. Er hatte nichts von seinem Mordinstinkt verloren, doch als er nun versuchte, Khara niederzumachen, war er gezwungen, mit einer Drehung seine verwundete Seite zu belasten. Dabei rutschte er aus, kam auf dem Rücken zu liegen und war für einen Moment hilflos.

Genau diesen Moment brauchte Khara. Das *Licht von Nedarra* leuchtete hell auf, als sie es mit beiden Händen hob und dann mit der ganzen ihr noch verbliebenen Kraft niedersausen ließ.

Das Schwert drang tief ein. Ein roter Spalt klaffte in der Brust des Kazar, er rollte zur Seite und war sofort tot.

Die Leibwächter des Kazar drängten heran, zückten schon die Schwerter. Bevor sie jedoch das Mädchen, das ihren Herrn und Meister umgebracht hatte, töten konnten, sahen sie ihren Weg blockiert von zwei Felijagas mit gesträubten Nackenhaaren und entblößten, messerscharfen Zähnen.

»Es ist ein Einzelkampf«, sagte Naleese ruhig. »Von euch ist keiner gefordert.«

Der oberste Leibwächter richtete sein Schwert gegen Naleese. Gambler machte sich sprungbereit, doch Naleese hatte sich bereits auf den Wächter gestürzt, grub ihre Krallen in seine Seiten und ihre Zähne in seine Kehle.

So schnell ließen sich die Leibwächter des Kazar allerdings nicht einschüchtern. Da Naleese beschäftigt war, ergriffen sie gern die Chance zu einem Kampf gegen Gambler, eine einzelne Großkatze.

Sie hatten sich aber zu früh gefreut. Der gefleckte Felijaga kam Gambler zu Hilfe, begleitet von drei weiteren seiner Art.

Die Wächter waren gut ausgebildet, motiviert und erfahren. Aber ein Mensch braucht großen Mut, um es mit einem Felijaga aufzunehmen. Gegen sechs Felijagas anzutreten, dazu braucht es entweder Dummheit oder puren Wahnsinn, und die Wächter waren weder dumm noch wahnsinnig. Murrend zogen sie sich zurück und zerrten dabei den Körper des Soldaten mit sich, der Naleese angegriffen hatte.

Gambler und seine Felijaga-Gruppe scheuchten die Wächter in das Heer zurück und folgten ihnen, bis sie sich taumelnd zwischen den Terra-Olmen verkrochen.

»Der Kazar ist tot! Mach jetzt das Mädchen fertig!«, rief triumphierend der Murdano.

»Ja. Mach mich fertig«, sagte Khara und trat dem einarmigen Reptil entgegen.

Chimera machte einen Schritt nach vorn, als wollte er angreifen, aber das war ein Täuschungsmanöver. Stattdessen schleuderte er seinen kurzen Speer. Er flog mit unheimlicher Treffsicherheit auf Khara zu und traf sie ziemlich genau dort, wo sie schon verwundet war.

»Ah!«, schrie sie und sackte in die Knie.

Im Nu war Chimera auf ihr und schlug mit seiner verbliebenen Hand auf sie ein. Khara war so klein unter Chimeras plumper Masse, ihre Kraft war aufgebraucht, und mit schrecklicher Gewissheit wurde mir klar, dass sie jeden Moment sterben würde.

Auf den Knien im Matsch liegend, in ihrem eigenen Blut, das den Boden um sie rot färbte, mit einem unbrauchbaren Arm und einem Speer in der Schulter, der sie niederdrückte, so schwang Khara ein letztes Mal das *Licht von Nedarra*. Ich hörte das Geräusch von Metall auf Knochen.

Khara versuchte aufzustehen, aber das war zu viel für sie. Sie sah mich an, betroffen, fast schuldbewusst.

»Tut mir … so leid«, sagte sie. Sie fiel auf den Rücken, die Beine gespreizt, die Augen geschlossen.

»Nein! Neiiin!«, schrie Tobble, als sich Chimera drohend über ihr aufrichtete. Mir schrumpfte das Herz in der Brust.

»Noch nicht sterben, Mädchen! Stirb nicht, bevor ich dir das Herz ausgerissen habe!«, grölte das Ungeheuer.

Am äußersten Rand des Bewusstseins, wenn nicht schon des Todes bewegte Khara ihr Schwert, und zwar in dem Moment, als

Chimera sie zerreißen wollte. Sie schaffte es gerade noch, es senkrecht aufzustellen und mit dem Griff am Boden abzustützen.

Chimera winkte in die Menge, siegesgewiss und prahlerisch. Er nickte dem Murdano zu, dann kniete er sich neben Kharas schlaffen Körper und streckte die Krallen für seine schändliche Tat. Aber er war unaufmerksam und Khara nicht.

Er brauchte einen Augenblick, bis er plötzlich merkte, dass er sich selbst an Kharas Schwert aufgespießt hatte.

Sein einziges Wort, sein letztes Wort, war ein erstauntes: »Du?« Dann kippte er hintenüber.

Khara lag wehrlos da, ihr Schwert steckte tief in Chimeras sich windendem Körper.

Der Murdano, sichtlich erschüttert, schien nun endlich einen Funken Mut auszugraben. Er drängte sich durch seine Wächter, zog sein juwelenbesetztes Schwert und näherte sich Khara.

Ich hörte Renzo »Khara!« schreien und sein Pferd anspornen, aber die Menge hatte sich geschlossen und ihm den Weg versperrt.

Ich sah mich suchend nach Gambler um. Er steckte irgendwo in der Armee der Dreyländer.

Weder Renzo noch Gambler würde schnell genug hier sein.

Niemand konnte den Murdano jetzt abhalten, die Lady von Nedarra zu töten.

Niemand außer einem kleinen Dalkinmädchen mit einem sehr kleinen Schwert. Und ihrem treuen Wobbykgefährten.

39

Die letzte Schlacht

Wir sprangen von Doona herunter. Irgendwo in meinem Hinterkopf vermerkte ich, wie lächerlich wir ausgesehen haben mussten: zwei kleine Gestalten zwischen zwei gewaltigen Armeen.

Wir stellten uns vor Khara, als ob wir sie irgendwie beschützen könnten. Sie lag matt und zerschlagen hinter uns.

Der Murdano, die mächtigste Person in ganz Nedarra, der Mann, der so viele Dalkins ins Verderben gestürzt und uns an den äußeren Rand der Vernichtung getrieben hatte, grinste auf mich herab.

»Muss ich zuerst euch zwei töten?«, fragte er.

»Ja.« Ich brachte nur ein Flüstern zustande. Mein Mund war ausgedörrt, mein Magen fühlte sich an wie ein verdrehter Knoten.

»Nun denn …« Mit einem weiten Schwung nach hinten holte er zu einem Schwerthieb aus, der mich mittendurch spalten sollte. Ich taumelte zurück, und es war reines Glück, dass der Hieb von meinem Schild abprallte.

Schon stürzte sich Tobble mit wahnsinniger Wobbyk-Wut auf den Murdano, kletterte an seinem Kettenhemd empor, bis er den Bart des Mannes erreicht hatte. Kratzend, beißend und kreischend tat Tobble sein Bestes, aber der Murdano schleuderte ihn mit seiner Schwertspitze meterweit weg.

»Tobble!«, schrie ich. Ich hielt dem Murdano mein Schwert entgegen, halb in der Hoffnung, er würde sich selbst aufspießen, wie Chimera es getan hatte. Er grinste nur höhnisch und schlug mir mit einem fast beiläufigen Schnipsen des Handgelenks das Schwert aus der Hand. Es flog ein paar Meter durch die Luft und landete im Matsch.

Ich hatte nicht die geringste Chance, es wieder zu erreichen.

»Byx …« Kharas Stimme war ein schmerzvolles Keuchen. Da ich in diesem Moment selbst vom Tod bedroht war, warf ich ihr nur einen flüchtigen Blick zu, konnte aber sehen, dass sie mir etwas entgegenstreckte.

Wieder hob der Murdano sein Schwert, noch immer grinsend und bereit, erst mich, dann Khara zu töten. Bereit, Tausende und Abertausende zu töten.

Der Griff!

Khara hielt mir den Griff ihres Schwertes entgegen.

Zwei schnelle Schritte rückwärts, immer den Murdano im Blick, und da sprang mir Kharas Schwert sozusagen wie von selbst in die Hand.

Ich bekam es nicht gut zu fassen, so von hinten – eher wie man einen Speer und nicht ein Messer ergreift –, doch es war nicht so schwer, wie ich erwartet hatte. Tatsächlich kam es mir nicht nur leicht, sondern fast wie lebendig vor.

Der Murdano ließ jetzt sein Schwert niedersausen. Ich sprang vor und hob gleichzeitig die rechte Hand, die Hand mit dem *Licht von Nedarra.*

Der Murdano sah es, aber zu spät. Zu spät, um seinen Schwung noch zu stoppen oder seine Vorwärtsbewegung aufzuhalten. Meine Schwertspitze war nur wenige Zentimeter von seinem

Herzen entfernt, da fing er an, mit den Armen zu rudern wie einer, der am Rand einer Klippe steht.

Aber abbrechen konnte er seine Bewegung nicht mehr. Nicht bevor meine Klinge ein kleines Stück durch sein goldenes Kettenhemd gedrungen war, durch sein feines gestepptes Seidenwams, seine Unterkleider, sein Fleisch. Der schockierte Ausdruck des Murdano bestätigte die Verletzung ebenso wie das rote Blut, das aus der Wunde floss.

Aber tödlich war mein Treffer nicht. An dem Schnitt, den ich ihm beigebracht hatte, würde er nicht sterben. Nein. Er würde sterben, weil mich mein ganzer Schmerz und meine Wut durchströmten bei dem Gedanken, dass ich wegen diesem niederträchtigen Mann meine Familie niedergemetzelt gefunden hatte. Er würde sterben, während ich ihm in seine aufgerissenen entsetzten Augen schaute und schrie: »Für die Dalkins!«

Fest und mit beiden Händen umklammerte ich den Schwertgriff und stach dem Murdano das *Licht von Nedarra* mitten ins Herz.

40

Eine Zeit der Wunder

Die Truppen der Friedensarmee mit General Varis als Oberbefehlshaber trafen am nächsten Tag ein.

Sie waren bereit zum Krieg.

Stattdessen fanden sie Frieden vor. Einen vorläufigen Frieden. Brüchig, unsicher, anfällig.

Trotzdem aber Frieden.

Die zwei gegnerischen Armeen hatten vereinbart, sich in einem Abstand von fünf Meilen zueinander zurückzuziehen. Die Verhandlungen fanden auf einem einfachen Lagerplatz statt, auf dem ein Dutzend Zelte um ein großes Feuer errichtet war.

In einem dünnen Schleier fiel Schnee. Tobble und ich vergnügten uns damit zuzuschauen, wie die Flocken dem Feuer entgegenwirbelten und dann schmolzen. Es war später Nachmittag, und der erste Tag der diplomatischen Unterredungen war schon zu Ende. Die meisten der Unterhändler waren in ihren Zelten, und in den kommenden Tagen sollten weitere dazukommen.

»Sie sind da!« Ich stieß Tobble an und deutete in die Richtung der Ankommenden. »Ich sehe General Varis und Bodick.«

»Sollen wir ihnen entgegengehen?«

Ich grinste. »Wär jedenfalls höflich.«

Wir schlenderten der bedrohlichen Kolonne aus Reitern, Lanzenträgern und Bogenschützen entgegen, aus Menschen und Raptidons, Wobbyks und Ragglern. Wir wollten ganz lässig tun, so als ob nicht viel vorgefallen wäre.

Albern war das, besonders nach all dem, was wirklich passiert war. Aber wir waren wohl einfach ein bisschen übermütig vor Erleichterung.

Wir gingen langsam, und Tobble stützte sich auf meinen Arm. Er hatte in dem gestrigen Kampf üble Prellungen davongetragen, seine linke Pfote war zu doppelter Größe angeschwollen.

»Guten Tag, General Varis!«, rief ich.

»G-guten … guten Tag?«, stotterte er. »Was heißt ›Guten Tag‹? Was gibt es für Neuigkeiten?«

»Nun, wir wollten gerade Tee aufbrühen«, sagte Tobble. »Wollt Ihr dazukommen?«

»Es ist Tannamint«, ergänzte ich. »Sehr erfrischend.«

»Ob ich … habt ihr *Tee* gesagt?« Das Gesicht des Generals lief rot an vor Verwirrung. »Wo sind denn alle?«

Bodick hob ärgerlich die Arme. »Nun hört aber auf, Theater zu spielen, und sagt uns, was los ist!«

»Schön«, lenkte Tobble ein. »Es gibt viel zu erzählen.«

»Entschuldigt bitte«, sagte ich jetzt in ernsterem Ton. »Zuerst also: Die Lady ist schlimm verletzt worden. Renzo ist bei ihr, und die besten Doktoren aus beiden Armeen kümmern sich um sie.«

»Und? Wird sie wieder?«, fragte Varis.

»Um ehrlich zu sein, wir haben um ihr Leben gefürchtet«, sagte ich. »Sie wurde sowohl von einem Pfeil als auch von einem Speer getroffen. Aber erst vor einer Stunde musste ich einen Doktor aus Dreyland beruhigen, der Hals über Kopf aus ihrem Zelt gerannt kam. Sie hatte ihm gedroht, ihm den Bauch aufzuschlitzen, sollte er ihr noch mal ein derart widerliches Gebräu einflößen.«

General Varis warf den Kopf in den Nacken und lachte. »Das ist doch recht ermutigend«, sagte er. Er beugte sich im Sattel vor. »Aber was ist mit dem Kazar? Und dem Murdano?«

»Die Lady hat sie beide zum Einzelkampf herausgefordert – obwohl sie schon verwundet war.«

»Vielmehr zu einem Kampf zwei gegen eine«, korrigierte mich Tobble.

»Sie hat den Kazar getötet«, sagte ich, immer noch voller Ehrfurcht vor Kharas Tapferkeit. »Und danach den besten Kämpfer des Murdano.«

»Ganz allein?« Dem General blieb der Mund offen stehen.

»Na ja«, sagte ich, »sie hatte ein sehr gutes Schwert.«

»Und der Murdano selbst?«, fragte General Varis. »Ist er unser Gefangener?«

»Ich würde mit größtem Vergnügen die Pflichten der Kerkermeisterin übernehmen«, bot sich Bodick an.

»Leider«, sagte Tobble, »weilt auch der Murdano nicht mehr unter uns.«

Bodick riss die Augen auf. »Die Lady hat auch ihn zur Strecke gebracht?«

»Nicht direkt«, sagte Tobble. Er sah mich an und zeigte mit der Pfote auf mich.

General Varis und Bodick wechselten einen skeptischen Blick. »Unmöglich«, sagte der General.

»Nein«, sagte Bodick. »Nein.«

»Doch«, sagte Tobble. »Den Mörder der Dalkins hat damit ein recht poetisches Schicksal ereilt.«

Ich war längst nicht so stolz auf mich wie Tobble. Mein Leben lang würde mir unauslöschlich in Erinnerung bleiben, wie ich mit aller Kraft Kharas Schwert geschwungen hatte.

Mein Leben lang würde ich daran denken müssen, wie die Klinge Haut, Organe und Sehnen durchschnitten hatte.

Mein Leben lang würde ich das Bild des Murdano vor Augen haben, wie er mich ungläubig angestarrt hatte, zwei Worte auf den Lippen: »Ein Dalkin?«

Während seine Augen allmählich trüb geworden waren, hatte ich die Namen meiner Familienmitglieder aufgezählt, einen nach dem andern. War es Rache? Vermutlich. Aber war es auch gerecht? Ja! Jedenfalls hoffe ich das.

»Ich hätte ihn lieber hinter Gittern gesehen für seine Sünden«, sagte ich. »Aber wir … ich … hatte keine Wahl.«

General Varis und Bodick nickten ernst. Sie wussten beide, wie mir zumute war. Sie kannten die schwere Last, die jeder zu tragen hat, der ein Leben auslöscht. Egal wessen Leben.

Auf Befehl von General Varis musste sich die Friedensarmee auf fünf Meilen zurückziehen, genau wie die anderen zwei Armeen. Nachdem das geschehen war, setzten er und Bodick sich zu uns ans Feuer. »Was jetzt?«, fragte Bodick, während sie ihre Hände an den Flammen wärmte.

»Jetzt«, sagte ich, »reden wir miteinander. Die Lady hat bestimmt, dass Vertreter der sechs großen Arten, gemeinsam mit einer lange übersehenen siebten Art« – ich nickte Tobble zu –, »hier zusammenkommen sollen, um zu beraten und zu verhandeln.«

»Verhandeln«, wiederholte General Varis, und in seiner Stimme schwang beides mit: Hoffnung und Zweifel.

»Für die Raptidons wird Rorid Kopfknacker kommen«, sagte ich. »Die Terra-Olme sind der Ansicht, für ihr Volk müssten drei von ihnen sprechen. Ihr, General Varis, könnt, wenn Ihr wollt, zusammen mit der Lady für die Menschen sprechen. Um die Interessen der Natintjes zu vertreten, wird keine Geringere als Königin Pavionne persönlich kommen. Und Naleese hat zugesagt, für die Felijagas zu sprechen.«

»Aha«, sagte Bodick. »Das erklärt den Kanal, den die Terra-Olme ausheben. Wir haben es gesehen.«

»Wir haben sie – höflich, versteht sich – gebeten, ihr Geschick im Tunnelbau einzusetzen und einen kurzen Kanal zum Fluss zu graben. Das wird die Ankunft der Natintjes beschleunigen.«

»Ich vermute, Tobble wird diese siebte, die übersehene Art vertreten?«, fragte der General.

»Ja, das werde ich«, sagte Tobble stolz.

»Und du, Byx, die Dalkins?«, fragte Bodick.

»Sabito hat für morgen Maxyns Ankunft gemeldet. Er und ich, wir werden gemeinsam für die Dalkins sprechen. Bis dahin, so hoffen wir, sollte die Lady wieder so weit bei Kräften sein, um an den Gesprächen teilnehmen zu können.«

»Teilnehmen?«, echote Varis. »Sie ist diejenige, die beide Tyrannen vernichtet hat. Sie ist diejenige, die uns Frieden gebracht hat. Sie soll uns einfach ihre Wünsche vortragen, und wir werden alle ›Ja!‹ schreien.«

»Das ist es nicht, was sich die Lady wünscht«, sagte ich. »Sie möchte sich nach dem Willen der versammelten Ratsmitglieder richten. Sie will dienen. Aber nicht herrschen.«

»Dienen, aber nicht herrschen?« Stirnrunzelnd grübelte Bodick über diesem Satz.

»Die ganze Welt liegt der Lady zu Füßen!«, protestierte General Varis. »Niemand wird sich ihr widersetzen.«

»Ja«, nickte ich. »Aber die Lady ist trotz allem auch meine Freundin Khara. Und selbst wenn ihr die Welt zu Füßen liegt, wird sie immer auch auf andere hören.«

»Sehr merkwürdig«, sagte Bodick.

»Mehr als merkwürdig«, nickte der General. »Wie auch immer, ich habe geschworen, ihr zu dienen. Und wenn sie lieber dienen statt herrschen will …« Er zog die Schultern hoch. »Sehr befremdlich. Aber wir leben in einer Zeit der Wunder. Ein Krieg ist verhindert, und zwei grausame Tyrannen sind niedergestreckt worden, und das alles von einem Mädchen, einer Dalkin und einem Wobbyk. Wer weiß, welche Wunder noch kommen werden?«

41

Die Erklärung der Sieben

Nach achttägigen Gesprächen, oft hitzigen, noch öfter aber ziemlich langweiligen, gaben die Ratsmitglieder eine Proklamation heraus, die als »Die Erklärung der Sieben« bekannt wurde.

Khara hatte den Rat davon überzeugt, Wobbyks mit zu den großen Arten zu zählen. Es war keine schwere Entscheidung gewesen, wenn man ihren erstaunlichen Mut bedenkt, den sie in aussichtslosen Situationen oft beweisen.

Ich konnte jedes Wort der Erklärung auswendig.

An diesem Tag, nach viel Streit und Blutvergießen, geloben wir – die versammelten Repräsentanten aller großen Arten – feierlich, von heute bis ans Ende aller Dinge, nie mehr Krieg untereinander zu führen.

Die Oberhäupter der jeweiligen Länder treten dafür ein, das Leben und die Freiheit aller Arten zu schützen, und das gilt besonders für (in alphabetischer Reihenfolge): Dalkins, Felijagas, Menschen, Natintjes, Raptidons, Terra-Olme und Wobbyks. Keine Art soll bevorzugt werden, jede soll ihren eigenen Weg zu einem glücklichen Leben suchen dürfen.

Dreyland, Nedarra und die angrenzenden Meere sollen von vom Volk gewählten Herrschern regiert werden, die geloben, allen Arten gleichermaßen zu dienen und sie zu beschützen.

Kein Individuum einer Art darf jemals wieder ohne Grund des Lebens oder der Freiheit beraubt werden.

Dalkins erklären sich bereit, in jedes Reich Angehörige ihrer Art zu delegieren, und die Herrscher der betreffenden Reiche stimmen zu, Dalkins in ihre Ratsversammlung aufzunehmen und ihnen nichts zu verschweigen, sodass Lüge und Wahrheit für alle deutlich erkennbar sind.

Es war ein schlichtes Dokument, nur eine Seite lang, doch alle wussten, dass die Einzelheiten noch viele Wochen lang bis ins Kleinste ausdiskutiert werden würden. Es blieb noch viel zu tun.

Nie zuvor war es jemandem in den Sinn gekommen, dem gewöhnlichen Volk zu erlauben, seine Anführer selbst zu wählen. Bis eine solche allgemeine Wahl abgehalten werden konnte, würde Dreyland vorübergehend von Naleese und ihrem Gefährten Gambler regiert werden. Königin Pavionne würde weiterhin ihren Bereich des Meeres regieren – sie war zweifellos beliebt bei ihrem Volk –, und sie würde sofort damit beginnen, andere Natintje-Herrscher zur Annahme der Erklärung zu bewegen.

Die ebenfalls vorläufige Herrschaft über Nedarra übertrug der Rat Khara. Sie argumentierte allerdings heftig gegen diese Idee.

»Ich bin geschmeichelt von eurem Angebot«, erklärte sie. »Aber ich bin jung. Mir fehlt die Erfahrung.«

Sie habe einen Krieg aufgehalten, erwiderten die Ratsmitglieder, und das sei weit mehr als das, was die meisten Herrscher zustande brächten.

Als sich Khara der Idee einer Führerschaft langsam etwas aufgeschlossener zeigte, wenn auch sehr zögernd, schlugen ihr die Ratsvertreter den Titel »Königin von Nedarra« vor. Da lachte sie nur. »Ich bin keine Königin, und ich will nie eine sein«, sagte sie rundheraus. »Dass ich Lady von Nedarra genannt werde, ist mehr Ehre, als ich verdiene. Und gewiss mehr, als ich tragen kann.«

Als Gambler erfuhr, dass die Ratsmitglieder ihn bestimmt hatten, zusammen mit Naleese Dreyland zu regieren, antwortete er in typischer Gambler-Manier. »Ich soll mich mit Beratern und Anwälten umgeben, die mich zu Antworten auf Probleme drängen, die ich mir nicht einmal vorstellen kann? Ich soll fressen, was ich nicht selbst gejagt habe? Den Leuten sagen, was sie tun sollen? Das werde ich nicht! Niemals!«

Da hatte Naleese ihm nur einen langen Blick zugeworfen und mit ihrem heiseren Katzenflüstern geraunt: »Gambler.« Das war alles. Der mächtige Gambler, der furchterregende, gefährliche, mörderische Gambler mit seinen Zähnen, Krallen und wogenden Muskeln änderte seine Tonart nach einem einzigen Wort von Naleese. Es erinnerte mich an die heimlichen Blicke und das vertraute Gemurmel, das vor nicht so langer Zeit meine Mutter und mein Vater untereinander ausgetauscht hatten.

Der Gedanke an meine lieben Eltern brachte wieder kalte Wellen von Traurigkeit über mich. In all dem Irrsinn der vergangenen Monate hatte ich nie die Zeit gehabt, richtig um meine Familie zu trauern. Erst Tage, dann Wochen war ich bei Khara und den andern geblieben, hatte aber die ganze Zeit gewusst, was ich tun musste.

Eines Abends fand ich Khara bei Sonnenuntergang draußen. Die Kleidung, die sie trug, glich dem Gewand, das sie als Wilderer getragen hatte – damals, als ich ihr zuerst begegnet war, vor scheinbar einem ganzen Leben. Wir Dalkins können uns, wenn wir wollen, sehr leise bewegen, allerdings nicht annähernd so leise wie Felijagas. Trotzdem überraschte ich Khara nicht. Sie machte sich nicht die Mühe, sich umzudrehen, sondern sagte: »Guten Abend, Byx.«

»Guten Abend, Mylady.«

»Oh, bitte nenn mich nicht so. Nicht du, Byx. Wenigstens für ein paar von euch muss ich einfach nur Khara sein, sonst verlier ich noch den Verstand.«

»Ärgerst du dich etwa über all das Lob und die Bewunderung?«, stichelte ich.

Sie schüttelte wehmütig den Kopf. »Anfangs hatte ich immer das Bedürfnis, alle zu korrigieren, sie daran zu erinnern, dass ich trotzdem einfach nur ein Mädchen bin und dass ich ohne meine zuverlässigen Freunde nichts hätte erreichen können. Aber …« Sie hob resigniert die Hand. »Das ist mir nach einer Weile zu mühsam geworden, deshalb lass ich es jetzt einfach an mir abprallen. Sich von andern bewundern zu lassen tut auf die Dauer nicht gut, Byx. Und das ist der Grund, weshalb ich nie Königin sein will. Ich könnte all die gebeugten Köpfe und ehrfürchtigen Gesichter nicht ertragen.«

»Vielleicht solltest du mal mit Königin Pavionne sprechen«, schlug ich vor. »Sie scheint eine ähnliche Persönlichkeit zu sein wie du.«

Mit ihrer Linken hob Khara eine Handvoll Schnee auf. Sie knetete ihn zu einem Ball und schleuderte ihn weit weg zwischen die Bäume. Ob ihr rechter Arm je wieder voll belastbar sein würde, konnten die Ärzte nicht sicher sagen.

»Ich habe mit Pavionne gesprochen«, sagte sie. »Sie ist sehr klug.«

»Den Eindruck hatte ich auch.«

»Weißt du, was sie zu mir gesagt hat? Sie hat gesagt: ›Khara, hör auf, dich zu beschweren und andere zu verbessern. Es geht nicht wirklich um dich. Die Völker haben sehr schlechte Zeiten hinter sich, sie brauchen dringend den Glauben an jemanden, der tapfer und stark genug ist, ihnen zu einem besseren Leben zu verhelfen.‹«

»Wie du gesagt hast, Königin Pavionne ist klug.«

Khara sah mir in die Augen und seufzte. »Du kommst, um mir zu sagen, dass du uns verlässt?«

»Maxyn wird das Amt, immer auf die Wahrheit zu achten, gut ausfüllen.«

»Ja. Aber wer wird die Lücke ausfüllen, die du als meine Freundin hinterlässt, Byx?«

»Ich werde immer deine Freundin sein, Khara«, sagte ich. »Aber es gibt etwas, das ich lange hinausgeschoben habe und um das ich mich nun kümmern muss.«

Sie nickte. »Ich verstehe.«

»Deshalb bin ich eigentlich hier. Ich möchte dich um Erlaubnis bitten, dass ich zu dem Ort reisen darf, der einmal mein Zuhause war.«

»Byx, du wirst nie meine Erlaubnis für etwas brauchen. Aber da du offenbar bereit bist, mir königliche Befugnisse zu übertragen, die ich gar nicht haben will, werde ich dir, ganz königlich, einen Befehl erteilen.«

»Einen Befehl?«

Sie betrachtete ihre Füße. »Es gibt ein, äh, ein Ereignis, bei dem ich dich sehr gern dabeihätte, wenn du von deiner Reise zurück bist.«

Ich musste lächeln. »Hat dieses Ereignis auch mit Renzo zu tun?«

»Ja«, sagte sie und gab sich Mühe, beiläufig zu klingen. »Mit Renzo hat das, äh, das Ereignis auch zu tun.«

»Keine Macht der Welt könnte mich daran hindern, nicht an dem, äh, Ereignis teilzunehmen«, sagte ich. »Wann wird es stattfinden, dieses, äh, Ereignis?«

»In drei Monaten.«

»Dann bin ich dabei. Kann sein, ich bring sogar ein Geschenk mit. Oder vielleicht zwei Geschenke. Eins zu deinem Geburtstag und eins für das, äh, für das Ereignis.«

Sie lachte. »Siehst du, Byx, deshalb brauche ich dich. Ich bin jetzt so bedeutend geworden, dass niemand sonst sich mal über mich lustig macht.«

»Nicht einmal Renzo?«

»Getroffen.« Sie lächelte. »In dem Punkt kann ich immer auf ihn zählen.«

»Immer.«

»Wann gehst du?«, fragte Khara. Ihre Stimme war sanft wie ein lauer Wind.

»Morgen, sobald es hell wird.« Jetzt war es an mir zu seufzen. »Ich hab Angst, es Tobble zu sagen.«

»Du willst ihn nicht mitnehmen?«

»Nein, Tobble hat genug Abenteuer durchgemacht. Er sollte jetzt bei seinem Volk sein.« Ich wischte mir eine Träne ab. »Und das werde ich ihm auch so sagen.«

Khara legte den linken Arm um meine Schultern, und wir schauten zu, wie die Sonne hinter den Horizont schlüpfte und Dunkelheit sich über das Land legte.

»Komisch ist das«, sagte sie.

»Was?«

»Als wir uns getroffen haben …«

»Du meinst, als du mich gefangen und entführt hast.«

»Ich meine«, sagte Khara, »als ich dir das Leben gerettet habe.«

Ich nickte. »Ja, das auch.«

»Als wir uns begegnet sind, hätte ich nicht im Traum daran gedacht, dass ich mich einmal so auf dich verlassen würde. Du warst für mich das letzte Geschöpf auf Erden, von dem ich das gedacht hätte. Und doch habe ich mich später immer zuerst an dich gewandt, wenn ich einen klugen Rat brauchte. Und zuletzt warst du sogar die Einzige, die uns retten konnte.«

Mein Herz wurde weit bei Kharas Worten, obwohl ich wusste, dass sie nicht richtig waren. »So weit sind wir nur gekommen wegen dir, Khara.«

»Da bin ich anderer Ansicht.«

»Und ich möchte in diesem Punkt behutsam, aber respektvoll auf meiner Meinung beharren.«

Khara lachte. »So spricht eine echte Botschafterin.«

»Na ja, da hab ich jetzt ein bisschen Erfahrung.«

»Wir haben unser Bestes getan, Byx«, sagte Khara. »Und darum geht es am Ende.«

42

Reisen mit Tobble

Als der Morgen dämmerte, sattelte ich Achoo und machte mich fertig zum Aufbruch.

Am Abend vorher hatte ich Tobble entschieden erklärt, dass ich allein reisen würde. Dass er mein liebster Freund sei, hatte ich gesagt, dass es aber eine trostlose Aufgabe sei, die nun vor mir läge, und da könne ich ihn nicht bitten, mich zu begleiten.

An diesem Punkt hatte mir Tobble ebenso entschieden erklärt, dass ich ohne ihn nirgendwo hingehen würde.

Ich hütete mich, mit einem Wobbyk zu streiten.

Wir hatten gehofft, wir könnten unauffällig, und ohne jemanden zu wecken, aufbrechen, aber Renzo stand schon neben Achoo und überprüfte noch einmal, ob das Pony für die Reise auch gut gerüstet war.

»Du hättest uns nicht verabschieden müssen«, sagte ich.

Er griff nach unserem Gepäck. »Ich wollte nicht, dass ihr euch davonstehlt, ohne dass ich euch Lebwohl sagen kann.«

»Du hasst doch Abschiede«, sagte Tobble.

»Stimmt.« Renzo befestigte Achoos Trense.

»Wir werden dich schon bald wiedersehen«, sagte ich. »Ich hab gehört, dass ein Ereignis bevorsteht.«

»Da solltest du besser da sein«, sagte Renzo grinsend. »Ich könnte dringend moralische Unterstützung brauchen.«

»Was für ein Ereignis?«, fragte Tobble.

»Es ist ein Geheimnis«, sagte ich.

»Ich hasse Geheimnisse«, grummelte Tobble. »Fast so wie Abschiede.«

Ich stieg auf Achoo, und Renzo half Tobble mit Schwung in den Sattel. Dann trat er zurück, Hände auf den Hüften, und schüttelte den Kopf.

»Haltet euch aus Schwierigkeiten raus, ihr zwei«, sagte er. »Wenn ich bei dem Spaß nicht dabei sein kann.«

Wir ritten an dem Kreis der Zelte vorbei und dann über einen kleinen Hügel. Der Morgen war frisch, die Geräusche gedämpft von überfrorenem Schnee. Unser Atem verwandelte sich beim Reiten in kleine Wolken.

»Es ist so still«, sagte Tobble.

Und für ein paar Minuten war es das auch.

Bis es auf einmal nicht mehr still war.

Wir ritten gerade in einem scharfen Rechtsbogen um einen dichten Baumbestand herum, da bot sich uns ein überwältigender Anblick.

An beiden Seiten der Straße standen in perfekter Ordnung die Soldaten der Friedensarmee. General Varis war da und Bodick. Auch Maxyn, Sabito, Gambler und Naleese warteten. Während wir vorüberritten, nahm jeder Soldat Habachtstellung ein. General Varis rief: »Ein dreifaches Hoch für zwei große Helden!«, und ausgelassene Rufe tönten aus der Versammlung.

Am Ende der Reihe wartete Khara. Auch Renzo war da – ein atemloser Renzo. Er zwinkerte, als ich ihn fragend ansah. »Hab eine Abkürzung genommen.«

Khara zückte mit ihrem gesunden Arm das *Licht von Nedarra* und hielt es hoch empor. Ich hatte den Verdacht, dass sie sich eine Träne wegwischte, aber sicher war ich nicht, weil mir selber die Augen überflossen.

Nach einer halben Meile sprach Tobble zum ersten Mal wieder. »Der arme alte General Varis, er hat einen Fehler gemacht. Hoffentlich bringt ihn das nicht in Verlegenheit.«

»Einen Fehler?«

»Ja. Er wollte doch sagen, ›ein dreifaches Hoch für unsere Heldin‹, stattdessen hat er gesagt ›*zwei* Helden‹.«

Ich drehte mich um und verpasste Tobble einen freundschaftlichen Schubs. »Also, weißt du, manchmal bist du ein bisschen langsam, Tobble, wenn es um Dinge geht, die klar auf der Hand liegen.«

Unsere Reise dauerte Wochen. Oft folgten wir denselben Wegen und Straßen, die wir damals in höchster Gefahr gegangen waren, aber diesmal gab es keine besonderen Vorfälle. Khara hatte dafür gesorgt, dass wir Edelsteine und Goldmünzen für die Reise hatten, so konnten wir unterwegs von Bauern Proviant kaufen, und manche Nächte hielten wir sogar in Wirtshäusern an. Häufig wurden uns Betten in Häusern von völlig fremden Leuten angeboten, die uns, sehr zu meiner Verwirrung, bereits vom Hörensagen kannten.

Ich war die »Wahrheitsfinderin« geworden (in Großbuchstaben geschrieben), als wäre das mein offizieller Titel. Und Tobble kannte man weit und breit als den »Prinz der Wobbyks«.

Als wir von einem Dorf mit besonders begeisterten Anhängern wegritten, sagte Tobble: »Ich wünschte, die Leute würden mich nicht Prinz der Wobbyks nennen. Das hab ich eigentlich gar nicht gern.«

»Tobble?«

»Ja?«

»Zu welcher Art gehöre ich?«

»Natürlich zu den Dalkins.«

»Genau. Und was haben Dalkins für eine besondere Fähigkeit?«

Es folgte eine lange Pause. »Ich möchte meine letzte Bemerkung gern zurückziehen.«

»Ja, das dachte ich mir.«

Je weiter wir uns von der Hauptstadt und dem Schlachtfeld entfernten, desto weniger Leute wussten etwas von den Dingen, die im Norden passiert waren. Das Land war hier dünner besiedelt, es gab weniger Bauernhöfe, dafür mehr Wälder und Wiesen. Es war auch wärmer. Die Bäume hatten noch Blätter, Blumen blühten noch und erfüllten die Luft mit süßen Düften nach Jasmin und Mondblumen.

Eines Nachmittags ritten wir durch den Nullwald, aßen, was sich in unseren Satteltaschen fand, dazu die Beeren, die wir unterwegs gepflückt hatten.

»Hier kommt mir schon alles vertrauter vor«, sagte ich. Es war ein Gefühl voller Wehmut. Ich war in diesem Teil von Nedarra aufgewachsen, aber nirgendwo hatten wir lange bleiben können. Kein Ort war je wirklich zur Heimat geworden. Heimat war einfach dort, wo meine Familie gerade war.

Auf einem von dichtem Unterholz gesäumten Wegstück trug der Wind einen beunruhigenden Geruch heran.

»Riechst du das, Tobble?«, fragte ich.

Er schnupperte. »Ja. Und ich höre, dass sich im Wald links und rechts etwas bewegt.«

Ein Mann trat uns in den Weg. Er war von stämmiger Statur und grün gekleidet, grün wie die Farbe der Bäume. Das lange Schwert in seiner Hand war lässig gegen seine Schulter gestützt. »Halt!«, rief er.

Hinter uns stürmten weitere Männer auf den Weg heraus.

»Wilderer!«, flüsterte Tobble.

»Ja. Dieselbe Bande, mit der Khara damals unterwegs war.«

»Dieselbe Bande, die dich beinahe umgebracht hätte, Byx!«

Ich zügelte Achoo, der seinem Namen Ehre machte und begeistert nieste. »Was wünscht ihr?«, fragte ich den ersten Mann und fühlte mich überraschenderweise ganz ruhig.

Er lachte. »Dalkinfell und Wobbyk-Steak natürlich.«

Ich wandte mich zu Tobble um. »Ich glaube, dieser Wilderer hat nichts Gutes gegen uns im Sinn. Meinst du, er erinnert sich an den dunkelhaarigen Jungen, der einmal sein Pfadfinder war?«

»Was ist mit dem?«, fragte der Mann misstrauisch.

»Nun, das war kein Junge, sondern eine junge Frau.«

»Er war also eine Sie. Na und?«

»Und sie ist jetzt eine Lady. Besser gesagt, *die* Lady, die Herrscherin über ganz Nedarra. Wir sind ihre Freunde, und ich sollte dir vielleicht sagen, dass sie, falls uns ein Unglück trifft, im Handumdrehen hier sein würde, und zwar mit einer Armee von Soldaten, die sie verehren und die uns lieben.«

Der Wilderer leckte sich nervös über die Lippen. Von hinten schrie eine Stimme: »Die lügen!«

»Sie ist eine Dalkin«, kam eine andere Stimme, eine ängstliche diesmal. »Die können nicht lügen.«

Das stimmte nicht ganz, aber ich fand es nicht nötig, ihn zu korrigieren.

»Und wenn dir das nicht reicht, um zur Seite zu gehen …« – ich zog mein kurzes Schwert – »… sage ich dir noch, dass ich, auch wenn ich Gewalt verachte und einfach nur friedlich leben will, dass ich bereits einmal ein Leben ausgelöscht habe.«

Der Wilderer lachte, aber unsicher. Er war ein Pelzjäger und Fallensteller, keiner, der an einem Schwertkampf interessiert war. »Wessen Leben hast du denn ausgelöscht?«

»Das Leben des Murdano von Nedarra.«

Der Wilderer blinzelte. Ich hätte schwören können, dass er von allen vorstellbaren Antworten gewiss nicht diese Auskunft erwartet hatte.

»Ich bin nicht stolz darauf«, fügte ich hinzu. »Und ich hoffe, dass ich nicht noch einmal ein Leben vernichten muss. Aber wenn du nicht zur Seite gehst …«

Ich ließ meine Worte in der Luft hängen. Nach einer Minute, in der sich der Wilderer nach Kräften bemühte, verwegen und bedrohlich zu wirken, trat er beiseite.

Ich schob mein Schwert zurück in die Scheide. »Es ist Frieden im Land«, sagte ich jetzt freundlicher. »Die harte Herrschaft des Murdano hat viele Menschen dazu gebracht, sich mit Raub und Wilderei durchs Leben zu schlagen. Aber die Lady ist nicht der Murdano. Jemand, der gewillt ist zu arbeiten, wird Arbeit finden. Jemand, der gewillt ist, nach dem Gesetz zu leben, wird merken, dass das Gesetz sein Schutzschild ist. Geh zur Lady und mach deinen Frieden mit ihr. Sie ist nicht nachtragend.«

Zu meiner Verblüffung nahm der Mann als Zeichen des Respekts seinen Hut ab. »Frieden?«, sagte er. »Das klingt gut.«

»Sag der Lady, dass Byx dich geschickt hat. Wer weiß, vielleicht hat sie eine Aufgabe für dich und deine Leute.«

Als wir weit genug weg waren, sagte Tobble: »Das wäre doch nun eine passende Gelegenheit gewesen, um zu erwähnen, dass man dich die Wahrheitsfinderin und mich den Prinz der Wobbyks nennt.«

»Du weißt schon, dass das nur ein Ehrentitel ist, oder? Er verleiht dir keinerlei Macht.«

»Macht? Pff. Mich verlangt es doch nicht nach Macht. Oder Reichtum. Oder Ruhm.«

»Tobble!«

»Ist ja gut. Dann ziehe ich meine letzte Bemerkung eben wieder zurück.« Er seufzte. »Es ist kein Vergnügen, mit einem Dalkin zu reisen.«

Als wir schließlich zu einer bestimmten Eiche kamen, die uns einladend ihre breiten Äste entgegenstreckte, zügelte ich Achoo.

»Warum halten wir?«, fragte Tobble.

»Weil ich mich an diesen Baum erinnere. Ich weiß jetzt, wo wir sind.«

»Ah.«

»Das nächste Stück möchte ich gern allein weiterreiten«, sagte ich, und ausnahmsweise hatte Tobble nichts dagegen einzuwenden.

43

Rückkehr

Ich kann und will nicht bis ins Einzelne erzählen, was ich in den nächsten Stunden empfand. Ich kann nur sagen, dass ich fand, was ich finden musste: die sonnengebleichten Knochen von denen, die ich einst geliebt hatte.

Auch wenn ich wusste, was ich vorfinden würde, war ich nicht vorbereitet auf den Schmerz, der mich wie ein scharfes Messer durchfuhr. Halb stieg, halb stürzte ich von meinem Pony.

Auf dem Boden kniend, gab ich der Trauer nach, die ich so lange unterdrückt hatte. Ich heulte wie ein Tier. Ich trommelte mit den Fäusten gegen meine Brust. Ich weinte.

Ich weiß nicht, wie lange das anhielt. Die Zeit vergeht, denke ich, wenn man es braucht.

Endlich stand ich auf. Meine Augen brannten, als ich mir die letzten Tränen aus dem Gesicht wischte. Nicht weit entfernt fand ich Achoo, der geräuschvoll Gras mampfte. Ich ging zu ihm und suchte die Schaufel in unserem Gepäck, die ich extra für diesen Zweck mitgenommen hatte.

Ich fing an zu graben.

Es war schwere Arbeit, aber ich fand grimmige Befriedigung darin. Sie lenkte mich ab von dem Grauenvollen, das ich als Nächstes tun musste.

Ich grub ein Loch, nicht ganz so groß, wie ich selber war, sodass ich ohne allzu große Schwierigkeiten herausklettern konnte. Als ich endlich wieder oben war, schmutzig, verschwitzt und aufgeschürft, sah ich, dass jedes Knochenhäufchen mit einer kleinen roten Blume geschmückt worden war.

»Diesen Teil darfst du nicht allein machen«, sagte Tobble.

»Ich bin die Einzige, Tobble, die von meinem Rudel übrig ist. Die Einzige.«

»Die Letzte von deinem Rudel, ja«, sagte er leise. »Aber nicht die Letzte deiner Art.«

Während wir behutsam die Knochen zusammenklaubten, in das Loch legten und Erde darüberhäuften, richtete ich meine Gedanken auf Erinnerungen an bessere Zeiten.

Ich sah das liebe Lächeln meiner Mutter vor mir. Ich hörte die klugen Redensarten und Sprichwörter meines Vaters. Ich dachte an meine Geschwister, meine rauflustigen, spottenden, freundlichen, liebevollen Geschwister. Ich erinnerte mich an Myxo, unsere furchtlose Pfadfinderin, und an Dalytor, den Lehrer und Hüter unserer Geschichte.

Wer würde diese Geschichte nun weitererzählen und lebendig halten?

Tobble fand ein kleines Bäumchen und pflanzte es als Markierung auf das Grab. Die Nacht verbrachten wir im Wald, etwa hundert Meter entfernt.

»Tobble«, sagte ich am Morgen, »ich danke dir. Danke, du bester aller möglichen Freunde!«

Er nickte. »Schon gut. Du würdest das Gleiche für mich tun, Byx. Wohin wenden wir uns jetzt?«

»Oh, wir reiten wieder nach Norden, Tobble. Dort soll ein Ereignis stattfinden.«

»Ah ja. Das *geheimnisvolle* Ereignis.« Er drohte mir mit dem Finger. »Es gibt einen Grund, weshalb ich dich noch nicht mit Fragen gelöchert habe. Kann nämlich sein, ich weiß es schon.«

»Denkst du da an zwei Menschen, die wir beide lieben?«

»Ja, genau!«, rief Tobble.

Wir stiegen ab, und ich warf einen letzten Blick auf die Grabstätte. Ich hoffte, das Bäumchen würde Wurzeln schlagen und wachsen. Aber ich war nicht sicher, ob ich je zurückkehren würde, um nachzusehen.

»Byx?«, sagte Tobble.

»Ja?«

»Nach dem … Ereignis … was wirst du dann tun? Dich auf die Suche nach anderen Dalkins machen und bei ihnen leben?«

»Ich weiß es nicht, Tobble. Wirst du nach Bossyp zurückkehren? Mit anderen Wobbyks zusammenleben?«

»Das dachte ich immer.« Tobble zog die Schultern hoch. »Aber inzwischen kommt mir das gar nicht mehr so wichtig vor. Verstehst du?«

»Ja«, sagte ich leise. »Das verstehe ich gut.«

Schweigend ritten wir weiter. Wir waren noch nicht weit gekommen, als ich jenseits des Weges etwas witterte. Diesen Geruch kannte ich. Zumindest im Herzen kannte ich ihn, wenn auch nicht im Kopf. Er hatte die seltsame Vertrautheit eines Traumfetzens. Beflügelt von Instinkt und einem fernen Bild, ritt ich tief in den Wald hinein.

Und da war er. Der Geisterweiher, so wie ich ihn in Erinnerung hatte.

Das sandige Ufer. Die Crillerbäume mit ihren glänzenden hellgelben Blättern. Die dunkle Wasserfläche wie ein polierter Stein.

Sogar die blauen Eichhörnchen waren da und keckerten empört über unser Eindringen.

»Siehst du die Ranke?«, sagte ich zu Tobble. »Meine Geschwister und ich haben uns da immer drangehängt, sind weit hinausgeschwungen und dann im Wasser gelandet.« Ich lachte verlegen. »Na ja, jedenfalls *sie* haben das gemacht. Ich war zu ängstlich.«

»Du? Ängstlich?«

»Ja, ständig«, sagte ich. »Allmählich denke ich, so geht es im Leben nun mal.«

»Wollen wir hier anhalten?«, fragte Tobble. »Die Pferde hatten ausreichend Wasser.«

»Ja, aber ich nicht. Weißt du, was ich brauche, Tobble? Ich brauche ein Bad.«

Mit einem langen Stock prüfte ich, ob das Wasser so tief war, wie ich es in Erinnerung hatte. Zwei silbrige Fische flitzten vorbei.

Während ich bis zu einem niedrigen Ast kletterte, spürte ich einen vertrauten Schauder aus Furcht und Vorfreude, und für einen Moment war ich die frühere Byx mit all ihren Hoffnungen und Ängsten und Sehnsüchten.

Ich stieß mich vom Ast ab, so fest ich konnte, und schwang weit über den Weiher hinaus. Dann ließ ich los.

Epilog

Zehn Jahre später …

Jetzt müssen wir nur noch das offizielle Porträt der Hohen Präsidentin aufhängen, dann sind wir fertig«, sagte ich, wischte mir den Staub aus dem Fell und sah mich mit kritischem Blick um.

Ich schaute aus dem Fenster über die Straßen der betriebsamen Insel der Gelehrten und weiter bis hinüber zu dem ruhigen Hafen. An diesem Blick konnte ich mich nicht sattsehen, obwohl ich nun schon seit Jahren an der Akademie arbeitete und hier die Abteilung für die Geschichte der Dalkins betreute. Sie befand sich in der Säule der Wahrheit.

Es gab in dieser Säule unter anderem auch je ein Stockwerk für das Studium der Dalkins und der Wobbyks. Seit man Dalkins für ausgestorben erklärt hatte, war dieses Stockwerk zur Lagerhaltung benutzt worden. Inzwischen war es gefüllt mit ledergebundenen Büchern, Landkarten, Zeichnungen und Abschriften mündlicher Überlieferungen.

Meine beiden jungen Dalkin-Assistenten, ein Junge und ein etwas älteres Mädchen, beeilten sich, das in Samtstoff gehüllte Porträt hochzuheben. Der Haken in der Wand war schon befestigt, auch eine hohe Leiter stand daneben. Auf den Sprossen balancierend, schwankten die beiden bedenklich, schafften es dann aber, das Gemälde aufzuhängen.

»Soll ich es enthüllen, Mistress Byx?«, fragte Laryx, das Mädchen.

»Ja, bitte.« Ich hatte das Porträt schon gesehen, aber die Kinder nicht.

Laryx zog das Tuch weg, und zum Vorschein kam das vertraute Gesicht – um zehn Jahre älter geworden. Die Leute raunten, dass Khara scheinbar nie älter werde, aber ich sah die Spuren der Zeit sehr wohl. Die Erfüllung ihres Amtes hatte etliche Linien in ihr Gesicht gezeichnet und ihm eine gewisse Weisheit und Ernsthaftigkeit verliehen. Es war das Gesicht einer Frau, die etwas vollbracht hat: Kharassande die Große, die Hohe Präsidentin von Nedarra, gewählt von einem freien und vereinten Volk.

Kharassande die Große, das war sie für viele.

Khara, die liebe alte Freundin, das war sie für mich.

Zwei kleine Teufelsbraten in Gestalt von Menschenkindern kamen ins Zimmer gestürmt, ein Junge und ein Mädchen. Die Zwillinge waren fünf Jahre und hatten das dunkle gewellte Haar ihrer Mutter und das schelmische Lächeln ihres Vaters.

»Byx, hast du noch was von dem Butterkuchen?«, fragte Alessa.

»Ja, falls meine Helfer welchen übrig gelassen haben«, sagte ich und zeigte zum Tisch. Sie fielen über den Kuchen her wie wilde Tiere – oder fünfjährige Menschen, was, wie ich gehört hatte, ziemlich das Gleiche war. Kürzlich waren Gambler und Naleese mit ihren vier Kindern bei mir gewesen, und verglichen mit den Zwillingen waren die jungen Felijagas Musterexemplare an perfektem Benehmen.

Renzo erschien in der Tür. »Hallo, Byx«, sagte er. »Oder muss ich dich jetzt ›Gharri Byx‹ nennen?«

Ich lachte. Der Titel »Gharri« war mir erst letzten Monat verliehen worden, und ich konnte es noch immer kaum glauben. Die Bezeichnung war den einflussreichsten und angesehensten Gelehrten der Akademie vorbehalten.

»Selbstverständlich! Ich bin schließlich als einzige Dalkin ein Gharri«, sagte ich zu Renzo. »Aber so viele gibt es ja nicht mehr von uns. Bis jetzt jedenfalls.«

Khara kam herein. »Gehen dir unsere schrecklichen Kinder auf die Nerven?«, fragte sie und umarmte mich.

»Oh, wenn es um Kuchen geht, sind sie kleine Monster, aber wir werden es überleben.«

Renzo blickte auf zu dem Porträt seiner Frau. »Schade, dass du im wirklichen Leben nicht so schön bist, Khara.«

Sie boxte ihn gut gelaunt gegen die Schulter, und verliebt wie immer schlangen sie die Arme umeinander.

Aus einem der Vorzimmer kam Alessa gesaust. »Wir haben Tobble gefunden!«

»Er hat geschnarcht!«, rief Carlo aus.

»Geschnarcht?«, kam eine entrüstete und sehr verschlafene Antwort. »Von wegen! Ich habe in einem alten Band über Wobbyks studiert. Musste nur kurz die Augen zumachen, damit ich klarer denken kann!«

Tobble rieb sich den Schlaf aus den Augen und kam hereingeschlurft. Als er Khara sah, machte er eine tiefe Verbeugung. Es war die Höflichkeit, die man einer Anführerin erwies, und Höflichkeit stand bei Tobble nun mal an erster Stelle.

»Ich dachte gerade über die Natur des Universums nach«, grummelte er, »da sind diese jungen Rabauken über mich hergefallen!«

Tobble hatte noch keine Kinder mit Nerble, der wunderbar geduldigen Wobbykfrau, die er genau vor einem Jahr geheiratet hatte. Trotz seines Gejammers war er in die Zwillinge ganz vernarrt.

Khara legte den Kopf schräg und betrachtete das neue Porträt von sich. »Sehe ich nicht ein bisschen mürrisch aus?«

Renzo zog sie an sich. »Kein bisschen. Du siehst wunderbar aus. Und ich werde jeden zum Zweikampf fordern, der was anderes sagt. Es sei denn, er wäre größer als ich, weißt du.«

»Manchmal frage ich mich, Byx«, sagte Khara, »ob du bei all der Annehmlichkeit hier und dem ruhigen Leben, das du jetzt hast, je die Zeit vermisst, als wir unterwegs waren von Ort zu Ort, ständig in Gefahr und oft genug gezwungen, um unser Leben zu rennen.«

»Nein«, sagte ich. »Überhaupt nicht.«

Tobble schüttelte den Kopf. »Na, ich bestimmt nicht.«

»Ich auch nicht«, stimmte Renzo zu.

»Und ich erst recht nicht«, sagte Khara.

Es brauchte nicht die besondere Fähigkeit der Dalkins, um zu wissen, dass wir gerade alle vier gelogen hatten.

DANK

Mein herzlicher Dank gilt Tara Weikum, meiner Lektorin, sowie meiner Agentin, Elena Giovanazzo von Pippin Properties, Inc., und allen Kollegen bei Harper Collins, die dieser Geschichte ins Leben geholfen haben:

Jenn Corcoran, Audry Diestellkamp, Vaishali Nayak, Emily Zhu, Renée Cafiero, Sarah Homer, Barb Fitzsimmons, Alison Donalty, Jenna Stempel-Lobell, Chris Kwon, Patty Rosati, Andrea Pappenheimer, Suzanne Murphy.

Katherine Applegate lebt mit ihrem Mann, zwei Kindern und vielen Haustieren in der Nähe von San Francisco. Sie hat schon zahlreiche erfolgreiche Bücher veröffentlicht. Für »Der unvergleichliche Ivan« erhielt sie 2013 die renommierte Newbery Medal. »Der Baum der Wünsche« landete gleich nach Erscheinen auf der New York Times Bestsellerliste ebenso wie die zwei ersten Bände ihrer »Endling«-Trilogie: »Die Suche beginnt« und »Weggefährten und Freunde«.

MAGISCHE STUNDEN
MIT DEM SIEBTEN SOHN
EINES SIEBTEN SOHNES

DAS KÖNIGREICH
Marsony
Playa-Blatt mit der Karte der Ersten Kolonie
N
Fluss Pellago
Nedarra
Spiegelsee
Westliches Hochland
Bossyp
Die Infina
Lucebena Bucht
Kolonie der Raptidons
Urmans Eibe
Tara Meer
Insel Priato
Endling
Die Letzte
Kaiserlich-Amtliches Lexikon, 3. Auflage